JN301425

熱帯雨林の知恵

WISDOM FROM A RAINFOREST

フィリピン・ミンダナオ島の平和愛好部族

スチュワート・A・シュレーゲル
Stuart A. Schlegel

仙名　紀訳

アサヒビール株式会社発行■清水弘文堂書房編集発売

熱帯雨林の知恵——フィリピン・ミンダナオ島の平和愛好部族

目次

スチュワート・A・シュレーゲル

■『アサヒ・エコブックス』シリーズ（第一期刊行全二十冊）では、学術書の場合には表記・用語をできるだけ統一する方針で編集しておりますが、文学書の場合には、訳者の方の方針に従った表記・用語を採用しております。この本の場合も訳者の方針に従いました■

S T A F F

PRODUCER 川村 光 *(* アサヒビール株式会社環境社会貢献担当執行役員 *)* 礒貝 浩
DIRECTOR & ART DIRECTOR 礒貝 浩
EDITOR & PROOF READER 教蓮孝匡
COVER DESIGNERS 二葉幾久 黄木啓光 森本恵理子 *(ein)*
DTP OPERATOR 石原 実
制作協力 / ドリーム・チェイサーズ・サルーン *2000*
(旧創作集団ぐるーぷ・ぱあめ *'90)*
■
STAFF
秋葉 哲 *(* アサヒビール株式会社環境社会貢献部プロデューサー *)*
茂木美奈子 *(* アサヒビール株式会社環境社会貢献部 *)*

※この本は、オンライン・システム編集と *DTP(* コンピューター編集 *)* でつくりました。

序章

この本は、愛の物語である。

一九六七年七月のある闇夜、フィリピンの奥地にある熱帯雨林で、私は小さな小屋の竹を張った床で寝ていた。隣では息子のレンが眠っているが、どうやら具合がよくないらしい。息子の熱っぽい体を感じて、私は目覚めた。前日から降り始めた雨が、ニッパヤシの葉で葺いた屋根を激しく打って大きな音を立てている。その音をしのぐほどの大声で、息子はうめいている。レンはまだ六歳で、母親は遠く離れたところにいる。女房のほうが、子どもの病気に関しては多くの知識があるのだが。しかし、息子が高熱にうなされていることは疑いない。私は彼を起こし、床に敷いたマットの脇に置いておいたわずかな水とともに、アスピリンを一錠、飲ませた。だが、夜がふけるとともに、彼の熱はますます上がってきたようだ。私はケロシン油のカンテラを点《つ》け、二人で入っていた蚊帳《かや》から出て、冷たい水を注ぎ足した。私はスポンジで息子の手足を拭い、少しでも熱を冷まそうとした。いくらか効果があったのかもしれないが、断言はできない。レンはうめき続け、私は最悪の事態を恐れながら、ひたすら早く朝が来てくれと願った。

私たちがいまいるところは、フィリピン南部のミンダナオ島、ダケル・テラン川に沿って少数のティドゥライ族が住んでいるフィーグルという村落だ。レンと私は、前日に徒歩でここにやってきた。広い川を、何回も渡河した。森の真ん中に達するまで、まる一日、歩き通しの苦難な道のりだった。

やっと夜が明けた。ついに朝が来た。フィーグルでは毎朝、日の出に合わせて手持ちの小さなドラを鳴らす。ティドゥライ族の何人かの仲間たちが目を覚まし、朝もやのなかで体を伸ばしているのが見える。早朝の露と冷気を防ぐため、寝間着用の布地であるサロンを頭にかぶっている。私は彼らに声をかけ、こちらに来て息子の様子を見てくれないか、と頼んだ。息子の症状は、さらに悪化している感じだった。もはや大小便も自制できず、病は重くなっているらしい。

何人かの男女が、どうすべきか、彼ら同士で話し合っている。彼らは私の恐れや心配が分かっているし、レンをただちに海岸ぞいの町レバックに連れて行くべきだ、と主張する者もいる。そこには大きな合板工場があり、「私向きのような西洋系の医者」がいるという。通常だと、ここからレバックに行くには、曲がりくねって海に達する川を十回あまりも渡らなければならない。だが、今日はそれが不可能であることは承知している。前夜の大雨で水かさは急増しているから、とても渡れる状態ではない。いつもならせいぜい脇の下あたりまでの水位がいまは倍くらいあるし、流れも速い。このようなときに町まで出かけよう、などいう者は決していない。だがティドゥライ族の仲間たちは、私がなんとしてでも息子を海岸の医者のところまで連れて行きたがっていることを知っている。それが、彼らの気持ちを突き動かしている。命が大切であることは、十分に承知している。フィーグルのティドゥライ族たちが、他人の願望や緊急の必要事項を決して軽視しないことを、私は知っていた。彼らは、命の危険を冒してでも、息子を運んでくれるに違いない。

彼らは、レンが図らずも精霊を怒らせてしまったためにこのような病気にかかったのだと考えていたが、想像もできないほど危険な旅に踏み切る決意をした。フィーグルの人びとは、細菌などという概念は持っていない。また、西欧系の医者がどのような処置をするのかの知識もない。彼らは私には何も言わなかったが、フィーグルのまじない師《シャーマン》の一人に事情を説明し、怒らせてしまった精霊と話をつけて病を終わらせようとしていた。

一人の男が近くの森から身長より長い二本の竹を切り出してきて、二本の間にサロンの布地を渡した。そしてこのにわか作りの担架に、ほとんど意識朦朧《もうろう》という状態のレンを寝かせた。川は異常に増水していたので、一行の進み具合は絶望的なほどはかどらなかった。緊急事態でやむを得ない場合でない限り、だれもあえてやろうとしない試みだった。しかし夜明けのドラが鳴って二十分のうちに、私たちは出発していた。私たちの小グループ――ティドゥライ族の六人にレンと私――は、氾濫しかけて荒れ狂っている川の堤に沿って慎重に、近道など取らずに歩いた。レンの容態も心配だったが、こんどは自分自身のことや仲間の心配も加わった。レンの担架を担いでいる者たちの足場も、必ずしも安定しているわけではない。彼らの筋肉は張り詰め、汗で光っている。逆巻く流れに接するように露出した、根や低木を掴みながら進む。歩みは、遅々としてはかどらない。ほとんど休憩も取らなかったが、たちまち日は暮れ、海岸までの道のりはまだたっぷりある。

日没後、森は闇に包まれた。だが私たちの小グループは、苦労しながら前進を続けた。一時的に半月が顔を出したが、高い木々の茂みが上空を覆っていたから、月光は地面にまでほとんど届かなかった。いかにも暗くなって危険になった段階で私たちは休憩し、樹脂で松明《たいまつ》を作り、短い枝の先端に取り付けた。なおも川沿いに歩を進めながら、私たちは空いているほうの手で松明を高く上げ、足場を確認し、手で掴む場所を探した。

病んで恐怖に駆られている息子をぶきっちょに励まそうとして、私はよろめきながら脇を歩いた。同行してくれているのは、生涯をこの川岸と森で暮らしている、頼りになる連中だ。担架の担ぎ手が交替するために小休止するたびに、私は息子の額に乗せた濡れタオルを取り替え、話しかけた。

二十時間に及んだこの旅は、肉体的にも疲労の極に達し、危険きわまりない悪夢だった。私たちは夜の間、川岸をほとんど這いつくばるようにしながら進んだ。たまに、ごく短い休息を取っただけだった。――これでティドゥライ族の連中はいくらか元気を取り戻したようだったが、私の不安や恐怖が軽くなることはなかった。歩調を緩める必要があると思われた。――彼らはほとんど信じられないほど、休みも取らずに行進した。だが、レンの体はますます熱くなり、弱ってきているようだった。ひょっとしたら、彼は病院まで保たないかもしれない、という思いが、私に重くのしかかっていた。

曙光が差し始めたころ、私たちはようやく森から出てレバックに通じる道路に出ることができた。私はジープを持った男を見つけ、彼がレンと私を町まで運んでくれることになった。ティドゥライ族の仲間たちは、数時間ほど休憩してからフィーグルに戻ることにした。合板工場の医師がレンの容態をていねいに診察し、危篤といえるほどの重症ではない、と私に告げた。ウイルス性のカゼのためにひどい症状を呈してはいるが、命にかかわるようなものではないという。私はそれを聞いて安心し、その安堵感がくたびれ果てた体と頭に染み渡った。あのときの感覚を、私はいまだ鮮明に覚えている。

だがとりわけ忘れがたく、長い年月を経た現在も心に残っているばかりか、感嘆と畏敬の念に打たれるのは、ティドゥライの人びとが協力して私と息子のために、命を賭けてレンにとって必要な手助けを積極的にしてくれた点である。これは単純な行為かもしれないが、心からの贈りものだった。生命の贈りものであり、彼らの本質から出た贈りものであり、愛の贈りものだった。

一九七二年二月、フィーグルの友人たちがダケル・テラン川沿いにレンを運んでくれてから五年後、私はアメリカ・カリフォルニア大学サンタクルーズ校の講義室の一つに立っていた。すばらしい日よりだったが、空気は冷えていた。なじみの教室の教壇に立って学生たちを眺め渡していた私は、涙を抑えることができなかった。私は辛さをこめて手短に、私が二年間ともに過ごした熱帯雨林の住民であるフィーグルのティドゥライ族が、乱暴ならず者集団に惨殺された、と学生たちに語った。

私のかすれ声と恐ろしい話の内容とに、学生たちは息を呑んだ。これは、人類学専攻の上級コースのクラスだった。学生たちは、ティドゥライ族の生活と文化についての私の講義を、これまで長いこと聞いてきた。スライドの映像も見せたし、何回も教室外の討議の場や授業のなかでさんざんフィーグルについて語ってきたから、学生たちは遠い異国に住む人びとと顔なじみにさえなっていた。学生たちの多くも、森に住むティドゥライ族をかなり称賛するようになっていたと思うし、私が学問の対象として以上に個人的に感動していること、フィーグルの人びとを愛していることを、彼ら学生はよく承知していた。

私はその日の午前中は授業をやる気にはなれず、その時点で中断した。だがその前に、この善良で平和な部族のために黙祷を捧げてくれるよう、学生たちに提案した。フィーグルの人びとは、森の外で荒れ狂っている暴力的な紛争にいや応なく巻き込まれてしまったのだが、自らは決して暴力行為に訴えることはない。

この本を書こうと決心したのは、その日のことだった。殺されたフィーグルのティドゥライ族たちは、彼らの物語を私に託したのだ、と確信した。彼らの声を広く世界に向けて伝えるよう、私は委託されたのだと思えた。私はそれ以来、授業でも研究論文のなかでも、個人的な会話でも地元での講演や教会での説教においても、機会あるごとにフィーグルのティドゥライ族について話をし、彼らの優雅な暮らしについて語ってきた。この本で、私は彼らの知恵を読者のみなさんがたに伝えたいと思う。大学での仕事を終えてアカデミックな論文を書かなくてすむようになるまで、私は長いことこのチャンスを待っていた。いまでは二つの経歴（聖公会《エピスコパル》派の伝道師と、人類学の教授）に区切りがついたし、家庭内の苦境（後述するが息子レンが、がんのため早世する）も一段落した。

　したがって、これはかなり個人的な本だ。ティドゥライ族についてばかりでなく、私自身についても大いに語っている。私は人類学者として、二年間フィーグルで暮らした。

　民族学者のフィールドノートというよりも、もっと個人的な色彩が強い。私はこれから読者のみなさんがたをティドゥライ族の熱帯雨林にいざない、彼ら住民たちの現実に対する理解を深いところまで突き詰めていこうと思う。私の人生における、大きな波乱についても語ることになる。彼らの美しさや、優雅さにも触れる。だがそれ以上に、彼らが人間としての私に大きなインパクトを与えてくれた点についてもお話ししたいと思う。彼らの知恵は、私たちだれにとっても役に立つ。

　彼らの優しくて、人生に肯定的で、同情心に富んだ特性が、私の人生観を根本から変えた。私の考え方、感じ方、人間関係、そして経歴までも。遠隔の地で私が聞いた彼らの声を世界中の多くの人びとに伝えたいし、彼らが忍耐・協力・優しさ・静かさなどを雄弁に実践している姿を、私と同じように理解して欲しい。そして彼らの世界認識のなかには、「よりよき人生」を送るために、耳を傾けるべき教訓があることに気づいていただきたい。

ティドゥライの人たちが私を突き動かしたように、あなたがたをも動かして、根本的に変えて欲しいものだと考えている。彼らを知り、彼らとともに暮らした体験は、私の人生において最大の恩恵の一つだった。これは、彼らからの贈りものをあなたがた読者にお伝えするための本である。

ことはじめ

フィリピンは、もっぱら島々で構成されている国である。中国の南から東にかけて海中に長く横たわる火山の頂上部が、海上に露出した列島だ。大きな島が二つと、あとは中小の島々が点在する。北の大きな島がルソン島で、首都マニラはこの島にある。ミンダナオ島は、南に位置する大きな島だ。ティドゥライ族および隣のマギンダナオ族の起源は、先史時代の霧の彼方に霞んでいる。だがこの二つの部族とも、祖先の故郷はミンダナオ島の南西部にある。ティドゥライ族は、プランギ川の南にある熱帯雨林に住んでいる。この川はコタバト市でモロ湾に注ぎ、南シナ海に入る。イスラム教徒のマギンダナオ族は、山岳地帯の北から西にかけての低地に暮らしている。二つの部族の神話によると、彼らはともに「時のはじめ」からここに住み着いているという。

ティドゥライ族の人口は約三万人で、おおざっぱにいって三つのグループに分けられる。二十世紀になるまで、数のうえで主流だったのは「森の住人」だった。彼らはほかの部族からはやや孤立し、外界にはほとんど知られていない。彼らはコタバト山系の周辺で畑を耕すとともに、野生の食料を集めて暮らしている。彼ら森のティドゥライ族は平等主義者であるとともに平和主義者であり、熱帯雨林の外で主に接触があるのはマギンダナオ族で、彼らと交易の約束を結んでいる。ティドゥライ族の第二グループは「沿岸の住人」で、割に少人数がモロ湾沿いに暮らしている。彼らの生活の糧は森のティドゥライ族と基本的には同じだが、それに加えてかなり海の魚も取って食べる。第三のグループはアワン地区のティドゥライ族で、コタバト市に近い北部の丘の麓に住んでいる。一部の者は、アワン村の南四十キロという離れた場所に暮らす。マギンダナオ族に近接して暮らしており、のちに述べるように多くの重要な面で深い交流がある。この点は、ほかのティドゥライ族には見られない特性である。

マギンダナオ族はティドゥライ族よりも大きな部族集団で、五十万人を数える。彼らの居住地域は、コタバト山系の低地に広く分布している。ティドゥライ族はアニミズムに固執しているが、マギンダナオ族は五百年前ごろからイスラム教を信奉している。彼らは何世紀にもわたって、水田耕作に従事している。マギンダナオ族の社会は階級制度になっていて、族長たちが貴族的な支配階級を構成している。支配階級は勇猛な戦士で、王位をめぐって長いこと内戦を繰り返している。割に最近まで、森のティドゥライ族はマギンダナオ族と厳格な通商条約を結んでいて、少数の貴族に山岳地帯に入るのを許可していた。だが一般的に言えばティドゥライ族はこのイスラム教徒の隣人を怖がっており、彼らが自分たちを未開で無知だと見下しがちな点を嫌っている。事実マギンダナオ族はティドゥライ族を軽蔑し、ときに奴隷扱いすることもある。

それに反してアワンやウピのティドゥライ族たちは、何世紀も前からマギンダナオ族と平和共存している。これらのティドゥライ族たちはコタバト市の近辺に住んでいるため、低地に住むイスラム教徒たちと長期にわたって接触してきた。そのおかげで、独特の生活習慣を持っている。マギンダナオ族がイスラム教に改宗する前に、アワンのティドゥライ族はマギンダナオ族の内部で永遠とも思えるほど続いている王位争いの内戦で、「低地渓谷」の貴族たちを戦闘面で支援し、「高地渓谷」の支配者たちに対抗した。アワンのティドゥライ族とマギンダナオ族のしゃべりことばには、かなりの共通点があるし（そして古代のマギンダナオ族の家系図にも、それが見て取れる）、アワンのティドゥライ族が低地の人びとに加担して戦っていたことが記されている。

さらに歴史をさかのぼると、アワンのティドゥライ族はマギンダナオ族の社会習慣や文化をかなり取り入れていた。察するに、大きな部族のほうが富や栄華、政治的な力に多少なりとも恵まれているし、すぐれた軍事力も見せつけられていたからだろう。そこでおそらくアワンのティドゥライ族は、マギンダナオ族を敵に回すより仲間にしておいたほうが得策だと考えたに違いない。アワンのティドゥライ族はマギンダナオ族に張り合って政治的な肩書と権力を持った族長たちを選定し、人びとを強引に服従させた。私有財産の概念を広め、陸稲《おかぼ》の田圃《たんぼ》も個人の所有にした。耕作にも、マギンダナオ族を真似て動物を使った。彼らは暴力を評価し、それを得意とした。マギンダナオ族の貴族にならって、アワン・ティドゥライ族の男性が複数の妻を持つのは社会的な地位が高い象徴だと見なした。相当な資産家になると、マギンダナオ族と同じく奴隷の風習まで真似た。

だがアワンのティドゥライ族は、イスラム教には改宗しなかった。彼らは、精霊が活動するアニミズムに固執した。だが仲間意識の強いイスラムのマギンダナオ族に歩調を合わせて、同胞でありながら森のなかに隔離されたような「森のティドゥライ族」を、さげすむほどではないにしても、粗野で洗練されていない連中だと見なしていた。

これらのティドゥライ族やマギンダナオ族が住んでいるのは、ミンダナオ島の南西部で、今日でもイスラムの三日月とキリスト教の十字架を分ける世界的な文化的断層の境界線になっている。

十六世紀の中ごろ、フィリピン南部の島々にイスラム教が浸透し始めた。時を同じくして、スペインの征服者たちはフィリピン中部や北部の島々に勢力を広げつつあった。したがってカトリックのスペインは最初からミンダナオ島のイスラム勢力と対決することになった。スペイン人たちはアフリカ北部のイスラム教徒と同じく、彼らを「モロ（ムーア人）」と呼んだ。この名称が、今日まで続いている。

スペイン帝国がフィリピンの領有を宣言したにもかかわらず、ミンダナオ島南部はフィリピン国の一部になることを三世紀もの間、認めてこなかった。一七四八年に二人のカトリック神父がコタバト市に布教の拠点を築いたが、イスラム教徒の反発が激しく、わずか半年で撤退を余儀なくされた。スペインは三百年間にわたって南部のイスラム教徒たちに手を焼いてきたが、一八六〇年代のはじめ、新たに開発された大砲を積んだ蒸気船という新兵器を使い、コタバト市にも辛うじて政治支配を確立した。

スペインがミンダナオ南部を支配するに当たって最初に手をつけた事業の一つが、カトリック教イエズス会による布教の再開だった。一八六二年、イエズス会の一団がコタバト市とアワンの中間にあるタマンタカに、伝道所と学校を開いた。彼らは、低地に住むイスラム教徒のマギンダナオ族やアニミズムを信じて山岳地帯に住むティドゥライ族を改宗させようと試みた。したがってティドゥライ族のなかではアワンの連中が、最初にキリスト教と接触したことになる。アワン・ティドゥライ族のリーダーでマギンダナオ族の支配層であるバンダラ一族が、イエズス会の門下に入った。スペイン政府は直ちに、彼をアワン教区の責任者に任命した。

イエズス会の聖職者の一人ゲリコ・ベナサル神父が、ティドゥライ族を担当する責任者になった。ティドゥライ族のなかで最初に洗礼を受けたのはバンダラの一族で、スペイン人から「テノリオ」という姓をもらった。洗礼の儀式は一八六三年にタマンタカ伝導所でおこなわれ、シガヤンという若い男も受洗仲間に加わった。ホセ・テネリオという洗礼名をもらった彼はベナサル神父の優秀な生徒になり、イエズス会の命を受けて一冊の小冊子のためにロ述した。これがマドリードで出版され、シガヤンが語るティドゥライ族の話とそのスペイン語訳が対抗ページに対訳形式で載っていた。本の表題はスペイン語で『コストゥンブレス・デ・ロス・インディオス・ティルラエス（ティドゥライ族の習慣）』とあり、ティドゥライ族の名が印刷物に現れたごく初期の例だと言って間違いないだろう。スペイン人は「d」の音を「r」のように発音し、「ティドゥライ族」の「e」は「i」の音に近く聞こえるため、スペイン人たちはこのようなスペリングで表記した。この本はなかなか興味のある資料で、私が知っている限り、フィリピンの原住民自身が自らの習慣を書いた最初の「民族学的な」書物である。ティドゥライ族はそれ以来、スペイン語でも英語でもティルライ族として知られるようになったが、彼ら自身がそのような表記を望んでいないので、私はその意向に従っている。

シガヤンが述べているティドゥライ族の習慣は、すべてのティドゥライ族に共通した特性になっている。つまり、共通の言語、共通の家屋構造、類似した結婚習俗、ほぼ同じ精霊の名前などである。だが社会の階層、政治力、暴力に対する反応などの面では、シガヤンが述べている内容はかなりマギンダナオ族の大きな影響を受けており、アワン・ティドゥライ族の特性にもなっている。彼が描くティドゥライ族の男性は女性を強力な支配下に置き、首長の指示に従って戦争を仕掛けると何回も書かれている。

バンダラ貴族一家が影響力を持っていたにもかかわらず、キリスト教はアワン・ティドゥライ族の間には定着しなかった。数世紀前にイスラム教が浸透しようと努力したときと同じで、狙い通りには普及しなかった。二世代ほどのちにアメリカの支配が始まった時点で、ティドゥライ族のカトリック信者は皆無に近かった。

マギンダナオ族の政治的な各派閥は、十五世紀の後半から相争っていた。アメリカは一八九八年に米西戦争の戦後処理の一貫として、フィリピンを表向きには領有することになり、列強の植民諸国と並んで海外領土を保有することになった。そして、軍事的にも紛争に巻き込まれることになった。アメリカは直ちに、新植民地で血なまぐさい弾圧に乗り出さざるを得なくなった。フィリピンのほうから見れば、米軍と戦っては勝ち目はないが、一八九六年に始めた植民地支配に刃向かう革命の第二段階だと捉えていた。当時のアメリカ人ジャーナリストや歴史家たちは、豊かな天然資源を獲得し、アジアで経済面での橋頭堡を築くために海外植民地を持つうえで、軍事的な征服は「明白な運命（領土拡張擁護論）」だと捉えていた。したがって、アメリカに抵抗する勢力を「フィリピンの反乱」と呼んだ。戦闘がとくに激しかったのはフィリピン南部のイスラム地域で、スペインもこれらの勢力を辛うじて押さえていたに過ぎず、しかも長い統治期間のうち、わずか三十五年間だけだった。

アメリカはイスラム地域を「モロ・プロヴィンス」と命名し直し、統治を開始し始めてから五年後の一九〇三年、フィリピン中央政府の管轄下に組み込んだ。森のティドゥライ族は長いこと隔離された状態だったが、そのような状況を保つことが、かつてなかったほどむずかしくなった。孤立状態は、周辺部から崩れ始めた。アメリカは歴史上かつてなかったような手段を取り始め、それが熱帯雨林の破壊につながった。それに伴って、ティドゥライ社会も急激な変化を迫られた。

モロ地区の同化政策をコタバト周辺で指揮した米軍将校の一人に、アーヴィング・エドワーズ大尉がいた。軍事的に制圧したのちも、彼は植民行政官としてこの地に残った。彼は、ティドゥライ族に強い関心を抱いた。アワン地区に住むテノリオ一族の若い女性で、スペイン人とも懇意だった名家バンダラ家の親類に当たるティドゥライ族の一員と、エドワーズは一九二一年に結婚した。彼は一九五〇年代の後半に亡くなるまで、ティドゥライ族のなかで暮らし、公式・非公式にさまざまな役割を果たした。たとえば、軍の保安隊長、地方裁判所の裁判長、知事、教育長などである。エドワーズ大尉（彼は終生、そう呼ばれていた）は、自らがティドゥライ族にとっての「進歩」だと考えている諸点を実現するために、一途に尽力した。例を挙げれば、教育、正当な政府、法と秩序、経済の近代化、改宗などの面である。彼は一九一六年、アワンに公立学校を作り、一九一九年にはウピ渓谷に農業学校を開校した。曲がりくねった道だが、低地につながる道路も建設した。一九二〇年代になるころには、アワンとウピのティドゥライ社会には、小学校など初等教育の施設が十あまりもできていた。

エドワーズ大尉の勧誘に触発され、フィリピン各地に住むキリスト教徒の入植者たち、とくに中部のセブ島や北部のルソン島に暮らすイロコノ族たちがウピ渓谷に移り住むようになった。イスラム教徒のマギンダナオ族の農民も、アメリカの支配下で保護され、はじめて自分たちの農地をティドゥライ地区に持つようになった。第二次世界大戦後は、定住するマギンダナオ族の数は著しく増えた。そして一九四〇年代の半ば以降は、彼らが恒久的に政面も牛耳るようになり、今日に至っている。

ウピより奥まったティドゥライ族の熱帯雨林は、もう何世紀も前の数え切れないほどの昔から、森林のガーデンとして彼らに恩恵を施してきた。だがウピ農業学校の先生たちや低地に移り住んで来たキリスト教徒たちは、森のティドゥライ族たちの森の利用の仕方はきわめて原始的なものだ、と口をそろえて言う。ある熱心な先生は、一九六一年に私にこう語った。

「畑を耕すことさえ知らないし、だいたい木を倒して開墾することもやらないんですから。単にちょっぴり削った細い棒で地面に穴を開けるだけ」

一方、ウピの周辺やアワンからコタバトに至る道沿いの地域では、森林の樹木はかなり徹底的に伐採され、畑は耕され、アメリカ・アイオワ州に見られるようにトウモロコシや砂糖がきれいに列を作って植えられている。森林を奪われたティドゥライの人たちは一応、不動産の権利証書をもらうのだが、このようになじみのない風習には無知だから、結局、入植してきた者たちに開墾した農地も取られてしまうことになる。

エドワーズ大尉は、森林以外の場所は、ティドゥライ族の土地も入植者たちの畑もフィリピンの行政下に組み入れ、ウピをその中心に据えた。法廷も機能したし、警察はフィリピンの国家法を施行した。彼はティドゥライ族の地域すべてを「平定」したいと考えたのだが、まだ残っていた熱帯雨林までは手が回らなかった。森林の伐採は着実に進行していたが、第二次世界大戦が終わるまではそれほど組織的・集中的ではなかった。独立したフィリピン政府は、低地のいくつかの木材会社にお墨つきを与え、伐採を奨励し始めた。

田園生活がこのように抜本的な変化をとげつつあったことに加えて、エドワーズ大尉は「無知蒙昧《もうまい》な異教徒」であるティドゥライ族をキリスト教徒に改宗させようと決意した。彼はカトリックやメソジストなど、いくつもの宗教団体に働きかけ、アワンとウピの周辺に布教拠点を設置してくれるよう依頼した。だがそれらの団体も、成果が不確かな活動をおこなう資金の余裕はない、と回答してきた。しかし一九二〇年代の半ばになってイギリス聖公会《エピスコパル》が呼びかけに応じ、アメリカ人の宣教師を派遣して「アッシジの聖フランチェスコ」のミッションを開設することになった。一九六〇年に私がこの業務を引き継いで着任したときには、ティドゥライ族の居住地区に五十四のチャペルができていた。そのほか教区の大きな教会が一つ、またウピには診療所もあった。第二次世界大戦後は、アワンやウピのティドゥライ族の地域、それに移住してきた家族などを対象に、カトリック教会やプロテスタントのいくつかの会派も入り込んで、熱心に活動をおこなっている。

アワンの人びと――つまりアワン地区ならびにウピ渓谷のティドゥライ族人口の大半を占めるのだが――は、新しい政治体制とそれに基づいた新たな生活を全面的に歓迎した。だがこの大変化は、森のティドゥライ族の暮らしをまったく変えてしまい、彼らを当惑させた。熱帯雨林は次第に姿を消していき、彼らは図らずもホゾを噛むことになった。変化を嫌い、混乱を避けようとして、さらに森の奥深くに移り住む者もいた。だが大多数は、無慈悲な伐採者や入植者たちから逃れようとしても無益であることを体験的に学び、現状を甘受して農民の仲間入りをした。ティドゥライ族の家族に現れた典型的な変化の例を上げれば、入植者たちと同じような衣服を着るようになり、彼らの言語を覚えてしゃべり、子どもたちを学校に通わせ、キリスト教の洗礼を受けたいと申し出、教会の集会にも顔を出す者が増えた。最も根本的な変化といえば、地主に頼る姿勢になった点である。地主は農作業用の動物を貸してくれるし、耕作する農地を貸し与えてくれる。彼らはもちろん、自分たちがティドゥライ族であることは自覚しているが、たいていの者は森における平和で平等だった生活にあこがれてはいるものの、もうそのような時代は終わってしまったと認識している。

森林の伐採がもたらした経済面での帰結、そして農民になる道程は、うんざりするものだった。森に住んでいたころは、実に豊富な種類の食べものがあった。だがウピ渓谷の開けた畑で作らされる農作物といえば、コメ、トウモロコシ、トマト、タマネギの四種類に限られた。木々が切り倒された場所では、狩猟も魚釣りも不可能だし、木の実拾いやくだものもぎもできない。森が消えてしまったばかりでなく、川や小さな流れもかなり枯れてしまった。おまけに水流は個人の所有になり、そのような場所で釣りをすれば不法侵入だと見なされる。

森のなかで食料を調達しようと思えば、ふんだんに集めることができた。森のティドゥライ族は、たとえ畑の作物が凶作でも生活が脅かされることはなかった。しかし現在では市場経済が生活を左右し、不慣れな現金決済や信用取引が主流で、価値観にも大変動があった。つまりはるかに不安定な要因が増え、生活は単調で潤いがなくなり、天然の食料は得がたくなり、面白くなくなった。さらに、森の外にいるティドゥライ族は、フィリピン農民市場のシステムに完全に組み込まれている。移住してきた人びとやウピ渓谷に移り住んだマギンダナオ族と、なんら変わるところがない。そのような状況下では、森に住んでいたときのような独立した自由は味わえない。自由がなくなった彼らは、世界経済の小さな歯車にしか過ぎなくなり、しがない小作人に身を落とし、社会のなかで乞食かホームレスに準じるような最下層に組み込まれることになった。

だが社会的なステータスを上げる方策が、一つだけあった。学校制度のおかげで、ティドゥライ族にもエリートが誕生するようになってきた。高い地位に就いて影響力を持ち、ティドゥライ族の伝統的な生活面ばかりでなく、フィリピン人社会の主流としても重用されるような人物である。一九六七年の時点では、ティドゥライ族の男女四十八人ほどが学校の先生になり、三人の男性が聖公会《エピスコパル》で司祭の叙階を受けた。中央政府で働く二人の弁護士が誕生し、二人の女性が看護婦の資格を取った。若い男性が一人、地元の農業指導者になった。だが一方、従来から森の住人としての特技――罪人を裁く賢者やシャーマン(巫女《みこ》)、有能な狩人、篭編みの名人など――は消滅してしまった。エドワーズ大尉はこれらティドゥライ族の才能を貴重なものだと考えたに違いないが、当のティドゥライ族たちはそのような成果を自慢するわけでもなかった。

要するに、アメリカが統治し始めてからティドゥライ族のなかではまったく新たな分化が起こった。熱帯雨林は縮小する一方で、旧来の生活に固執する「森の人びと」と、森を出て文化の変容に適応し、「農民」になったティドゥライ族の二つに分かれたのである。一九六〇年代に入ると、ティドゥライ族人口の約半分(一万五千人)が、フィリピン農民に新しい部族集団として加わった。彼らは、森のティドゥライ族とは、ほぼ没交渉の状態になった。

私がアメリカの聖公会《エピスコパル》から「アッシジの聖フランチェスコ派」宣教団の一員として派遣され、妻のオードリーとともにはじめてウピにやってきたのは、一九六〇年六月のことだった。私たちの最初の任務は、ティドゥライ山系の周辺ではじめての学問主体の「聖フランチェスコ高校」を設立することだった。ところが現地に到着して間もなく、まだ学校も建設されないうちに、私は管理司祭（主任宣教師）に任命された。

そのころ、ウピはフロンティアの町だった。この町のたたずまいは、一八八〇年代のダッジ・シティ*とよく似た状態なのではないか、とよく思ったものだった。

* アメリカ・カンザス州南西部の町。牛の集散地だったため、「バッファロー・シティ」「世界のカウボーイの首都」とも呼ばれた。「アメリカで最も無法な小さな町」と形容される不名誉な場所で、保安官ワイアット・アープが活躍した。

銃を携帯している者も、決して少なくなかった。ウピとコタバトを結ぶでこぼこ道をバスがノロノロと往復していたが、ときには窃盗団に停車を命じられ、乗客が金品を強奪されることもあった。山中では、マギンダナオの追い剥ぎグループがひんぱんに出没した。連中は法の網の目を逃れ、低地での暮らしの絆《きずな》から逃避を許ろうとするならず者集団で、族長《ダトゥ》からひそかに後ろ盾を得てお目こぼしに預かっていた。これらの無法者はよく町にもやって来て、酔っては乱射騒ぎを起こした。

このような状況ではあったが、私たちの生活はのんびりしたもので、いっこうに身近な危険は感じなかった。ウピ渓谷の住人といえばティドゥライ族の農民か、フィリピンのほかの場所から移住して来たキリスト教徒の入植者たちだった。政治的な実権をしっかりと握っているのは、渓谷の上《かみ》に住むイスラム教マギンダナオ族の二人の族長《ダトゥ》たちだった。一人は市長で、もう一人は彼のいとこで警察署長を務めていた。宣教団はこの二人ときわめてうまくやっていたが、一つには彼らがまだアメリカを尊敬していたからであり、また私が彼らの子どもたちを新設の聖フランチェスコ高校に喜んで入学させることにし、彼らにとっても意外だったに違いないが、キリスト教の信仰や教義の学習を強制しない、と約束したことも効果的だったと思われる。イスラム教徒の親が子弟のためにイスラム教徒の先生を連れてくるなら、イスラム教を教えることも認めることにした。したがってイスラム教の権威筋とも友好関係にあったし、彼らも私たちを危険視していなかった。彼らは追い剥ぎ強盗団(彼らの親類であることが多かった)が私たちを悩まさないようにいくらか取り締まってくれたし、彼らが布教施設の金庫を強奪しようと計画していることを聞きつけると、人をよこして事前に警告してくれた。警察署長は、私の妻のオードリーにこう語ったことがある。

「もし連中が乱暴して困ったら、家にカギをかけて閉じこもり、たらいを木槌で叩いてください。すぐに助けに駆けつけますから」

電話はおろか電気もない場所なのだから、これは有効な警報装置だと思えた。

私が布教活動にたずさわっていた時代を振り返ると、私は人びとを改宗させることにそれほど情熱を燃やしていなかった、と思う。私が重視したのは、教区の人びとに奉仕し、彼らの社会に尽くすことだった。――これら二点に関して、教会はかなり努力を傾注した。――しかし人びとの信仰に関して、私はそれほどこだわらなかった。それは、イエスの言われる「神の王国」を具現化するに際して、ティドゥライ族の伝統的な精神性が私たちのミッションより優れているから、という意味ではない。その点は、いまだに解明できていない。そのころフィリピンで布教に従事していた聖公会《エピスコパル》の同僚の司祭たちも同じだったのだが、わが組織を拡大して定期的に礼拝をおこない、儀式を魅力的なものにし、説教も興味を引くものにしようという点に腐心していた。ティドゥライの人びとの宇宙観や倫理的な感性――これらの実体が分かっていたわけではないが――を変化させていくのは私の任務ではない、と考えていた。私が熱心に取り組んでいたのは、聖職者がやるべき心のケアであり、宗教行事だった。たとえば高校や診療所の運営、農業計画、それにティドゥライの人びとがよりスムーズに現金や信用取引の世界に移行できるようにする協同組合を運用していくことだった。

いまや私は、その当時のことをなつかしく思い出す。私の人生では、がむしゃらにやった時期だった。私は二十代の終わりだったし、新植民主義《ネオコロニアル》と言われる時代に移行しつつある時期だったおかげで、私は多くの人びとと大きな組織を責任者として切り回していたし、私のやり方も荒っぽかった。私は、この地域ではじめての学問主体の高校を創立する事業を任されていた。また週の半分は、起伏の激しい山地を歩いてティドゥライ族の住民が散在する辺地にあるチャペルをめぐっており、それまでになく健康そのものだった（それほど健康な時期は、二度と訪れなかった）。私の家族も、人数が増えた。この期間に、二人の息子レンとウィルが生まれた。宣教団のなかにも地元社会のなかにも親友はたくさんいたし、私は自分たちがやっていることが相手の地元民にどのように受け取られているのか、おめでたいことに認識不足だった。

聖フランチェスコ教団の宣教師として過ごした三年間は十分に幸せだったが、次第に疑問も湧いてきて満足できなくなった。聖フランチェスコ高校を立案したとき、私は自分がアメリカで体験したものと同じものではいけない、と気づいていた。そこで現地の状況に適合したものにするため、マニラで何人かの文化人類学者に相談に乗ってもらった。彼らは、フィリピン人の生活や文化に関するすぐれた研究書をいくつか紹介してくれた。そのような文化人類学の本を何冊か読むにつれて、私はこの学問分野にますます興味を覚えた。宣教師としての三年目で最後の年になると、私は適切な場所に身を置いていると自覚してはいたが、アプローチの仕方が間違っていると確信するようになった。オードリーも、同じように感じていた。私たちは、彼らに何かを教えるのではなく、教わる立場に身を置きたいと考えるようになった。

一九六三年の夏、私は家族ともどもアメリカに戻り、シカゴ大学のフィリピン学習プログラムに登録し、人類学の博士課程で勉強し直すことにした。

シカゴ大学で二年間、熱心に勉強した後、私はアン・アーバーにあるミシガン大学で半年間、さらに専門的な訓練を受けた。それから私はオードリーおよび二人の息子たち（当時、四歳と三歳）とともにふたたびウピ渓谷に赴き、博士論文のための研究を始めた。

宣教師時代から親友だったハミルトン・エドワーズが、ウピからコタバト市に向かう沿道で北六キロ半ほどのところにあるミラブの農場に、私たち一家を招いてくれた。愛称「ハミー」も私も、三十代の半ばだった。ウピで宣教に従事していた時期にも、彼は私にとって貴重な情報をもたらしてくれた。ハミーは、アメリカの植民地時代に大きな業績を上げ、ティドゥライ族のなかでもきわめて有名な、アーヴィング・エドワーズ大尉の息子である。ハミーは父親とともに、第二次世界大戦のほとんどの期間、日本軍の牢獄に入れられていた。彼は獄中で、カトリックとプロテスタントのミッションスクールで教習期間中の先生たちから、高校の教科を教えてもらった。一九四〇年代はじめのミンダナオ島においては、これ以上は望めないほど恵まれた教育を受けることができたと言えるだろう。日本軍の占領から解放されたあと、彼はアメリカに行って大学教育を受けた。卒業すると直ちにフィリピンに戻り、ミラブの家族農場を引き継いだ。ハミーはアメリカ人とティドゥライ族とのハーフだが、完全にフィリピン式の生活に徹している。地元民たちは彼をパトロンないしリーダーとして、大いに尊敬している。ティドゥライ族に関する彼の知識の深さは、熱帯雨林の外に暮らしている人間としては、群を抜いていた。

私たちがミラブに到着するとすぐに、ハミーは私の研究計画を組み立てる手助けをしてくれた。私はそれまで、実際にはジャングルに足を踏み入れたことはなかった。現地にくるまで、フィーグルの社会についても知らなかったし、ましてそこでフィールドワークをやることになろうとは、思いもしなかった。私が望んでいたのは、熱帯雨林の地元民たち、いまだに「いにしえの暮らし」をしているティドゥライ族のなかで二年間を過ごすことだけだった。

私は、ティドゥライ族の生活のどのような面をまず研究するのかについても、まだ焦点を絞り切れずにいた。博士論文のテーマとしては、森のティドゥライ族の法体系を研究したいと思っていたが、そもそも彼らが法体系などと呼べるものを持っているのかどうかについても確信がなかった。宣教師をやっていたころに聞きかじった話によると、彼らは紛争を解決する際に、きわめてユニークな方法を採るという。そうだとすれば、何か研究対象になり得るものがあるのではなかろうか。ミラブで話し合った最初の晩、ハミーは私の推測を裏づけてくれた。スコッチをなめながら彼が話をしてくれたところによると、森の住民たちは、なかなか精巧なやり方で紛争の処理をやるという。

私はまず、家族が住む家が必要だった。ハミーが、この面でも助けてくれた。ミラブでの最初の夜、私はどこか森の奥深い場所で二、三年暮らしたいと話した。そして六週間か八週間ごとに家族のもとに戻ってきたい、という希望を述べた。ハミーは自分の地所である農地のなかにオードリーと子どもたちの住まいを建てるのはどうか、と申し出てくれた。

私たちは、ハミーの家の近くに小さな家を建てた。ここならオードリーや子どもたちに医療が必要な場合にもすぐ対処できるし、何か手助けが要るときにはエドワーズの一家が手を差し伸べてくれる。実用本位だから、夢があるような家ではない。封筒の裏におおざっぱなスケッチを描き、ハミーがトラックでコタバト市から運んできた材木を使って地元の大工ラモンが組み立てた。小さな寝室が三つ——レンとウィルの共用部屋、オードリーと私のため、それに住み込みのヘルパー用である。そのほか、事務室、居間、大きなキッチンと小さなポーチも作った。ミラブもウピと同じく、電気もなければ上水道もない。だがラモンは裏手に小さな屋外トイレを建て、バケツからひしゃくで水を汲んでかぶる簡易シャワーも隣接した場所に設置してくれた。ヤシの葉を編んだ屋根から集めた雨水を貯める、小型タンクもあった。窓にはめるガラスもなかったし、壁板の節穴からも外が眺められた。建設期間はちょうど二週間、建築費は建材、労賃、家具など総額で五百ドルを切った。

子どもたちは農場のほかの子どもたちと仲よくなり、やがて犬やニワトリなど小型のペット類も手に入れた。オードリーと私は新居の整備をするとともに、私が内陸に入っていく準備にも時間を割いた。レンとウィルにとって、フィリピンのこの地は、ミシシッピ川を舞台に暴れ回ったトム・ソーヤーを思い出させるものだったろう。子どもたちは地元の仲間に混じって水田で裸で泳ぎ、水牛とたわむれた。ニワトリを追いかけて走り回り、筏を操るコツを覚え、熱帯の陽光のおかげで肌は真っ黒に焼けた。

準備段階で、すべてが順調に運んだわけではない。オードリーはそのころ何も言わなかったが、何年も後になって告白したところによると、新米の文化人類学者の夫が自分と幼い子どもたちから遠く離れたところに長いこと滞在するとなると、まるで捨てられたような気持ちだったという。しかし、エドワーズ一家が近くにいるということで、いくらか気が休まったに違いない。オードリーはウィスコンシン州の田舎町で生まれ育ったから、農家の生活には慣れていた。したがって、エドワーズ一家にはずっと親近感を持っていた。エドワーズ大尉は一九五〇年代に亡くなっていたが、増えた一族はみな故人の地所に暮らしていた。私は妻と子どもたちを残して奥地に出掛けても、安心していられた。私が森で研究にたずさわっている間、ハミーは妻にとっては兄弟のような存在だったと思うし、レンとウィルにとってはおじのようでもあり、代理父のような感じだったのではなかろうか、と思う。

どこで現地調査に当たるかは、まだ決めかねていた。どこへ行けば昔のままの生活ぶりが見られるのか、私はミラブやウピ地域の人びとに尋ねた。ほとんどの人は首を傾げるだけだった。このティドゥライ族はみな、親やそれ以前の世代に森の生活を離れた人たちの子孫であり、昔の生活がどのようなものだったのかは、驚くべきことにほとんど知らなかった。彼らは、私が実際にそのような場所に住んでみたいという私の意図に興味を示し、昔のティドゥライ族に関する話を私から聞きたがっていた。

かなりよく知っている男が、一人だけいた。宣教師の、シメオン・ベリング神父である。シメオンは、そのころ四十歳ぐらいだった。彼は、かなり以前にマニラ近郊にある聖公会《エピスコパル》の神学校へ行っていたのだが、多くのフィリピン人の同僚たちとは違って、彼は自分のルーツに深い関心を持ち、奥地の人たちとの交流を保っていた。彼は折あるごとに、熱帯雨林へも足を運んでいた。シメオンは、沿岸のナルカンという彼の任地から、二、三週間に一度はウピに来ており、私は彼に会いたいむねの伝言を託してあったので、しばらくすると彼はハミーの農場に現れた。私は彼が好きだったから、再会できてうれしかった。彼にはユーモアのセンスがあり、大胆なフロンティア精神に通じる資質を備えていた。

ハミーは森の住人たちの間では昔からのしきたりが綿々と受け継がれており、正義を守る男女が存在するはずだと考えていたが、それは間違っていないと、シメオンは私に保証した。彼は、フィールドワークの候補地をいくつか挙げたが、優れた法律の専門家の一人であるバラウドが住んでいるフィーグルというコミュニティが最適ではないかと考えた。

「相当の奥地なんですよ。それでもいいですかね」

と彼は、まずこちらの意図を確かめた。

「それが、まさに私の望むところですよ」

「トゥラン・グランデ川、ティドゥライ語ではダケル・テランと呼んでいるんですが、森の中を一日がかりで歩くんですよ。だからこそ、昔からあまり変わっていないんです」

「私が助手を何人か連れていって、そこに住んで研究するってことを、彼らは許してくれますかね」

と私は尋ねた。内心わくわくしてはいたものの、彼らは見知らぬ人たちに観察されることに心を開かないのではないか、と心配だった。

「彼らはもちろん、どんなことでも喜んで手伝ってくれますよ」

と、彼は請け負った。

それがどこまで本当なのか、私にはまるで分からなかった。だが、シメオンがあまりにも確信を持って話すので、私たちは即刻、シメオンをこの森のコミュニティに入るためのガイドとして、二、三週間のうちにそのフィーグルへ向かうという計画を立てた。

準備は大変だった。まずテープレコーダー用の電池を何十箱も購入し、医薬品をそろえ、フィルムを買い、私の貴重品を入れる防水加工した金属の箱をブリキ屋に作らせた。リストは延々と続いたが、物品の準備自体は私にとってたいしたことではなかった。私には、森のなかで一緒に働いてくれるティドゥライ人の男性を何人か探す必要があった。森のティドゥライ族は、文化人類学では事実上、未知の分野なので、できれば彼らの法制度ばかりでなく、彼らの一般文化や、社会生活の概観も知りたいと考えた。また、彼らの言語はほとんど研究されていないので、それが話せるように習う必要も出てくるだろうし、ある程度、系統的に分析したいと思った。二年の滞在期間中にさまざまなことをしようとするからには、情報収集の手助けが必要だった。

私は後任の宣教師、ジョージ・ハリス神父に、何人かいる彼のフルタイムの平信徒の一人マメルトに、仕事を手伝ってもらえないか、と思い切って尋ねることにした。私はメル（みなが彼をそう呼んでいた）をよく知っていた。私たち二人はほぼ同年齢だし、ウピ周辺の小高い山の小径を一緒に何時間も何日間もかけて登ったり下ったりしながら、ミサのために辺地のチャペルをめぐったこともある。メルは明るい性格だし、頭も冴えていて、楽しい相棒だった。ジョージとメルと私は、次のように合意した。一九六六年と六七年は私がメルの基本給を支払い、布教団が彼の手当てなどを引き続き支払う。メルは私のフィールドワークの助手として働くことになった。

フィールドワークの助手として、ほかにもだれかいい候補者はいないかとメルに尋ねてみた。彼は何日か考えた末、アリマン・フランシスコという男を連れてミラブ・ハウスにやってきた。彼とは初対面である。メルと同様、彼も昔の生活習慣に強い関心を持っていた。アリマンはメルや私より少し年長だったが、はるかに老けて見えた。彼の顔や体には、慢性マラリアの跡が見られ、ウピの道路で遭遇した大事故による後遺症の痛みが再発している気配だった。しかしアリマンはここ数年、農作業をやっていた。これから頼もうとしている私の仕事より、そのほうが肉体的には重労働だった。彼は社交的で、会ったとたんに、メルと私にとってよき仲間になるに違いないと確信した。

わが小チームは、さっそく森での研究に関する意見を交換した。その日の夕食後、私たちは家の前にすわり、近くの木で果実をついばむコウモリを見ながら、夜の音に耳を傾けた。長男のレンは大人の会話に飽きて、

「どうしてコウモリは夜しか飛ばないの?」

と尋ねた。

私は、親としての誠実な態度を示し、コウモリは「夜行性の動物」である(院生はそのような用語を使って話す)と説明したが、アリマンは即座に、たくさん覚えているティドゥライ族のおとぎ話のなかから、その一つを話し始めた。

「あるときね、鳥たちが野生のブタに恐ろしい勢いで飛びかかったもんだから、動物たちが黙っていられなくなってね、鳥たちと動物たちとですごいけんかが始まったんだ。コウモリはね、もちろん空中を飛ぶから鳥なんだ」

と彼は言った。そして両手で小さく羽ばたく真似をした。

「でも、鳥はほとんどが小さいし、動物のほうがずっと大きいから勝てるわけがないと思っていたんだ」

この時点で、アリマンは、最初は体を縮めて、それから伸ばしていったので、男の子たちが笑い始め、私たち大人も笑い出した。

「そこでコウモリはね、ちょっとずるがしこいもんだから、動物たちのところへ行って言ったんだ。『君たちの味方をするよ。つまり、僕たちには羽はなくて、毛が生えているだろう』……動物たちはしばらく話し合ったうえで、コウモリだって少しは役に立つだろうと考えて、味方に入れることにしたんだ。コウモリがズルをしたことが分ったもんだから、ほかの鳥たちもちょっとズルをやってみた。ハチだって鳥じゃないのに、飛べるからさ、鳥たちはハチのところへ行って、こう言ったんだ。『僕たちはちっちゃくて、イノシシやサルたちは僕たちよりずっと大きいでしょう。僕たちがやっつけられてしまわないように、そして平和にやっていけるように、僕たちを助けてくれませんか』……ハチたちはしばらく考えて、鳥たちの気持ちを傷つけないために、助けてやることにした。最初の戦いでは、ハチたちはみんなで寄ってたかって動物たちをメチャクチャに刺したもんだから、動物たちは逃げちゃった。コウモリはそれを見ると、すぐに鳥たちのところへ行って『実は僕たちが間違っていた。僕たちは本当は鳥なんだよ。みんなもよく知っているとおり、僕たちは空を飛べるから』……鳥たちは、コウモリに言った。『君たちの本当の姿は臆病者なんだよ。自分を恥じて、鳥たちからも動物たちからも永久に身を隠すんだな』……コウモリたちはすごく恥ずかしい思いをしたので、そのときから夜にしか出てこなくなったんだよ」

アリマンの学歴はメルよりも低かったが、彼は細かいことまで大事にするので、私の彼に対する尊敬の念は次第に深まり、彼の記録する情報なら信頼できると思うようになった。

ようやく可能な限りの準備が整い、いよいよ出発になった。この先の未知の世界、つまり、なじみのない社会、そしてまったく未知の雨林にまで奥深く入り込むことに対してかなりの不安は感じたが、十分に機能する調査チームを組むことができたことに満足し、大きな冒険に踏み出すことで胸がいっぱいだった。

二章　フィーグルへの旅

昨夜は最後の準備で夜遅くまで起きていたが、フィーグルへのはじめての旅でもあり、私は緊張して日の出前に目覚めた。三月上旬のことだった。妻オードリー、それに息子のレン、ウィル、それに私がマニラ空港に降り立ったのはちょうど十週間前で、その数日後にはミンダナオ島の南西部ティドゥライ地域へ飛んできた。その間に綿密な計画を立てて準備を進め、いい友だちから多くの手助けを得て、単純ながらいくつもの幸運に恵まれてあわただしく過ぎた。私たちはやっとミラブに落ち着き、これから熱帯雨林へと旅立つ。ハミーが彼のトラックで、メルとアリマンと私をコタバト市まで連れていってくれた。

この旅が最初の行程から生やさしいものでないことは、あらかじめ覚悟していた。コタバト市への道はサンゴのかけらが敷かれており、道とは名ばかりでとても車の通行には適していなかった。車一台がやっと通れるほどの幅しかなく、急な曲がり角に来たときは、どのような車であっても、対向車は停車するように大きな音でクラクションを鳴らさなければならない。このあたりでも上りのトラックやバスに優先権があり、下りの車は道の端によけて止まらなければならない。ウピの道路を走る車のほとんどは、平台型の材木搬出用大型トラックで大きな丸太材を積んでおり、その上にヒッチハイカーが数人へばりつきながらでこぼこ道を下りてくる。荷を下ろして帰る上りのときも、旅行者を満載している。そのほかの車両としては、第二次大戦中の武器輸送車のようなハミーの小型トラックなどほんの数台と、ウピと沿岸の町を結ぶ定期バスぐらいしかなかった。

私たちは何台もの大きな材木搬出用トラックとすれ違ったが、そのたびに自分たちの車をできる限り道路の端に寄せて彼らをやり過ごした。トラックが通るたびに私はアリマンのことを思い出して、身を縮めた。数年前に彼が材木搬出車の後ろに乗っていたときのこと、そのトラックが深い窪みにはまって横転した。丸太の一本が、アリマンの下腹部を直撃した。彼は奇跡的に即死を免れたが膀胱が破裂し、コタバト市の外科医がなんとか「修復」したものの完璧というわけにはいかず、アリマンはいまだに下腹部に激痛を感じることがよくあるという。

道路は雨期になるとぬかるんで、無数の窪みには水が溜まり、通行不能になることも珍しくない。だが今は乾期なので、砕けたサンゴを敷いた道路を走ることはできる。だがアメリカの開拓時代、丸太を横に並べた「コール天道路」を車で行くときはまさにこんな感じではなかったかと想像した。ミラブはコタバト市から三十キロちょっとでそれほど遠くはないのだが、この道を行くのに数時間もかかり、飛び上がったり左右に倒れ掛かったり、荷台に叩きつけられたりした。私たちは元気いっぱいで、これからの冒険について話し合おうとしたが、でこぼこ道をがたがた行く車の騒音では、話すことなど不可能に近かった。

トラックがコタバト市に入るとまずマリアーノの小さな中華飯店でチャーハンを食べ、冷えたサン・ミゲルのビールを飲んだ。これが気力・体力回復には最上のカンフル剤で、かつてこのあたりに滞在していたころも、トラックで海岸へ食料の買い出しに行くときはこれが習慣化していた。マリアーノは中華なべをみごとな手つきで操り、私たちのいい話し相手でもあった。市内には国立銀行があり、そこでは高額の小切手を現金化したり金銭の出納ができる。だが私は数年前に、ハミーやマリアーノの友だちの多くが彼の食堂を地元の民間銀行のように使っていることを聞いていた。手持ちの現金が足りないと、彼はいつでもツケで気前よくご馳走してくれたし、その日に必要なペソ貨を貸してくれることさえあった。

コタバト市は圧倒的にイスラム教徒が優勢な町で、プラギ川（ミンダナオ川、コタバト川とも呼ばれる）がモロ湾と南シナ海に注いで泥沼のデルタ地帯となっている入り江の奥にある。だがどう見ても、「市」と呼ぶにはあまりにも小さい。道路が何本か交差し、店が数軒、まあまあのレストランが二、三軒、下宿屋、アメリカの西部開拓時代を思い出させるような病院が二つ、それに役所の建物が点在しているだけだ。それでもこの州の州都であり、そのために「市」と呼ばれているに違いない。

私たちはマリアーノの店に三十分ほどいただけで、ハミー、メル、アリマンと私は、翌朝のレバク行きの船の出航時刻を調べるため埠頭に行った。出航は午前六時で、わがフィールドワークの小チーム三人の予約をした。それから私たちは、本格的な昼食を取り直すためマリアーノの店に戻った。私たちはハミーに礼を言って別れ、最後にちょっと物品の買い足しをしたあと、エアコンのきいた新しい映画館に入った。木造の映画館は、私が博士課程の勉学でアメリカに戻っているうちに建て替えられて「近代化」され、いまやその小さな海辺の町の自慢のタネになっていた。ただし相変わらずネズミが床を走り回り、席にはナンキンムシやノミが跋扈《ばっこ》していたが、映画館の気持ちいい冷房のおかげでコタバトの日中の暑さと湿度から逃れられ、ひと息つけた。

その夜、私たちは船のデッキで寝ることにした。朝までにはデッキが乗船客であふれるだろうから、なんとしても座席を確保したかった。沖仲仕たちはほぼ徹夜で荷役作業をやっていたし、耳の周辺では蚊がしきりと飛び回ってうるさかった。普通なら蚊帳も吊らずに戸外で夜を過ごすことなど考えもしないが、デッキの上ではどうしようもない。ほんの少しは貴重な休息が取れるだろうが、文化人類学のことを考えて明け方を迎えるまでに、何がしかの血液を供出することになる。

私たちは、予定時刻よりいくらか遅れたものの、早朝のまぶしい光を浴びて出航した。船はリズミカルなエンジン音を立てながら、ゆっくりとプラギ河のデルタをモロ湾に向けて進んでいった。薄いもやが顔にひんやりと感じられたが、視界をさえぎるほどではなかった。マングローブの茂みが繁茂するデルタの両岸に、マギンダナオの貧しい漁師たちの高脚住宅が点在しているのが望めたし、船音に驚いたワニがあわてて水にもぐって跳ね返す水音があちこちで聞こえた。マングローブの後方には、ココナツ農園のひょろ長いココナツヤシの林がある。これを見ていると、漁業で辛うじて生計を立てている人びとの生活水準と比べると、はるかに裕福であることが見て取れる。

船は三十分足らずで海洋に出るとエンジンをフル回転させ、七時間ほどでレバクに着いた。私はこのような、沿岸を走る船には乗ったことがなかった。長さ十八メートルほどのディーゼル貨物船の船員は二、三人だが、私たちの乗っているこの船は乗客が多く、その日は操舵室の後ろの船客用ベンチには二十人あまりも乗っていた。彼らのほとんどは、英語が話せた。そのころのフィリピンでは全国どこでも、小学校三年より上ではすべて英語で授業を受けていた。残りの船客はみなピリピノ語を話していたが、これはタガログ語を中核とするフィリピンの公用語で、ほかの地方言語を話すフィリピン人グループの人たちも、ほとんどの人が自分たちの言語よりもピリピノ語で話していた。私も宣教師時代に、簡単なピリピノ語の会話を習っていた。船に乗り合わせた人たちのなかに二人のティドゥライ族の女性がいたので、私はおぼつかないピリピノ語で話しかけてみた。私はメルやアリマンとはだいたい英語で話し、横に腰かけていたイスラム教徒の家族とはマギンダナオ語で簡単なあいさつと質問ができたので、その船旅では愉快な四か国語体験をした。

船は沿岸を進みながら、ときどき小さな村の沖で荷を下ろしたり、乗客を乗せたり、あるいはアウトリガー（張り出しフロートが付いたカヌー）からレバク行きのココナッツを積んだりした。午前十時ごろナルカンに停泊すると、シメオン神父がバックパックを肩にひっかけて船をよじ登ってきた。そして、ベンチに掛けているメルやアリマンと私の間に割り込んだ。

その船旅は、にわかに楽しいものになった。静かにゆったりとした気分でシメオンの話に耳を傾けて昔のことを頭に思い描いていると、時間はあっという間に過ぎた。海草の匂いや、潮の香りが鼻をくすぐる。ミンダナオ島の南西部は、確かに西洋人が抱く熱帯地方のイメージそのものだった。赤道付近の太陽直下で輝く真っ青な海、白砂のビーチに続く牧草の緑とココナツヤシが立ち並ぶ細い街路。それに水際から数百メートルほど入ったところには、灰色がかった青い色のコタバト山系の連山がそびえている。人びとは「山脈」と呼んでいるが、最高峰でも千二百メートルに達しない。山々は熱帯雨林で覆われており、低地の農民やココナツヤシの栽培農家、木材会社もまだ手をつけていなかった。

私はどうやら、目的を冷静・厳密に科学的に考えようとしすぎていたようだ。道すがら、私は自分の記録や疑問の要点をたんねんにまとめていた。それはシカゴ大学の教授たちが評価してくれた、私の長所でもある。私自身もその点をある程度、自覚していた。私は、それを実践してみたかった。だが今回は、科学というよりも冒険の色彩が強いことがいくらか気にかかっていた。私は船の上部に張られた布の天蓋が風にあおられてはためく心地よさに身をまかせ、ディーゼル油の悪臭もそれほど気にならなかった。

その日の午後四時ごろ、われわれの船の前方にレバクが見えてきた。その土地ではビンタと呼ぶアウトリガーの小型カヌーが、波止場の倍はありそうな岩場の突堤に私たちを運んでくれた。この町自体は、車で十五分のところにある。そこを訪れる人たちはみな、私たちと同様に船でやってくる。レバクは島のほかの地域へつながる道がないために孤立しており、もちろん空路もなかった。一九六〇年代、眠ったような村の漁師たちは地元で採れた魚を現地で売り、ココナツヤシの栽培者たちは収穫物を船に積み込んで商売した。住民たちはたがいに歩いて行ける範囲に住んでおり、週に一度だけ土曜日に立つ市にみなが集まるという。シメオンによれば、レバクはフィーグルのティドゥライ族がちょっとした商いをしに来ているそうだ。

波止場の行商人から買ったものをひと口食べ、生ぬるいサン・ミゲルのビールを飲むと（ここに氷はない）、私たちはジープに乗って荷物ともども町に向かった。そこで輪タクに荷を積み替え、カルロスとプリシラのコンチャ一家の家に行った。プリシラはエドワーズ家のハミーの姉で長女だった。彼女はカルロスと結婚して、かなり前からレバクに住んでいる。彼らはとても温かい人たちで、私が森のティドゥライの人たちの過去を知りたいと言うと、ほぼだれもが関心を示したが、彼らも興味を持っていた。フィーグルへの往復でレバクを訪れるたびに、マメルトとアリマンと私は彼らの家に泊まらせてもらっていた。家は大きくはなかったが、居心地はよかった。私たちは彼らのサラ（居間）の床にスリーピング・マットを広げ、そのあたりに打ち付けてあるクギやドアの取っ手に蚊帳を引っ掛けて寝た。

翌朝、シメオンと私たち三人の文化人類学研究チームは五時に起き、プリシラが用意してくれた心温まるご飯と魚の干物の朝食をご馳走になった。私たちは、大きな道が交差しているために地元なまりでクルシングと呼ばれているレバクの町の最も山寄りの場所からジープで出発し、森の手前一キロ半あたりの道が途絶える個所まで行った。そこには小さな店があり、ハイカーたちが森に入る前にソーダとかコーヒーなどを入手する最後の拠点になっている。私は地元産の濃いコーヒーを一杯飲み、荷物の最終点検をしてから、一日がかりのフィーグルへの旅に出発した。

最初のうちは道の両側に水田が広がり、農家が点在していた。どの家でも前を通ると、お茶でも飲んで話していきませんか、と声をかけられた。シメオンは、全員を知っていた(ときどき想像するのだが、彼はひょっとするとミンダナオ島の人すべてを知っているのではなかろうか!)。彼によると、その人たちはビサヤ――ミンダナオの北、フィリピンの中央に散在する島々――出身の入植者たちで、森の奥に向かう通りがかりの人びともよく知っていた。シメオンの話では、番犬でさえいつかは私たちを覚えて吠えなくなるという。彼らがレバクの近くの農場へなぜやって来たのか、彼らの大きな夢が現実には大きな見込み違いだったことなどをシメオンは話してくれた。彼らの生活は過酷で、盗賊にもしばしば襲われたという。

しばらくすると、水の流れる音がかすかに聞こえてきた。少し行くとそこが森との境で、十五メートルほどのダケル・テラン川の向こう側の分厚い緑色の壁に目を奪われた。それは、圧倒されるような光景だった。雨期に入る年の後半になると、この川がしばしば渡れなくなることは知っていた。豪雨が始まると数時間後には、山からの流れが増水して川幅は倍になり、あっという間に水深は深まり、流れも早まる。だが、今回は歩いて渡ることができた。

川に慣れている人たちは、この日のように割に穏やかに流れているときにはなんら躊躇なく足を踏み入れ、荷物を頭上に載せて裸足で岩から岩へと跳び移りながら向こう岸まで渡っていく。しかし自分でそれをやってみると、私の軟らかい足は滑って石のとがった角に刺さった。私はすぐ川岸に戻り、ぐっと気を静めてから靴をはいた。それ以来、川に入るときは素っ裸で汗を流しに川に入るときでもズック靴だけは欠かさなかった。しかし、スニーカーで足が守れるとしても、流れに足を取られないようにするのはかなりむずかしく、向こう岸にたどり着くとへとへとだった。それでも冷たい川の水のおかげで、森の蒸し暑さを一時的に癒すことはできた。

だが川を渡り終えると、私たちは青々と茂る緑に埋まり、たちまち息詰まるような蒸し暑さと湿度にふたたび飲み込まれた。ここからまる一日かけて歩き続け、川の浅瀬を十何回も渡りながらフィーグルへの行程を続けた。

重い足を引きずりながら数時間も歩く難行だったが、心は軽やかでこれからの生活をあれこれ考えた。巨木や垂れ下がっている蔓《つる》(その多くには色鮮やかな花が咲いている)、ときに木々の間にのぞく深く深く青い空――自然の美しさには息をのむ。山に入るにつれて森にも深く入り込み、しばらくすると木々が繁る斜面に囲まれていた。ぬかるみや険しい急坂は重い荷をかつぐ身にはこたえたが、ほとんどは蛇行するダケル・テラン渓谷沿いの緩やかな上り坂だった。私たちは、見渡すかぎり急峻な山々の美しさを堪能したが、標高はせいぜい一五〇メートルほどだった。

森に入って四時間ぐらい経ったところで休憩を取り、私は伸びをしながら四方を見渡した。私がこのあたりの上空を飛行機で飛んだとき、森とは水と樹木が混在している場所だと認識したことを思い出した。降雨はほぼ季節的なものだが、降るときは豪雨で、山のなかをレース模様のように流れるせせらぎはダケル・テランのように少し大きな川に流れ込み、それが蛇行しながら海岸へ向かって流れていく。上空から眺めると、それは繊細なクモの巣のようだった。森のなかに小さな開拓地が点在し、それぞれに小さな家が数軒あるのが飛行機から見えたことも思い出した。フィーグルも、そのように緑色の樹海にある小さな開拓地なのだろうと想像した。地図には記されていなかったが、蛇行するダケル・テランから十九キロほど遡ったところにあるとシメオンから聞いていた。地理学の用語でいえば北緯六度と七度の間で、海抜は一二〇メートルだ。

熱帯雨林のなかに分け入ると、歴史を遡る感じがする。私が最初に持った疑問は、これはいったいどれくらい前から存在しているのだろうか、という点であり、自分とは異次元の存在だという実感だった。シメオンにとってはなじみがあったが、私にとって――熱帯雨林をはじめて目にしたメルやアリマンにとってもある程度――森は畏敬の念を感じさせるものだった。雨林は時代を経たものであり、豊かで、きわめて複雑だ。私は、もちろんテレビや映画で見たことはあるが、自分が個人的に体験することに対して心の準備はまったくできていなかった。

森の奥深くに入ってみると、外側からは緑色の糸が絡んでいるように見えた状況とは違っている。森の周辺部では熱帯の太陽が照りつけていたが、森に入ると私たちの頭上はるかの枝が厚く絡まった天蓋を通り抜けてくる太陽光はほとんどなく、高い樹木が密生している場所では下草がほぼ生えていないことに私は驚いた。おたがいに倒れかかって支え合っている巨木が何本もあり、かなり多くの低木や実生の苗木や若木なども見つけた。蔓《つる》や先の鋭くとがった籐《とう》が木々に絡んで這い登り、岩にへばりつく苔や地衣類も多かった。

原生林とは思えないような個所は、シメオンの話によると、かつてティドゥライ族が開拓地として切り開いて穀類を植えたところで、とくにやや大きなせせらぎや川沿いにはトゲだらけの低木が大きく育って、枝が絡み合っている。何度も沼地に出くわし、私たちは足場の悪い水溜りに往生した。

この行程におけるとくに嬉しい驚きは、ヒルがいなかったことだった。ヒルは森にはつきものだと思っていたので、森の奥深くに入るにつれて、それが最大の心配のタネだった。無防備な私たちに小さな吸血鬼が這い登ってきたり、あるいは上から落ちてきて吸いついた個所の皮膚を麻痺させると、ぶざまに赤く脹れ上がる。血がなかなか固まらずに痛みが残り、何週間ものすごく痒い。そう考えるだけで、ぞっとする。しかしレバクとフィーグルの間では、一匹のヒルも見なかった！　やがて、森の別の場所ではヒルがやたらに多いことが分かった。このような自然界では、観念して現状を受け入れるしかない。

私たちが歩いた山道は、しっかり踏み固められていた。人びとはおそらく、何世代もこの道を使っているのだろう。このような道だから歩きやすく、ハリウッド映画のジャングル場面によく出て来るように、マチェテという鉈《なた》を必死で左右に振り回す必要性はまったくなかった。ときには、開けた草原に出た——背丈が高く葉がザラザラしたエレファント・グラスがほかの植物をすべて駆逐して一面に広がり、みごとな竹藪と接していることが多かった。しかし草原を横切る道も、見まごうことなく歴然としていた。シメオンは何回も、道からはずれないようにと私たちに注意した。森に潜む命取りのコブラ・ヘビは、人間が彼らの巣を脅かさない限り攻撃的になることはなく、人間が踏み固めた道に巣を作ることは決してしないからである。いずれにしても道をはずれて、自然に枯れた倒木や、耕作するために切り倒された木などが散乱する森のなかを歩き通すことはむずかしかった。

私たちが次々と川を渡って山道を進むにつれて、森の静けさがきわめて印象深くなってきた。川の流れが岩にぶつかる音が四六時中やわらかく耳に響き、たまに鳥たちがさえずったり啼いたりする。夜のとばりが降りると、森の虫たちがソフトな高い声で鳴いた。だが周辺の雰囲気は、声高に鳴く鳥やサルたちが住む動物園というより、孤高で荘厳な中世の大聖堂という感じだった。

私の期待に反して、色とりどりの花が咲き乱れている場所はなかった。反対に、どこもややほの暗い、灰色がかった緑色だった。太陽の強くまぶしい光の届く上のほうには、ランなどの花がちらほら咲いていていたが、樹木の下のほうの湿った薄暗いところでは日陰を好むキノコや、目立たない小さな花の咲く植物しか見当たらなかった。

生きものも私が考えていたようにパターン化されたものではなく、いろいろな層に住み分けて生存していた。後にフィーグルの友人たちから聞いたところによると、高い樹上にいる動物はたいてい草食だが、なかには現地で「サルクイワシ」と呼ばれるフィリピンワシのような例外もいくらかある。私たちは、アクロバットのように動き回る小型のサルをたくさん見かけたし、柔らかい毛に覆われたコルゴスという空を飛ぶ哺乳動物（キツネザルの仲間）も何匹か見た。地上では小型のシカや、大声でブーブー鳴きながら小走りに逃げていくイノシシも目にした。私たち小グループのメンバーは、カラフルな熱帯の鳥たちに歓声を上げた。ヘビやカエルや昆虫類には、数え切れないほどお目にかかった。きわめて印象的だったのは、目を見張るほど美しい派手な色のチョウが道沿いでよくヒラヒラと舞っていた魔法の国のような情景だ。どのような動植物でも、特定の地域に限定されるものはあまりないようだ。森のなかにはさまざまな層が重なっており、ある程度は入り乱れているが、多くは高い場所にあるので目に入らない。私は森に入った初日から、動植物相の多様さに感嘆した。だがのちになって、この最初の印象をはるかに上回る多様性があることを知っていっそう驚嘆した。

熱帯雨林は長い時代を経てきており、荘厳さがある。最初に地球を美しくしたものの一つが樹木だった。そしてそれらの樹木が、割に新しい私たちの惑星の酸にまみれた大気を浄化し、動物が生きられる環境にしてくれた。私がフィーグルへの道をたどった最初の数時間で、森は私にとって明らかに神聖な場所になった。

さらに奥へ進むにつれて、何度も川を歩いて渡ったし、ティドゥライ族の小さな居住地もいくつか通過した。住民たちは親しそうに手を振ったが、グループのなかに背の高い白人を見つけて驚いたようだった。私たちも手を振り返し、ときには立ち止まってふたことみこと言葉を交わした。やがて森に夕闇が迫ったころ、私たちはちょっとした険しい崖に登ったところ、まだ見たこともないほど広い開拓地に出た。いずれも高床式の小さな家が数軒と大きな家が一軒あり、周辺はかなり賑やかだった。ニワトリがけたたましく鳴き、ブタが地面にすわり込み、子どもたちが走り回っていた。コーヒーを煎る匂い、スープのぐつぐついう音やいい香りが漂ってきて、私は空腹に気づいた。

私たちは、フィーグルに着いていたのだった。

シメオンは前もってそこの住民たちに私や協力者のこと、だいたいいつごろ到着するかを知らせてあった。私たちを最初に見つけたのは、乗り越えて来たばかりの低い崖っぷちに立っていた小さな男の子だった。私たちが居住地に近づくと彼は後ろを向いて、興奮したように、「みんな、来たよ！」と叫びながら走って行った。私たちが居住地に足を踏み入れると、六、七人の男女が集まってきて、私たちを迎えてくれた。シメオンがその人たちに簡単な挨拶の言葉を述べると、フィーグルの人たちが一人ずつ何かを言って応えた。そのあとみなが、昔からやっている厳粛な「握手」を全員と交わした。そのような光景を見たのはじめて――森を離れたティドゥライの人たちにはもはやそのようなしきたりはなかった――私は興味津々の目でそれを見ていた。シメオンが祈るときのように両手を合わせると、向かい側の女性が両手でそれを包んだ。両者はゆっくりと指を滑らせて自分のほうへ引いた。両者の手が離れると、二人は自分の両手を胸に当て、掌を前に向けて両手を大きく開いた。これほど明確な、心を開いて歓迎する気持ちを伝えるコミュニケーションはほかにないだろう。

私たちが到着して間もなく日は暮れ、フィーグルの開拓地に降り注ぐ昼間の熱帯の明るさに代わって夜のとばりが降りた。夕暮れのなかで、ダケル・テランの川幅が約二十二メートルに狭まっている個所から四十五メートルほど内側にこの居住地が伸びていることが見て取れた。ティドゥライ語ではフィーグルという名は、普通は太いものが細くくびれた個所——彼の表現を借りれば「コカ・コーラのびんみたいに」——を意味するのだとシメオンが教えてくれた。彼はこのコミュニティには七家族が住んでいると言ったが、私が数えると十四軒の小さな家に大きな家が一軒、中央の広い仕事場兼遊び場を囲むように長方形に並んで建っていた。

その夜、私たち四人は集会所でもあるその大きな家に泊まったが、そこには大広間があり、私たちのふとんや蚊帳が用意してあった。私は相当にエネルギーがあるほうだが、夕食に出されたご飯と野菜と蒸した鶏肉料理を食べ終わったとたんにどっと疲れが出た。しかし、まだ夜はまだ長かった。十五人から二十人ぐらいの人たちが集まってきて、竹張りの広い床に雑然と散らばっていた織物の敷布団にすわった。スピーチが次々と続いている間、私は真剣に耳を傾けて注目していたが、男性も女性もしばらくすると体を傾けて唾《つば》——キンマの葉でビンロウジュの実とライム少々をくるんだ「ガム」を噛んで出た真っ赤な唾液——を身近にある床の隙間に吐き出し始めた。キンマを噛んでも酔うわけではないが、口に軽いしびれを感じて快感があるので、ほとんどの大人は日中はほぼ噛み続けていた。ビンロウジュの実はほかの材料と混ぜる前に砕く必要があり、私たちはみな来客としてすぐ噛めるように用意されたものを出された。私は自分の分を受け取り、少しだけ噛んでみたが、その苦味は私にははじめての味でなじめなかった。お体裁に噛んで見せただけで、床の隙間に吐き捨てた。

そのころの私のティドゥライ語の能力では、話の内容はほとんどが分からなかったが、みな親しげで、私の隣にすわっていたメルがそれぞれの挨拶の概要を話してくれた。シメオンは、私の名はモ・リニ、つまり「レニーの父親」――彼は第一子の名前を使ってその父親だと名乗るティドゥライ式の呼び方を使った――だと紹介した。そして彼は私をよく知っており、ウピ地域の多くのティドゥライの人たちにも悪意のない善良で親切な人として知られていると説明した。私がなじんでいるアメリカ社会では子どもに父親の姓をつけるが、ここでは男の子でも女の子でも、第一子の名前を使ってその父親とかその母親とか呼ぶことに、大きな感銘を受けた(このしきたりによれば、妻オードリーはイデン・リニ、つまり「レニーの母」と呼ばれることになる)。

「モ・リニは本を書く作家です。そしてみんなの習慣とか生き方を書こうと思っているんです」

と、シメオンは言った。フィーグルの人たちで文字を読める人は一人もいなかったが、彼らはレバクの市場へ行くし、山のふもとに住むイスラム教徒が神聖な本を持っていることを知っているので、本そのものは知っていた。森のティドゥライの人が使っている「本」といいう言葉には、「コーラン」から変化した「クラン」を当てている。彼らがシメオンの言葉で理解できなかったことは、なぜ私がわざわざ森までやってきて彼らに関する本を書くのか、という点だった。

ティドゥライ族の何人かは、私が彼らを改宗させるために宣教師としてやってきたのではないかと疑っていた。そこに集まっていたうちの二人が以前、レバクの近くのコタバト・マノボの人たちと仕事をしていたウィクリフ翻訳会*の者に出会ったことがあった。この団体は、聖書を世界各地の言語に翻訳することを主目的としたグループだが、その言語学者はキリスト教へ改宗させようととりわけ熱心だった。彼らはその体験がきわめて不愉快だったこと、そして彼もまた本を書くと言っていたことを思い出したからだ。

* ジョン・ウィクリフ（一三三〇?～八四）はイギリスの神学者で、聖書の全文をはじめて英訳した。彼の業績を継承する団体。

また、私を知っているという者もいた。

「この人は、前に見たことがある。ウピの伝道団から派遣されたシュレーゲル神父だよ」

と、彼は警戒するように言った。

シメオン自身も聖職者だし、ここの人たちに間違いなく信頼されている。シメオンは、彼らに念を押した。

「この人はもう、宣教師とはなんの関わりもない。モ・リニは別の目的でここに来たんだ。君たちの習慣とか生活様式の話を書くんだ。みんなを改宗させようとはしないから、心配はいらない。君たちが入植したときにどんな苦労をしたか、それを知りたいだけなんだよ」

私はついに疲労困憊《こんぱい》して横になり、サロン布に潜り込んでしまった。ほかにも、私に対する疑念が出された。たとえば、私は材木伐採会社から視察に来た人間ではないかという懸念を表明した者もいて、シメオンはそれを否定した、など、その日の夕方に出た彼らの関心事を、メルは私に耳打ちしてくれた。シメオンはそのような不安はすべてなだめ、彼らを安心させていた。メルは断言した。

「ぼくたちがフィーグルに落ち着いても、別に反対はないようですよ」

くたびれてはいたが、興奮しているためすぐには寝付けなかった。目新しいことばかりで、おもしろいことが多すぎる。頭も心も、好奇心と興奮に満たされていた。私は何も知らない場所へ足を踏み入れて、どぎまぎしている。これから二年間という長い年月、ここに住みつこうとしている。それは確かに私のこれからのキャリア、私の人生そのものに大変な影響を与えるに違いない。この森で暮らすことは、もはや夢ではなかった。私は現実に「彼ら」の社会に入り込んでいるのだった。

夜が白むとともに目覚め、大きなドラの音でいやでも起こされた。すばらしい天候だった。それから二年あまりはほぼ毎日、私はブルージーンズとTシャツ、ズック靴に農作業用の大きな麦わら帽子、といういでたちで出かけた。地元の人たちのほうが、私の期待に反して、もっとウピのフィリピン人のような格好をしていた。ほとんどの者が店で買った衣類――バスケット・シューズだとかTシャツだとか、男性はときに麦わら帽子をかぶり、女性はシンプルなワンピース（私の母親や祖母たちが着ていたような普段着）――を身に付けていた。それでも成人の何人かはティドゥライ族の伝統的な衣装――男性はパジャマのようなズボンにシャツ、女性はサロンの巻きスカートにぴったりした七分袖のブラウス――だった。そしてウピとは違い、ほとんどが長髪だ。セーターやジャケットを持っている者は見当たらなかった。もっとも、ふとんのサロンにくるまっている早朝は別として、つねに暑かった。

シメオンは朝食後すぐにレバクとナルカンに向けて出発し、私たちは感謝にあふれた気持ちで見送った。私は、通訳のアリマンを伴って周辺を見学した。私たちは何人かに声をかけたが、彼らは驚くほど好意的で手助けしてくれた。

女性は恥ずかしがって話をしてくれないのではないかと心配したが、思い過ごしだった。私が会ったフィーグルの女性は自信に満ち、はきはき答えてくれた。ある女性は、ダケル・テラン川はフィーグルの人びととは仲がよく、みな川を大切に思っていると言った。彼らは川からいろいろな魚を得るだけでなく、カニやエビ、ウナギやカエルなど、おいしいものをたくさん手に入れることができた。彼らは毎日、そこで水浴びもする。どの精霊も、同じく恵みをもたらしてくれるために尊敬されていた。

私は、朝早くから家のなかでコーヒーを入れている男性のお年寄りを見た。私たちは彼に近づき、たどたどしいティドゥライ語を使ってジェスチャーを交えながら、私が起こされたドラの音について尋ねてみた。彼は早口のティドゥライ語で答えたので、私は即座にアリマンを見て助けを求めた。アリマンが説明してくれたところによると、私たちは精霊を見ることはできないし、話し合うこともできないが、人間みたいな存在だと老人は話していたそうだ。

「精霊たちは、どこにでもいるんだよ、モ・リニ。でも、別に心配することはない。たいていの精霊は人なつっこくて、助けてくれる。わしたち人間はこの川に関して彼らと協定を結んだんじゃ。わしたちは川を昼間使い、精霊たちは夜使う。だからわしたちは毎日、朝と夕暮れにドラを鳴らすのじゃ。精霊たちにも、その音が聞こえる。ドラの音は、精霊らに敬意を表して、川を使う権利の交代を知らせるんじゃな。夕方にドラが鳴ったら、朝のドラが精霊たちの時間が終わったと告げるまで、わしたちは川に行ってはいけないんじゃ」

と、彼は言った。

例外はないのだろうか。

「そうだね、モ・リニ。それは問題ないよ。ときには夜、釣りをしなければならないときもあるさ。そんなときには精霊にわしたちが川に行く必要性を話して、許しを請えばいいんだ」

と、アリマンは通訳した。

川向こうのフィーグル側には約九十メートル四方の開拓地があり、人びとは「草っぱら」と呼んでいた。そこはフィリピンではコガンと呼ばれる鋭い葉を持つ背の高い草が茂り、トラクターでなければ耕すことができない。この草は屋根をふく材料にするなど、国内ではさまざまな用途に使われて便利な植物だ。草っぱらの向こう側に、フィーグルを四方から囲んでいる奥行きの深い森が見える。ダケル・テラン川と同様、この森も地域社会に多くのものを提供してくれる親友で、あらゆる生きものにきわめて価値のある環境を演出していることが分かってきた。

フィーグルの家屋は、なかなか興味深かった。居住地の中心にある異常に大きな家は、シメオンによれば、ティドゥライ族の間できわめて評判の高い法律の専門家バラウドの家だった。縦横はおよそ九メートルと三十メートルで、バラウドと彼の二人の妻、およびもう一家族が住んでいた。私は最初、彼が社会の指導的な立場にあるためにこの大きな家に暮らす特権があるのかと思っていたが、最初の夜の集いを見てそれほどの確信は持てなくなった。この家に集まった多くの人たちは、この老人にそれほど目立つような敬意は払っていなかった。事実、この家はバラウドの個人住宅というより公民館のような集会所に見えた。だが彼が、この家で地域集会を開くことはあまりなかった。彼と妻たちは広いスペースを仕切ってアパートのように小さな一角で生活しており、フィーグルで小さな家に住んでいるほかの人たちとまったく同じように質素な生活をしていた。バラウドには妻がもう一人いること以外に、彼らの階級やステータスの高さを示すものは見られない。そして、二人の妻を持つことも、後に分かったことだが、階級とは関係なく特別な栄誉を意味するものでもなかった。

小さめの家では、人が住んでいたのはたった五軒だけだった。ほかの家がどうして空き家なのかと聞いてみると、一人の男性が（私はまだ近所の人の名前を覚えていなかった）、その家は近くの入植者の家族が建てた簡易住宅で、何かの催しなどで大勢がやってきたときに利用するものだった。もちろん公民館に泊まることもできるし、実際に利用されてもいたが、小さな空き家ではときには夜通し歌ったりおしゃべりをすることもある。プライバシーが保てるし、早く寝たいときにも利用できる。

どの家も部屋は一つで、木材と竹でできており、屋根は東南アジアでよく見られる草葺きだ。ドアはたいてい底辺部に蝶番《ちょうつがい》がついていて、中世ヨーロッパの跳ね橋のように下に開くが、それ以外に窓や開く口がない家も何軒かあった。建物は幅と奥行きが二メートル七十と四メートル五十ぐらいで、一軒の例外を除き、高床になっていた。外から家に入るときは、水平に足場の切り込みがある丸太が立てかけられているのでそれを利用し、夜は引き上げる。

すぐに気づいたが、生活や食事はほとんどが家屋の下でおこなわれていた。ぐつぐつ煮えている鍋のフックは頭上の床下から吊り下げられ、周辺にはニワトリやその他の小動物がたむろしていた。この野外の「地下室」は、ひんぱんに降る雨のためには便利かもしれない。また、家族が一緒に決まった時間に食事をする習慣がないことも観察していて分かった。フィーグルでの調査をしている私とアリマンに加わったばかりのメルを通して、私はこのことを小さな家の下で冷えた飯を食べていた背の低い、針金のように細い男性に話してみた。彼の名前は、モ・トンといった。初対面だったが、彼はやがて親友になり、いい隣人になった。彼とメルが私の質問に関してしばらく話している間、私は横に立って待っていたが、言葉がなかなか覚えられないことに苛立ちを覚えた。モ・トンによれば、ご飯と粗引きのトウモロコシ、くだもの、野菜の煮物などの食べものはいつでもあり、大人も子どももおなかがすいたときに食べるのだとメルは言った。この点には、メルとアリマンも私と同じく驚いていた。これは確かに、森の外に住むティドゥライ族の農民には見られない特徴だった。

家のなかでは、ほとんどが床の上で生活しているようだった。雨や寒い日には家のなかで煮炊きができるように、どの家にも隅に小さな土のかまどがあった。日中は、ふとんや蚊帳は巻いて壁に立てかけてあった。

私たち三人がモ・トンとご飯やくだものを食べ、コーヒーを飲んでいると、男女が一人ずつ、公民館から中央広場をはさんで反対側にある小さな住まいに私を案内するためにやってきた。私の荷物など所持品は、すでに家の中に運び込んであった。その家はほかの家より小さく、高床ではなかった。ベンチのある、小さなポーチがあった。その他は、ほかの家と同じだ。家族全員が生活するには小さすぎるかもしれないが、私一人には注文したように完璧だった。北側の窓の下には小さな机があり、自分ひとりのふとんを敷くにはちょうどいい広さだった。その家はどう見ても、私が来ることを考慮して建てられたものではなかった。風雨にさらされ、使い古されているようだった。私はそれが当初、どのような目的で建てられたのか考えてみた。おそらく、子どものいない夫婦のものだったのだろう。なぜそれが、私に提供されようとしているのだろうか。ただ小さいだけではなく、ポーチがあって入りやすいため、少しは居心地がいいと思ったからだろうか。メルとアリマンは、隣の家に落ち着いた。

フィーグルでのはじめての朝、バラウドの大きな家の一角に住んでいた若いカップルのイデン・エメットとモ・エメットが、一日三食を私たちのために作りましょうと言ってくれた。私たちは大きな家の下で、彼らの食事に参加した。食事の準備を自分たちでしなくてすめば私たちは研究時間が増やせるので、大いに助かる。私たちはなんらかのお返しをしたいと思ったが、ミラブでの休息から帰ってくるときに、海岸から何か特別なものを運んでくることしか思いつかなかった。彼らの米が底をついて翌年の種もみしか残っていないようなオフ・シーズンには、私たちは米を購入してきたし、ときにはキャンディとか甘いロールケーキなどを持って帰った。このような相互関係は、うまく運んだ。その若夫婦や未成年の息子のエメットはいい友だちになったし、彼らはすばらしい情報源でもあった。彼らは私たちの食事を作ることはなんでもないと言ってくれたし、私のチームは料理を作ったり薪を割ったりしなくて済んだだけ、文化人類学の研究作業ははかどった。

私が家のなかで荷物を整理していると、何人かが近くの草っ原で穴を掘り、住まいと穴との間に間仕切りを立てているのが見えた。彼らは森の外の世界との接触もあり、屋外便所のことを知っていたので、私から頼みもしないのに親切に作ってくれたのだった。フィーグルの人たちは、私が最も居心地よく暮らせるよう、かなり気を使ってくれているようだったし、それは一般的なフィリピン人にも共通する特徴だと思える。屋外便所の件から、私は十年ほど前、まだ神学校へ行く前にルソン島北部の山奥の村で叙階前の宣教師として一年近く暮らしていたころを思い出した。そこに着いた日、そこの住民たちは私がおそらく床には寝たくないだろう、いや寝られないだろうと思って、真鍮の四本柱が付いたベッドを商店街から私の住まいまで荷車で運んでくれたことがあった。今回は、そのときのような恥ずかしさや抵抗感はなかった。確かに、多少とも慣れたやり方で自分の個人的な生理現象を処理できる場が用意されたことは嬉しかった。思いやりのある行為で、私は恩義を感じた。だがその日には、何が起きているのか実際には認識していなかったし、ティドゥライの人たちがそのような親切なことをしてくれていることにまだ感激していなかった。だが日が経つにつれて、屋外便所を黙ってこしらえてくれたり、初対面の人たちが私たちのために食事を作ろうと言ってくれたことが、彼らティドゥライ族の道徳の中心をなす教えだと悟った。

翌朝、ティドゥライ族のまた別の特質に触れるエピソードに遭遇した。その小さな家で過ごした最初の夜、暗くなると竹で編んだ壁から多数の家グモが出てきて私は悩まされた。見渡す限りクモがいて、体はピーカンナッツほどの大きさがあり、手足を伸ばすと私の掌ほどの大きさだ。クモは別に私には興味はなさそうだったが、私はそれを見るとムズムズして、部屋を見回しては一度ならずゾッとした。翌朝、私はフィーグルの女性にクモのことを話した。すると彼女はにっこり笑い、まるで幼なじみの話でもするように明るい声で、

「そう、そ。クモよね。彼らもそこに住んでるってわけよ」

私もクモに対して好意的な考え方をするように心がけ、クモを無視するとクモも私を一人にしてくれ、たがいにうまく住み分けられるようになった。

一週間のうちに、私はフィーグルが自分の故郷のように思えるようになった。私は冷たく澄み切ったダケル・テラン川で裸で水浴びをし、歯を磨き、ひげを剃ることを覚えた。だがしばらくの間、不快な夜が続いて予期しなかった不眠に悩まされた。それはクモのせいではなかったし、硬い床板のためでもなかった。私はいつもアメリカン・スタイルのふわふわした枕を持ち歩いていたから、どのような場合でもフィリピンの床で寝ることには慣れていた。問題は小さなダニで、ものすごくかゆかった（ダニという言葉は、ティドゥライの人た

ちが好色な人を指すときに使うことをのちに知った)。しかし、ダニには、ふとんを昼の暑い太陽にさらしながら何度も裏返すほうが、どのような殺虫剤よりも効果的だということが分かり、その問題はほどなく解決した。自宅では本に囲まれていることで至福な気分になれたのだが、ここではその本棚が一つもない。しかし完全防水の大きな金属ケースがあり、そこにはフィルムやテープレコーダー、それらを動かすのに必要な電池を収納できる。もちろん、本も何冊か持ってきていた。

私はこの新しい住まいに落ち着きつつあったが、それまでに経験したこととはいろいろな点で大幅に異なっていることにはもちろん気づいていた。私はフィーグル流の暮らしの魅力とそこの住民たちの並々ならぬ気遣いをメルやアリマンと共有したいと思っていたが、彼らが秘めている重要性とか、私の人生にこれから起こる個人的な方向性に関してはまだ何一つ感づいていなかった。私は、この世の果てのエキゾティックな場所に昔から伝わる文化人類学の通過儀礼を執りおこない、プロとしての地位を上げるために、「実地研究者」としてやってきた。だが私はティドゥライ族の森をより深く知るにしたがい、自分自身の霊魂の知られざる部分にまで奥深く分け入ってみたいと強く引かれるようになろうとは夢にも思わなかった。

三章　空飛ぶ生きものはすべて鳥

私がフィーグルに到着して六週間ほど経ったある朝、近所の家の下で交わされている会話が耳に入った。隣のモ・ウドウが彼の二歳の娘ミリヤナに、今朝、日の出ごろに彼が吹き矢で射落とした、大きな目をした毛むくじゃらの小さな生きものについて話していた。彼はその小さな動物を示しながら、何回も「コボル」と繰り返した。コボルとはコルゴ（空を飛ぶキツネザル）のことだ（学名はシノセファルス・ヴォランス。コルゴはリスのような哺乳動物で、胴体と足の間に皮膜があり、足を使って優雅に飛び跳ねるし、森の低い天蓋となっている枝から枝へと飛び移る）。

「これは鳥《マヌク》の一種なんだよ」

と、モ・ウドウは娘に説明していた。

ミリヤナは父親にならって、大喜びで指差しながら、「コボル、マヌク」と真似た。その言葉を何回か繰り返すと、モ・ウドウは娘にそのコルゴについてさらに解説した。

「コボルはね、夜飛び回って、そして餌も夜に食べるんだよ。そのコボルはね、一本の木からもう一本の木に飛んで移るんだよ」

「コボル」

と彼女は繰り返した。

「これは鳥なんだよ。空を飛ぶんだから」

と彼は教えた。

「コボル。マヌク」

と、彼女は得意になって言った。

その二人に、よく母親のイデン・ウドウも加わってこのゲームをやっていた。小さなミリヤナは、昼間は一人でそれを続けていた。彼女は昔からやっているティドゥライ流の、頭を縦に振ったり唇をとんがらかしたりのゼスチャーつきでやっていた。彼女はまさに、太古のアダムが地球上のものに名前を付けていったように、動作に合わせてものの名前を口にしていた。彼女を見ていると、私の子どもたちも彼女と同じ年ごろのころ、カリフォルニア州でものや名前は違っていたが、似たようなゲームをやっていたことを思い出した。ミリヤナの言葉や生活学習は、まだ「単語レベル」だった。ときに彼女は間違えて、たとえばある虫の名を別の名で呼んだりしていると、通りがかりの大人が、

「あら、違うわよ。これはタロ・カブトムシで、ココナツ・カブトムシじゃないのよ」

とか、

「あれはトゲのある竹で、ジグザグ竹とは違うのよ」

と直してやる。すると子どもは笑って動作をしながらその言葉をときには何度も繰り返

し、完全に悦にいっていることがある。彼女にとって、周辺の世界が次第になじみのあるものになっていく。それをティドゥライ族は「慣れ」と呼ぶ。その場所が、次第に「ふるさと」になっていく。

彼女と私は同じ学習者だということに気づいて、にわかに親近感を覚えた。私もミリヤナと同じようなやり方で、日ごとに言葉や世界に慣れていった。人間はどのような場所に住み、どんな社会でいかなる文化的な現実のなかで育てられようとも、自分の世界を作るためには言葉を学ぶ必要があり、だれでもその過程に喜びを感じる。ミリヤナも私たちもみな同じだが、あるものの名前を覚えると、それに対する違和感が消えていく。

はっきり覚えているのだが、ティドゥライ族の世界感がどのようなものなのか、その概念に最初に出くわしたのは、私がフィーグルにやってくる数年も前の一九六一年のことだった。ウピで伝道にたずさわることになり、牧師になりたての私は、まだ飛行機から降りたばかりで、自分でも気づかないほど自分のことで頭がいっぱいだった。

ウピの宣教師たちの居住地区には大きな教会があったし、聖職者や平信徒の住まい、尼僧たちの修道院も併設されていたし、高校も建設中だった。住み込みの看護婦がいる無料の診療所もあって、そこでは西洋医学の治療を受けることができた。ある日、その伝道区の近くにある入植地の農場で小作人をしている男と、その診療所の外で出くわした。彼は、「かぜ」の治療を受けてきたという。そのころの私はテドゥライの言葉がほんの少し分かる程度だったが、彼はいくらか英語が話せたので私たちは木陰でしばらく歓談した。

「神父さま。そこの診療所はすごい魔術をやってくれるね」

と、彼は言った。

「魔術！　あれは魔術じゃないよ。とても新しい医術なんだ」

と、私は説明した。

「いいえ、神父さま、あれは確かに魔術だよ。わしは病気で、なんで病気になったのか、自分でちゃんと分かっとる。わしは精霊を怒らせたんだよ。看護婦はシャーマンじゃないけど、でもわしの気分をよくしてくれた。看護婦はわしに小さな白い石ころみたいなものを二つ飲みな、といってくれたし、もしだめだったらわしの腕にピンを刺すんだって」

と、彼は不思議そうに首を振った。

「そんなこと、どれもわしを病気にしたものとは関係ないわな。でもすぐによくなった。わしは怒った精霊に、ニワトリかなんか差し上げたわけじゃない。あれは本当に魔術や」

私は彼を素朴な信仰から解き放ちたいと思って、懸命に話した。

「いや、いや、それは違うんだよ。精霊は病気なんか起こさない。病気を起こすのはバイキンなんだ」

いま思い起こすと、そのように説得しよう試みたこと自体がナイーブ過ぎたと反省している。

彼は完全に面食らって、こう聞き返した。

「バイキンて、なんだね？」

「バイキンは、目に見えない小さなもので、人間の体に入って病気を起こすんだよ」

と、私は答えた。当時、その土地ではまったくの新参者であり、まばゆいほど白い日常法衣をまとった弱冠二十九歳の私は、生涯をこの土地で過ごしてきたこの老人から見ればバカなやつだと思われるような話をしていた。

いささかとぼけたふりをしながら、彼は私に言った。

「本当にそんなことを信じているのかね？」

そして彼は、ティドゥライ族に特有の善意から、生命の真実とは何かを私に説明してくれた。彼がじっくり説明したところによると、精霊はどこにでも存在するが人の目には見えず、シャーマンでなければその精霊と話はできない。そして、どれほど善意を持っていても、彼らに抗《あらが》ってしまうことがある。すると精霊たちは怒り、人を病気にさせるのだという。

絶対に覆すことのできない理論武装をしなければ、明らかに反論できなかった。

「ところで、精霊というものを見たことがある？」

「いやあ」

と彼は穏やかに答え、勝ち誇ったような表情を見せながら言った。

「あんたは、バイキンを見たことがあるのかね？」

あのときのやりとりを思い返すと、私は苦笑してしまう。もちろん私は、バイキンを見たことはなかった。彼が精霊を信じているのとまったく同じ理由で、私はバイキンの存在を信じていたにすぎない。専門家たちはバイキンを見ることは可能だと言っていたし、バイキンが病気を起こすことは「周知」の事実だったからだ。私がまだ小さかったころ、世界がどのようなものかを知る一つの方法として「事実」を学んでいたが、それとまったく同じように、その数十年後にミリヤナが、コルゴが鳥だという「事実」を学んでいた。彼女は精霊が人間を病気にするという点も、早かれ遅かれ学ぶ。それは別に議論すべきものではなく、世界に関する「常識」だった。

そのころはまだ理解していなかったのだが、診療所の外で話し合った老人やフィーグルのミリヤナは、私とは文字通り異なる世界で育っていたという、単純な事実がこのようなズレを生んだのだった。文明の度合いとか、技術的なノウ・ハウや風景の違いではない。彼らは、現実をまったく異なる視点から捉えているからだ。地球上のほとんどの人は――学歴があろうがなかろうが――「現実」として学んだものは「現実」だ、という分かりすい仮定のもとに育っている。しかし多くの哲学者やたいていの文化人類学者は、それは必ずしも正しくないと考えている。私たちのさまざまな文化が、私たちに独特な現実を教え込んでいるという認識がある。ティドゥライ族の世界と私の世界では、根本的に「場面」が異なる。

フィーグルのティドゥライ族は、あたりに精霊が存在することを疑う人間が実際に存在していることを珍しく思い、不思議だと考える。私がはじめてここに来たころ、私にはティドゥライの人たちがエキゾチックに思えた。だがやがて、彼らの視点が単純に異なるだけだと思えるようになってきた。

仮に地球上のあらゆる社会的・文化的な世界がすべて同じだとして、各言語に同一の事物を表現する単語があるにしても、子どもが世間について学習していく過程には努力が必要だし、一つずつ新たな発見をしていくことになる。だが大人が第二言語を学習するのは、それと比べればはるかに容易だといえるだろう。私たちのさまざまな文化や言語が、現実を区分して違った形にまとめているというのが実状だ。モ・ウドウが娘にコルゴは鳥だと教えているのが、その一例だ。私たちにとっては、コーモリとかコルゴは鳥の仲間には含めないし、その分類にはしかるべき理由がある。しかしティドゥライの人たちには、コーモリやコルゴと鳥類をひとまとめにする彼らなりの理由がある。これらはみな温血動物で、飛ぶことができる。ミリヤナはその点を、苦もなく即座に覚えた。

同様に、ミリヤナの言語や彼女の世界では、エビやヒルは「魚」であり、ヘビや昆虫はまた別の分類に属し、私なりにあえて英訳すれば「生物」に含まれることを覚えた。その種の生物にはニシキヘビやミツバチも含まれているから、「昆虫」と訳すこともできるかもしれない。しかし、あえて「生物」にしたのは、ヘビを「昆虫」と呼ぶのをためらったからだ。しかしティドゥライの人にとってこのくくり方はごく自然で、自明だともいえた。

私がしばしば面食ったもう一つの大きな違いは、かなり直訳したつもりでも実状とはかなりかけ離れていることがあり得るという点だ。たとえば、「ボボ」という言葉は「太っている」を意味する。ティドゥライの人が太っているという場合、その人は健康そうで、穏やかな性格で、元気いっぱいだという全面的に肯定的な意味を持っている。「あら、太ってきたわね」はほめ言葉だが、英語では決してそうではない。私はつねに体重を計って胴回りを気にするほうだが、フィーグルに来てからは周辺の森や山を歩き回るかなり激しい運動をしているために、割に細身だった。ときどきティドゥライの人に、私がアメリカにいた若いころの写真を見せた。すると彼らは必ず、「あら、太っていたのね、モ・リニ」と叫んだものだった。私は、褒められたという気はまるでしなかった。

ミリヤナはやがて——そして私も——ティドゥライの人たちが宇宙を分かち合う多くの精霊について、習うことになる。彼らにとっての精霊とは、「目に見えない人たち」だ。精霊には人間より小さいものもあるし巨人のようなものもあるが、一般的には人間ぐらいの大きさで、シャーマンだけは精霊が見えるし話もできる。精霊がそこにいても、だれにも見えない。たとえば、一つのタイプとして「沼地の精霊」がある。この精霊は背が低く、黒い衣装をまとった黒人で、沼地などに住む。彼らはイノシシの守護霊だが、人間に対して悪さをする傾向があり、色っぽく迫ってきたり、ときには森に一人でいる人を誘惑しようと試みる。

そのうえ、人の目に見える魅力的な人間に変身する能力さえ身につけている。これは、湿地帯で軽々しくセックスをすることはきわめて危険であることを意味していた。「湿地の精霊」と交われば、たいていの人間は死に至るからである。そのためティドゥライの人たちはその精霊には大いに用心し、とくに思春期の子どもたちには巻き込まれないよう厳しく戒めている。

このように見たこともない奇抜なものの存在は――複雑な文法的な違いはいうまでもなく――英語で育った私の脳にとっては、小さなミリヤナの脳よりもティドゥライ語の学習をはるかにむずかしくしていた。私は周辺にある見慣れたものの新しい言葉を何千も覚えなければならなかったし、ときには自分とはまったく違う分類で覚えなければならないうえに、私がなじんでいる欧米には存在し得ないもの――感情とか精神的な概念、宇宙的な生きものの棲息場所、法の概念や精神的な概念――にも慣れていかなければならなかった。

私は、ミリヤナが六歳になったころに話せる程度の流暢なティドゥライ語は習得できなかったが、その言語世界をできるだけ多く自分の頭に詰め込み、舌先に積み上げて自分のものにしようと懸命に努力した。文化人類学のフィールドリサーチはその土地の言語でおこなうのが正当な方法で、その長所はすぐにはっきりした。ティドゥライ族の現実を英語によるカテゴリーで私の現実として翻訳すれば、ティドゥライの人たちにとってはまったく異なる、認識しがたいものへとねじ曲げられ、押しつぶされたものになるからだ。

私は最初ウピの宣教師だったころにティドゥライ語の単語や言い回しを少しは学んでいたが、文化人類学の研究をするためにやってきてからは、懸命にことばを学んだ。私たちは今回、森を目指してミラブからやって来たが、フィーグルに到着してからは連日、朝から晩までその言語に浸かっているわけだから、否応なく進歩した。私は人の後について回っては、物を指して名前を尋ねた。身ぶり手ぶりを交え、ゼスチャーをしながら唸り声を出したりキーキー言ったり――特定の単語や言葉をどうつなげるのか知りたいときは、あらゆる手段を動員した。言葉をきちんと理解し、片言をつなげて文章として整理する作業を、私はメルやアリマンと共同しておこなった。以前に外国語を学習した経験はあったからコツは分かっていたし、言語学習にはバレエダンサーや運動選手のような練習が必要なことも承知していた。私は毎日、練習を怠らず、力を伸ばす努力を続けた。ときには精神的にも言語的にも疲れ果て、一時的に家に引きこもることもあったが、そんなことばかりしていてはどうにもならない。徐々に、そして見かけ上は絶え間なく努力したおかげで、私はフィーグルの人たちと通常の会話ができる段階にまで到達した。

その先を続けていくための参考図書は、ほとんどなかった。十九世紀に、コタバト市とティドゥライ族の山の中間にあるタマンタカで、スペインの宣教師として滞在していたイエズス会のゲリコ・ベナサル神父が、ティドゥライ語を学んで初歩的な文法書を書いていた。彼はそのなかで、ティドゥライ語の文法をすべてラテン語およびスペイン語の文法というまったく無縁のカテゴリーに当てはめていた。今日、私たちはそれよりもはるかにましなことをしているが、当時の言語研究ではそれが標準的な手法だった。したがって、その本はあまり役に立たない。他方、サマー言語研究所のウルスラ・ポスト（キリスト教伝道のためのウイクリフ翻訳社の別名）は、数週間をかけてティドゥライ語を研究し、言語学者のいう「音韻論」、音韻体系の予備分析を出版したばかりだった。これは私が学習を始めるに当たって助けになった。以上の二冊を除いては、ティドゥライ語に関する本は何もなかった。

私は宣教師として最初のころはタガログ語を使っていたが、その知識が最初の数か月は大いに役立った。フィリピンにはタガログやティドゥライ語のほかにも百以上の言語があり、それがマレー・ポリネシア語族（オーストロネシア）の下位集団を形成している。フィリピンの言語はおたがいに理解できるものではないが、語形や発音がかなり近い同系統の言葉がきわめて多くて文法体系も似ているが、英語など印欧語系の言語とは大幅に異なっている。

タガログ語になじんでいたために、私はティドゥライ語で重要な特徴の一つ、文法にはジェンダー（性）がないことがすぐに分かった。英語の「私」、「あなた」、それに「彼ら」は人称と人数だけを表しているが、英語の三人称単数の、「彼」、「彼女」、「それ」は、ティドゥライ語では一つの単数代名詞で表される。同様に、「彼」、「彼に」、「彼女」、「彼女の」も、すべて性にかかわりのない単語で表される。所有代名詞に関しても、同じことがいえる。

フィリピンの言語体系に関する知識があったおかげで、ティドゥライ語は割にやさしかった。話をするときにも、英語のように性の区別をする必要はなく、人類の半数が言語上で差別されるのは大問題ではないにしても醜いことであり、そのような言語上の性のゆがみに遭遇することはなかった。ティドゥライ語を話すときには、平等主義的だという点を強く感じた。この言語には人を解き放つ特質があり、私はその開放感が好きだった。

それにしても、英語とティドゥライ語の文法がこのように大きく異なっていることは、私のような学習者にとっては、頭痛のタネだった。

ミラブに残してきた小さな息子たちは、農園にいる動物たちを追いかけたり、一緒に遊んだりして、大いに楽しんでいた。長男ウィルが、小石を正確に投げる練習をしてメス鳥をあわてさせている、という表現を考えてみる。英語では、「いまウィルはニワトリに石を投げた」という意味の文章を、何通りにも言うことができた。たとえばそれは、「いまニワトリに石を投げたのはだれか」という問いに対する答えとなり得る。しかしもし私が「いまウィルはニワトリに何を投げたのか」という質問に答えるとしたら、私は答えのなかでその言葉を強調して少し違った表現を使う。同じように第三の質問として「ウィルはいま何に対して石を投げたのか」と聞かれれば、また少し表現を変える。

英語では、イントネーションや強勢を変えることによってニュアンスが異なってくる——「ウィ、ル、がいま投げた……」とか、「ウィルはいま石を投げた……」とか強く発音した個所が強勢されるが、文章自体は変わらない。フィリピンの言語では、それとは対照的に、言葉自体が変化する。言語学者たちは、これを「フォーカス」と呼ぶ。「投げているのはだれか」「何が投げられたか」「目標は何だったのか」を表すのには、三つのまったく異なる文章が必要で、それぞれに動詞の形が異なるし、名詞の前には短いが異なる助詞がつく。さらに、ウィルは石を左手で投げたというような情報を追加しようとすると、状況はさらに複雑になる。どのような場合にも正しい動詞の型や助詞を使うことが必須で、さもなければ理解してもらえない。ティドゥライの人びとはその「フォーカス」を小さいときから身に付けているから苦労しないが、私にはきわめてむずかしかった。

幸いフォーカスはタガログ語にも存在するから、ティドゥライ語を習い始めた私にとって、まったく目新しいものではなかった。しかしティドゥライ語の文法の別の面では、うんざりするほどタガログ語とは異なっており、ほとんど理解できない点もあった。フィーグルにやってきてしばらくわれわれとともにティドゥライ語の文法の調査をした言語学者でさえも、ある面ではお手上げだった。私はほぼ正しく話せるだけの言葉の使い方を知っており、ティドゥライの人びとが話すことは問題なく理解できたが、ある特定の言葉、とくに助詞のいくつかは、どうしてそれが必要であるのかを説明できるには至らなかった。

ティドゥライ語を学んでいると、その前にタガログ語を学んだときと同じく、私は図らずもユーモアを披露することがよくあった。私の家族は思い出し笑いするが、私がはじめてタガログ語の文章を組み立てて口に出したときのことを思い出すと、なんとも恥ずかしい。昼

食のとき、私たちの友人である若い女性に、

「バナナをこちらに回してください」

というつもりだったのが、あちこちで発音を間違えたため、

「そのバナナをあなたのお尻に突き刺してください」

と、言ってしまった。

彼女はびっくりした様子で私を見て、

「はい、神父さま。失礼します、神父さま」

と言うなり、息も絶え絶えに走り去り、新任の聖職者はとんでもない方よ、とそのとっぴな話をみなに伝えて大笑いになった。

新しい言葉、新しい文化を学ぶときには、赤恥をかくことを覚悟しなければならない。自分自身を笑うことができなければ、お先真っ暗である。

私が森に入って一か月目ほど経ったころ、頭には単語や文法がぎっしり詰まっていた。森の小道を歩いていると、かすかに記憶にある人物が道の向こうからやってきた。その一週間ぐらい前、メルと私はフィーグルから少し離れた森で夕暮れにさしかかったころ――フィリピン人は、夜を動詞に使って「夜った」と言う――その男の家を見つけた。私たちは見知らぬ他人だったが、彼の家族はすぐに歓迎してくれて、温かい食事を出し、私たちの寝る場所まで作ってくれた。彼に再会したところで、彼の奥さんが軽い病気だったことを思い出し、

彼女の具合を尋ねた。私は完璧なティドゥライ語を使い、明確できちんとした文章で、

「奥さまはいかがですか？」

と尋ねた。

彼は不思議そうに私を見て、

「彼女はまだ滑らかだけどね」

と言った。そして昔からのいとまの挨拶、

「あなたはそちらへ。私はこちらへ」

を口早につぶやくと行ってしまった。

彼の奇妙な答えをなんとか理解しようと努力していると、何が起こったのか徐々に分かってきた。私は、森をライトアップできるほど真っ赤に赤面していたに違いない。質問する際の、語順が間違っていたのだった。ティドゥライの人なら、「奥さんの顔（顔色とか状態）はいかがですか？」とか、あるいはたぶん「奥さんの胆嚢《たんのう》はいかがですか？」という尋ね方をするのだろう。私はそのように習ってはいたのだが、十分に身についていなかった。私の尋ね方はちゃんと意味をなしていたし、彼は正しく理解した。いい意味でも悪い意味でも、私は彼女の肉体的な円熟度、ないしセックスのテクニックについて尋ねたのだと彼は解釈したのだった。

私にはなんら他意はなかったのだが、この質問を彼がどう解釈したか、そしてなぜ私がそ

のようなことを知りたがったのかと彼がいぶかったことを考えると、私はいまでも赤面してしまう。

私がフィーグルに着いた当初で言葉の習得に専念していたころ、ほかにも似たような失敗があった。私はこの地域社会の人口動態調査を始めたが、その基本として住民たちの年齢、家族関係、特技などの質問リストを作った。しかし私がティドゥライ語で「何歳ですか」と質問をすると、まったく予期しない答えが返ってきた。

この調査を始めた初期段階で、私はモ・アングルと呼ばれる老人で悪賢い法律の専門家に年齢を尋ねた。モ・アングルは風変わりなことで知られており、弁も立った。彼は私を見てちょっと戸惑いを見せたが、それから腕を広げて伸ばし、足の筋肉を少し屈伸させながら、答えた。

「そうだね、わしはまだまだ元気だね。うまくやっているよ」

「いいえ、おじいさん、年はいくつなんですか」

と、私は聞き直した。

「うん、まるで若者って感じだね。かみさんも、きっとそう言うぞ」

モ・アングルは私の「何歳ですか」というティドゥライ語の質問を明らかに、「どのくらいくたびれて――疲れ果てて、あるいは擦り切れて――いますか」という意味に取り違えたのだった。私は戦術を変えて、何年生きてきたのかと尋ねたが、彼はそんなことは考えたことがなかったようだ。

「さあ、たぶん二百年ぐらいだろうね」

と、彼は言った。

「ちょっと多すぎないですか、おじいさん」

と、私は反論した。

彼はすぐに、推測した数字を変えて言った。

「そうだね。十五か二十より上かな」

モ・アングルは明らかに七十歳代か八十歳代だと思われたので、私は自分のやり方が間違っていることが分かり、考えていたより多くの時間を取って話し合うことになった。

問題点は、森のティドゥライの人たちが時間に関してどのように考えているのかを調べることに移っていった。もちろん彼らは時の経つことは完全に理解しており、一年には雨期と乾期ときわめて暑い季節が一定のサイクルで繰り返すことも承知している。彼らは森の畑で毎年、同じ手順でほぼ一年の同じ時期に耕作活動を繰り返している。彼らの暦は夜空にあり、十二宮のさまざまな星座の位置からいまその年のどのあたりにいるのかを読み取る。ただ彼ら自身に関して、そのような年間のサイクルが何回ぐらい回ってきたのかを自分で数えているようには見えなかった。彼らが生まれてから、あるいは結婚して以来、雨期が何回ぐらいあったかなどということが彼らの頭をよぎることはなかったようだ。

したがって人の年齢を知るには、たとえば第二次大戦中に日本軍がこの地域にやってきた時期とか、一九一七年ごろに天然痘が大発生したこととか、世紀の変わり目ごろに大干魃《だいかんばつ》があって多くの人が死んだとか、ティドゥライの人たちが知っている最近の歴史上の重要なできごととの関連で年齢を推測するしかなかった。そしてこれらのできごとを彼らの言語で年齢別に、たとえば授乳期の赤ん坊だったとか、離乳後の幼児、結婚前の思春期時代、結婚はしているけれども子どもはまだの人、親になっている人、祖父母になっている人などの区分と、組み合わせて考えなければならなかった。最終的に私は人口調査をする際に、たとえば、次のように尋ねるのが賢明だということを学んだ。

「日本人がやってきたとき、あなたは結婚はしていたけれども、子どもさんはまだいませんでしたか」

すると彼らは、次のように答える。

「いいえ、私は思春期でまだ結婚していませんでした」

このようにして私は、時系列的な年齢をかなりうまく把握できるようになった。

モ・アングルは、七十六歳だった。

森のティドゥライの人たちが一日の時刻を表すやり方は変わっていて、これはなかなか魅力的でもあった。彼らは腕を空に向けて伸ばし、太陽の位置を示して、彼らの言いたい時間を表す。

「明日の朝、お会いしましょう」

とモ・エメットは、だいたい十時ごろの太陽の位置を指して言う。

もちろんこの方式では時計の時刻よりもかなりいい加減だし、午前九時四十五分などの細かい約束には使えないが、ティドゥライの人びとにそのような正確さは必要ない。彼らがはじめて時計に出会う以前には、時間を分とか、まして秒のような小さな単位で考えることなどあり得なかったに違いない。その意味で、その他の多くの点にも共通することだが、森はきわめて人間味のある場所だった。

ティドゥライ人が、ものの大きさを表現する方法も面白かった。すべて、人体の特定の部分と比較する。たとえば、ウナギの大きさは人の手首の太さと比較され、それも言葉ではなく、親指と人差し指で手首を取り巻くジェスチャーで表す。太い竹は話し手の腿の太さで表し、木の幹の太さは広げた両手で輪を作って表す。

伝統的なティドゥライ流の生き方で優雅だと思われるものはいくつもあるが、とりわけ人間の胆嚢に関するものがユニークだ。もちろん、文字通りの胆嚢ではない。文字のうえでは、胆嚢はその本来の機能を果たすもの――肝臓で作られた胆汁を蓄えるもの――であり、ティドゥライの人たちもその点は十分に知っている。彼らが自分たちで捕った魚や生きものを調理するときは、彼らは胆嚢を刻んだときに出る苦い胆汁を、自分たちが食べる肉に付着させてはいけないことも知っている。その段階では単純に、胆嚢は腎臓とか心臓と同じ体体の器官の一つだと理解している。しかし比喩的には、胆嚢は人間の命、感情、意思、および意識の中心なのである。私たちが「心臓」を象徴的に使うのとかなり似ているが、胆嚢にはその人の心の状態、道理にかなった感覚、欲望、意思、喜びや惨めな感情までもが宿っている。

私がティドゥライ語で議論するときは、胆嚢が必ず話題にのぼった。夕食が済むと、メルとアリマンはよく私に尋ねた。

「明日の胆嚢はどうなっていますか?」

そこで、私はたとえばこう答える。

「明日は、私の胆嚢はメルやフィーグルの男たちみんなと、バラウドの庭のために大木を何本も切り倒しに行くことになっているが、その間アリマンはここに残り、モ・ビンタンに会って話を聞くことになっている」

森のティドゥライ族にとって、胆嚢は彼らの生き方における絶対的な中心概念で、「他人には決して悪い胆嚢を与えてはならない」という教えがある。私が名づけた「胆嚢のルール」には、二つの面がある。第一は、相互に助け合えることがあれば、なんでもやらなければならない。第二は、決して他人を肉体的にも感情的にも傷つけてはならない。つまり相手を怒らせたり負傷させてはいけない。森のティドゥライ族はこのルールに可能な限り忠実に生きてきたし、彼らはこれが望ましい生活、好ましい社会の根幹だと考えていた。人間であればだれにもあることだが、ティドゥライ族も彼らの理想に到達できないことがよく起こる。しかし私のようなアウトサイダーから見ると、彼らがこの教えを深く尊敬し、それに忠実に従って生活しているのはすばらしいことに思えた。

ティドゥライの人たちがいち早く行動し、彼らがレンに必要だと思っていたことと私がレンに医学的な処置を施したいと思っていたことにかなり差があることを彼らは「知っていた」にもかかわらず、彼らが危険を冒してまでもレンを森から連れ出そうと努力したことは、私の胆嚢を尊重したからだった。私の希望を、彼らは十分に承知していた。たがいに必要とし合っている現状は明白だったし、相互に助け合うことは彼らにとっては何よりも合理的な生き方なのだった。

そのほか、フィヨ（いい）とテテ（悪い）という二つの言葉があり、「胆嚢」と同じくティドゥライ族の生活のさまざまな面でひんぱんに使われ、きわめて重要な言葉だ。したがって私は、それを注意深く定義していきたいと思う。

すべて適切で、本来あるべき姿をしているものは「フィヨ」である。男性で女性でも、ティドゥライ族の基準によれば、外見のいい人（明るい肌色、黒くてツヤのある長い髪、太い足首、細いウエスト）は「フィヨ」である。もっと一般的に広げて言えば、働き者で親切で控えめな人はフィヨである。快晴で仕事ができる日は、フィヨだといえる。細かく神経を使い、良識をもって決めたことはフィヨである。病気だった人が回復すれば、これもフィヨである。使い勝手がよくて頑丈な道具は、フィヨである。同様に、おいしくてたっぷりした食事もフィヨである。「フィヨ」というティドゥライ語には、「すべてのものと調和している」という意味があり、英語ではそれをさまざまな用語で表現する。たとえば、適切な、おいしい、元気な、魅力的な、十分な、説得力のある、正しい、そしてもちろん良好な、などがある。つまり「フィヨ」は、幅広いニュアンスを含んでいる。私は「フィヨ」にはたいてい英語の「いい《グッド》」を当てるが、「まさにその通り」という意味で使われることのほうがむしろ多い。このような多面性を例示すれば、フィヨの持つ意味の広さがお分かりいただけるかと思う。

その反対のテテも、ティドゥライ語の会話ではフィヨと同じくよく使われる。それは悪いとか、よこしま、醜い、欠点だらけ——つまり、あるべき状態ではないもの、基本的に不適切なもの、そうあるべきではないものを意味する。私は、「悪い」とか「違う」と訳した。このように使い分ければ、複雑なニュアンスに気づいてもらえるかもしれないからだ。「胆嚢」に絡む感覚としては、積極的な思考とか意識的におこなう精神面の思考過程に加えて、ムードの現状、本能的な感覚、感情の状態などがある。心がその置かれている周辺の様子や環境になごみ、心配ごともなければ怒るべき要素もなく、意識が周りの世界と調和している状態であるのが理想的で、「まさにあるべき胆嚢」の姿だといえる。だが日々の現実的な雑事のために心が散漫になっていると——ちょっとした心配だろうが怒りや憎しみにこり固まっていようが――は「あるべからざる胆嚢」という言葉で表現される。そのように人の胆嚢があるべき状態でなくなったとき、それを回復させてバランスを取り戻すのは、ティドゥライ族の法律専門家とか、精神的あるいは医学的な専門家の仕事になる。

つまり、ティドゥライの人たちにとって望ましいのは、できるだけ多くのものがあるべき状態にある社会である。彼らはもちろん、善をもたらす人間の能力には限界があり、生活がすべての面でつねにあるべき状態ではあり得ないことは認識している。好天の後には、必ず悪天候がめぐってくる。森に住んでいれば、胃袋が空になることも、筋肉が弱るときも必ず来る。死は悲しみをもたらし、出産には痛みを伴うことを彼らは知っている。しかしそのような人生の苦難は、人間には制御できない。だが人生で遭遇する多くの不幸のなかには、コントロールできるものもある。それには、個人的な原因があると考えられている。そして他人に不幸をもたらす行為は間違っており、テテである。

私は懸命にティドゥライ語を勉強したが、フィーグルの二年間ではまだたどたどしさからは抜け切れず、つっかえながらしゃべる程度までしか到達できなかった。私は質問やインタビューはできたし、日常会話なら割によく話は通じたが、正確さは疑問だし、とても流暢とはいえなかった。大人の会話で、思春期前の言語運用力で自分の意見を言わなければならないことを認識することは、私のように学歴がある知識階級の人間にとっては、罰を受けているような体験だった。かなり早口でしゃべられても理解できるようにはなったが、ティドゥライの人のなかで滞在した最後に至るまで、内容の難易度には関係なく、メルとアリマンの大きな助けがなければ議論をまっとうすることはできなかった。私は、地元民ほどのスピードでは話せなかったし、知覚の鋭さを意のままに操ることも不可能だった。聞いて分かる語彙はかなり増えたが、使える語彙はきわめて少なかった。苦もなく話せる生活しかしてこなかった者には、我慢しがたいことだ。だが私は、寛大な気持ちとユーモアをせいいっぱい動員して、この不慣れな言葉の不便さに耐えた。

地元の人たちは、私のティドゥライ語の能力をときにエドワーズ大尉になぞらえた。彼のティドゥライ語もたどたどしかったが、聞くほうはしっかり理解していると言われていた。おそらくそれは納得のいく比較であり、私がはじめて会ったティドゥライの人たちからいつも聞いていたことよりもっと正確――お世辞抜きにしても――だった。彼らは礼儀正しいから、そしておそらくちょっと驚いてみせたりしたあとで、私がティドゥライ語を流暢にしゃべると大げさに褒め上げた。しかし、私にはちゃんと分かっている。しばらく待っていれば、だれかがこう言うに違いなかった。

「モ・リニは、エドワーズ大尉くらい私たちの言葉が話せるよ」

ティドゥライ族は一般的にきわめて礼儀正しいが、森の外に住む住民たちに同じことは言えなかった。

ある日の午後、私はベリヨという名の青年と話していた。彼のような若い男の子たちはなぜ髪を短く刈っているのか、と私は尋ねた。ティドゥライ族の昔からの習慣では、男女とも一歳か二歳を過ぎたころからは髪を切らない。女性は後ろで髪を束ね、男性は頭の周りに髪を回し、バンダナでとめている。

「市場で散髪したのかね？」

と、私は彼に尋ねた。

「そう。すごく短く」

と、彼はほほえんだ。少しはにかんでいる様子だった。

「ティドゥライの人たちは、髪を伸ばし放題だと思っていたんだけど」

「そうだよ、モ・リニ。でもそれって、市場に行くとほかの人たちに笑われることがあるから、恥ずかしいんだ」

「ほかの人たち」とは、ティドゥライ族以外の人たちを意味した。

「やつらは、おれたちを原始人とか土着の人間とか呼んでひやかす。だからおれたち恥ずかしくて、床屋へ行って散髪してもらうんだ。おれだって長髪は好きだよ。だってそれがおれたちの伝統だもの。いい髪の毛の長髪だったら、これよりはましだよ。でもね、モ・リニ、ほかの人とは別扱いされて笑われるのって、恥ずかしいよ。おれは海岸に行くときは、いつも市場で買った服を着ていくんだ」

このような気持ちが理解できない人が、この世にいるだろうか。地球上のどこであっても、年齢が何歳であろうと、恥ずかしい思いをしたり笑われたりしたら耐えがたい。私はその日の夕方、自分の部屋で彼らの法律に関わる考え方についてまとめていたが、ベリヨの言葉が何度も頭をよぎった。彼の短髪は、ティドゥライ族と森の外の人たちとの人間関係に関する何か重要なことを表しているように思える。確かに低地に住む人たちは森の人たちを、山に住む「原始的な土着の人」と考えており、その髪型ばかりでなく彼らの伝統的な衣装や、マギンダナオ族の行商人と話すときのアクセントや、商売に当たって使う単純な「バンブー・タガログ」のなまりなどを嘲笑した。そのような嘲笑はティドゥライ族に、森の外では当たり前になっている社会的な俗物根性とか、尊大な権力、感情的な暴力、それに人種差別やエリート主義を露骨に教えた。

私は自分の小さな机に向かってすわっていたが、目は手前のノートから遠く離れて夢想にふけっていた。ベリヨが「他人」と言ったうちの一人は、彼を「ンゲング」と呼んでさげすんだらしい。この単語は「知識本体のうち特定の分野に関して無知である」ことを意味するが、「未開の」とか「原始的」という感覚で彼に投げつけられていた。しかしそのような言い方をするのは、「文明的な」フィリピンの低地人が、彼らより劣っていると考える森の住民をさげすむときに使うだけではない。私たちの文化でも、それと似たような言葉がまだ生きていることを私は知っている。私が文化人類学者になるつもりだと説明すると、「ああ、未開人の研究をするわけだな」とか「未開人の部族に関する本は面白い」などの表現を何度も耳にした。「未開」という言葉は、文化人類学のプロの間でさえ長いこと普通に使われていたし、いまだにそのような用語を使う人がいる。シカゴ大学の伝統的な宗教学のコースは、以前の「原始宗教学」という名称から「比較宗教学」に変えられたが、二十世紀の半ば以前に書かれた有名な文化人類学の著書のほとんどが、E・B・テイラー（一八三二〜一九一七）の『未開文化』とかポール・ラディン（一八八三〜一九五九）の『哲学者である未開人』のような題名だった。ボロニスラフ・マリノフスキー（一八八四〜一九四五）ほど高く評価された文化人類学者はほとんどいないが、彼が書いた本のタイトルでさえ、『野蛮人の性生活と未開社会における犯罪と習慣』などと名づけられていた。

これらの学者たちは「未開人」たちを高く評価しており、彼らの専門用語がその人たちを軽蔑するとは微塵も考えていなかった。しかし現在の文化人類学者たちは、そのような用語をまったく使わなくなった。「未開人」や「野蛮人」などのことばは、西欧の文化や技術のほうが優れているという欧米人の概念を反映した軽蔑的な意味を持っていることに私たちがようやく気づいたからである。そのような用語が消えたことは、喜ばしい。森のティドゥライ族をよく知っている人なら、彼らが「未開」だとか「野蛮」だとか考えるはずがなかった。彼らは自分たちの環境や生き方に必要な点に関しては、すぐれた知識を持っていた。もし私が一人になったら、私は間違いなくすぐに餓死するか毒蛇や毒虫に殺されてしまうだろうが、そのような森のなかで彼らはきわめて幅広い技能やその土地伝来の知識を持って生き延び、人生を謳歌できる。したがって私は、ティドゥライ族、あるいはどのような人であっても「未開」などとはとても言えなかった。それどころ私たち西欧の人間のなかには、現地人を殺し続けたり、民族紛争を助長したり、貧困に絶望している人たちにほとんど無関心な人たちがいるのだから、他人を未開などと言う資格はない。

ティドゥライ族に関して話をする際に私が決して「未開」という言葉を使わない理由は、ほかにもある。熱帯雨林のティドゥライ族の生活というとすぐに、何か原始初期の状態のまま変化せずに定着してきたと連想され、外部の人間が現れ始めて彼らは変わらざるを得なかったという印象を与えがちだ。文化人類学者が書いた多くの著作が、長年にわたってそのような印象を定着させてきた。部族の人たちの生活に関する記述は、たとえば「民俗誌的な現在」という形で、「彼らはこういうことをする」「ああいうことをする」と、まるで昔から変わらずに社会的な均衡を保つよう踏襲されてきたかのように書かれている。だが、凍結状態のまま長期にわたって停滞している社会などあり得ない。外来者にはそう見えるかもしれないが、変化は時間がかかるために捉えにくい。

私はかつて読んだことがあるのだが、牡牛座で目立つガスのかたまりカニ星雲を見ていても、その大きさが変化していることには気づかず、まったく安定しているように思える。だが天文学者によると、一日に七千万マイル(一億一千二百キロ)の割で膨張しているという。ティドゥライ族も、そのようなものかもしれない。人間社会にしても何にしても、すべてのものは変化し、社会ができてからはおそらく一日に七千万マイルほどの速さで変化してきたに違いない。しかし私が見たのは彼らの歴史のなかのほんの十億分の一秒くらいの瞬時で、変化は確認できなかった。どれほど長い歴史があったにしても、それはすでに失われており、カニ星雲のように不変のものという幻想のなかで凍結されてしまった。

ティドゥライ族も、植民地主義や産業革命のために世界中が大変化を起こす以前の人びとと同じだった。彼らに文字はなく、彼らの生活や生き方の変化を語り継ぐ資料はほとんどない。しかし森のティドゥライ族は、自分たちが覚えておくべきだと思っていたこと、たとえば五十年前の結婚ではどのような品々が交換されていたとか、宇宙に関する大長編叙事詩「ベリナレウ」の言葉などは、驚くほど正確に記憶している。彼らの記憶は完璧だった。森のなかの生活に関しては、私が彼らに会ったときまでほとんど変化していないと思っているようだった。

それは、必ずしも正しくはない。たとえばある時点で、彼らは樹皮を叩いて得た繊維で衣類を作るのをやめ、市場で布地やジーンズを買うようになった。ある時点で、彼らは鉄の道具を買うようになった。そのほうが、森の中で畑を耕すには実用的だと知ったからだ。このように新しいものを取り入れたために、変革の効果は上がったに違いない。だがそのような変化が起こったために、むかしの姿は失われて分からなくなってしまった。私が書けるのは、自分が知っている人たちがどのような生活をしていたか、私がフィーグルで彼らのなかに入っていたころ彼らは何を考えていたか、彼らがよそ者から「旧式」といわれながら暮らしていたその日常のありさまだけだ。森から出たティドゥライ族は大きな変化を遂げたが、森の人たちもゆっくりながら西洋先進技術の影響を受けていた。

私はティドゥライ語を習い始めた日から滞在最後の日まで、ティドゥライ語の言葉や表現の正確な意味をできるだけ注意深く観察するよう努力した。私はさまざまなことばについて、メルなどと長いこと話し合ったり、夜遅くまで、あるいはまる一日かけてその特定のことばが持つ概念を追究したものだった。なんでもないように聞こえることばでも、細かく調べると微妙ながらティドゥライ族の世界のきわめて重要な一面が見えてくることがよくあった。

ある日、私はメルとアリマン、それに何人かのティドゥライ族の友人たちと、「アダト」という言葉を精細に調べていた。私たちは、数時間もかけて話し合った。これは普通によく使われる言葉で、もともとはイスラム教徒であるマンギダナオ族のアラビア語を語源とする単語で、その借用語だった。マレー語系の言語では、どこでも「習俗」とか「習慣」という意味で使われていた。いろいろな種族の人たちの習慣体系とか、マレー社会における紛争解決を意味する「アダト法」に関して、多くの論文が書かれていた。

ティドゥライ語の用語法としては、人びとの「アダト」と言えば、彼らにとっての適切な方法、彼らがつね日ごろやっていること、彼ら特有の文化の存在を示す活動——つまり彼らの「習慣」――を総称したものだ。どの民族集団にも独自の「アダト」があり、ティドゥライの人たちはよく私の国のさまざまな「アダト」について尋ねた。実際、フィーグルの人たちは彼らのアダトについて明確にしようと、私と一緒に多くの時間を割いてくれたが、せめてものお返しとして私は自分の国の人たちがどういうことを考え、その人たちの習慣とか社会的なしきたりについて一生懸命に説明しなければならないと考えた。それは、決してやさしいことではなかった。私が割に最近、暮らしていたシカゴや私が育ったロサンゼルスでは、このフィリピンの森で小さな開拓地の人びとがやっていること、あるいは彼らが考えることとは、すべて天と地ほど違っていた。しかし私は、可能な限り説明しようと努めてきた。あるとき私が野球の説明をしようとしたとき、ティドゥライ族の男性の集団が目を白黒させたことを覚えている。十分か十五分で、私はあきらめた。とにかく、私のように野球が好きで野球をアメリカ芸術の一つだとみなしている者が、その勝負性を認めようとしない人たちに説明すること自体が無理な話だった。フィーグルの人たちが勝負を好まないことを、私は学んだ。

最初のころ、ティドゥライの人たちとの会話で、「どうしてそういうことをしたのですか」とか、「どうして、そうなんですか」などの質問をすると、そこから先へは進めなかった。彼らはそのたびに、「だって習慣ですから、モ・リニ」とだけ答えるのだった。

私は、たとえ見当違いに思えても、理解するときに重要な鍵を握る可能性がある目立たないことがらにも注目すべきだと悟った。「アダト」という言葉について話し合っていたときに、みなが言ってくれるいろいろなコメントや、さまざまな文脈でその言葉を使っている話などに細心の注意を払っていたところ、その言葉にはほかにも基本的な意味があることに気づいた。ティドゥライの人たちにとって「アダト」とは単なる「習慣」を意味するだけではなく、名詞形にしても動詞形にしても「尊敬」の意味を持っていることに気づいた。「アダトする」とは、だれかに、あるいは何かに対して尊敬の念を表すこと、他人に尊敬の念をもって接することを表す。これはそのことばの二義的な意味ではなく、ティドゥライ語の核心になる概念だった。私がほかの言語でこれに似た単語を見つけたとしても、やはり予期しない意外さを感じたことだろう。ティドゥライ族にとって、習慣はすべて敬意を表すべきものであり、習慣はそのような敬意を表明すべき対象として存在しているのだった。したがって私は、個人ないし家族の「アダト」には、それぞれ独自の重要な特質があるのではないか、という点を重視し始めた。それはティドゥライ族の習慣に従うだけでは十分だとはいえず——ティドゥライの人たちはだれもが習慣に従っていた——他人の気持ちを重んじるうえで、個人またはその家族に特有の習慣を持たなければならない。彼らが交流するすべての人の胆嚢に示す彼らの尊敬の念という意味で、彼らの「アダト」は高く評価できた。

「この結婚はむずかしいよ。だって新郎のアダトはよくないもん」

と、結婚式である男性が私にこっそりと打ち明けたことがあった。新郎はいいアダトの家の出身だったが、カッとなりやすい性癖で知られていた。それを聞いて、「アダト」の概念がにわかに分かった。それは、新郎が彼らの部族の基本的な習慣に従って行動しなかったわけではない。彼は、そのように行動していた。だが彼は気が短いため、まともなティドゥライ族なら敬意をもって当たるべきときに、彼はそれに従っていなかったのだった。

メルたちと意見を交わすうちに、私は「習慣」を意味するもう一つのティドゥライ語のことば「トゥフ」は、「アダト」の同義語ではないことが分かってきた。「トゥフ」は、一般的な習慣とか個人特有の習慣という意味で使われる。当時の私は口ひげを生やしていたが、それは私の「トゥフ」だとみなされていた。もしある女性が毎朝、定時にブタやニワトリの世話をしに行くとしたら、それは彼女の「トゥフ」だった。家族や地域社会でも、この種の習慣はあり得た。しかし「トゥフ」には尊敬とか義務のような、重要な側面はない。したがって、「アダト」は「トゥフ」と同じく、ティドゥライの人たちがやっていること、あるいはそのやり方、つまり結婚式とかもてなし、労働の貸し借りなどの意味を指すが、「トゥフ」とは違って彼らがしなければならないことやそのやり方を意味していた。「アダト」は対人関係における尊敬の念とか、おたがいの胆嚢に敬意を表す基準を示すものであり、その意味ではティドゥライの人たちの生き方や考え方のまさに中心をなすものだった。

私がアメリカに帰る前に、メルと私は――きわめて多くのティドゥライ族との数え切れないほどの会話から――ティドゥライ語の辞書を作るためのまとめ作業に入った。縦七・五センチ横十二・五センチのカード五万枚ほどに書き込んだことばがあり、語源――動詞の語形変化とか形容詞などの派生語――をたどって減らしても、約六千語の見出し語が残った。もちろん、すべてのことばにティドゥライ族特有の複雑な意味があるわけではない――だが、そのように特色のある単語が多かった。それらのことばの意味を正しく把握する作業は、ティドゥライ族の現実を注意深く綿密に調べ続けることを意味し、そのような言葉の語義に関わるなぞを解明するためには、それしか方法がなかった。私がフィーグルで調査をした二年間に、数多くのティドゥライ族に特有の言葉や表現、行動や物語などを調べるために、どれぐらいの時間を費やしたか計算できない。単に辞書の助けを借りただけでなく、通訳を信頼せずには何もなし得なかった。信頼もせずに仕事をしようとするのは、私の研究調査から心(あるいは胆嚢)を切り取るようなことだった。ティドゥライ族の考えや彼らが必要とした行動を分析しなければ、細部に至る文化的なニュアンスを理解することはできなかったに違いない。

私たちの努力は、みごとに実を結んだ。私は自分の話す力、聞く力、理解する力に加えて彼らの成果を取り入れることができたため、日ごとに自信を深めてティドゥライ族の考え方を身近に感じようになり、より深い接触が可能になった。

私は次第に、意識的にティドゥライ族の世界にのめり込んでいた。幼な子のミリヤナは、ティドゥライ族の現実を踏まえて生まれてきたわけではない。彼女はそれを少しずつ、ひとことずつ、考えながら学んでいき、彼女は完全に大人なみの理解ができるまでに成長していく。フィーグルにやって来た私も、まさに同じような過程をたどっていた。私は、社会の責任とか、そこではどのような習慣が当たり前なのかも知らないで生まれ出た森のティドゥライ族の赤ん坊に似ていた。その土地では何がまともで意味があり、道徳的で美しく、何が不条理でそうであってはならないことなのか、自分とはまるで違う土地の人たちの考えを通して、私の知覚や認識は形成されていった。私のなかの現実とフィーグルのティドゥライの人たちの現実との違いは、ティドゥライ族と私が彼らのことばで対話するときの私自身の無能力さに反映されていた。ミリヤナと同じように、私もティドゥライ族の現実を身につけるためには、一つひとつ覚えていく必要があった。彼らのことばを学習する過程で、私は彼らの現実の本質を学び始めた。

【私たちが現実と呼んでいるものは、どこでも同じだというわけではない】

この観念的な事実は、私がそこに生活し、話をし、交流するなかでますます強く実感された。私はそのことをあらかじめ知っていたし、大学院でも研究していたが、それは単なる知識であって、私の体験からはほど遠いものだった。フィーグルでは、ときに私の頭が空回りすることがあった。それまで頭で考えていただけのことを、そこでは生かしている自分に気づいた。「現実とは何か」という疑問が理論上のことばだけにとどまらず、私を取り巻く周辺の社会構造そのもの、私の日常生活にとって不可欠なものになった。周辺にあるものすべてが、次のように明言しているように思えた。

【確かに異なる世界があり、異なる現実がある。そこにあるものすべて、つまり知覚のうえでの入力の際の雑音とか知覚作用のための原材料などのすべてが、そこの人たちによってなじみのないやり方で整理されていく。きみはすでに、別の現実のなかにいるのだ】

最初はそれを、まるでささやき声のように薄ぼんやりと感じていた。それがやがて、冒険に満ちてはいるがやや少し恐ろしいような、妙な感じがしてきた。いったい、どこに向かって進むことになるのだろうか。

私の仕事はまっすぐ進むように見えたが、恐ろしい感じも伴った。地元民の現実を注意深く観察し——彼らの話や活動に持続的に参加していくことを通して——彼らのことばや行動という歴然とした証拠を基礎に、できるだけうまく構築してまとめていこうと私は努力した。だがその反面、これは自分自身の文化による解釈、視覚をさえぎるもの、ないし不安など、自分ではどうにもできないことによって生じる誤解と奮闘することでもあった。

私はこの仕事に着手する前から、多くの警告をもらっていたし、慎重にことを運んだし、種々の「駆け引き」を使ったために助けられた面もある。そうは言ったものの、「きちんとした訓練を受け」、「しっかり理論武装した」民俗誌学者は、相手がどう考え、どのように行動するかという「客観的事実」を単観察し、できるだけ正確に書きとめることだと信じていた時代から、文化人類学者が現在のような姿勢に変わってくるまで、きわめて長い時間がかかったことも述べておかなければならない。私が目にしたもののなかで最も強く主張したいこと、そしてこの本で最も強調したいのは、彼らにとって「プラス」になることをまとめれば、私にとっても最高の「プラス」になる、という点だ。

しかし私が彼らの現実とか、彼らの考え、彼らの行動をまとめた内容は、自分の想像や文化に関する先入観からでっちあげたおとぎ話とはまったくかけ離れたものだと思っている。ちょうどミリヤナが、たとえ正確ではなくても、彼女の周辺のものの考え方を巨視的に見られるように育っていくにつれてティドゥライ族の世界を取り入れていくことがうまくなっていくように、私もフィーグルでの時間の流れのなかで、ティドゥライの人びとが当たり前だとしていた現実の領域に関して、そこの人たちと意味のはっきりとした会話ができるようになっていった。私が去るころには、彼らのおかげで私が得たものは、少なくとも彼らときわめて親密になり、彼らに直されることなく何時間でも彼らといろいろな話題について間断なくおしゃべりできるようになったことだ。私が知っているフィーグル在住のティドゥライ族は、男女を問わずこの本が読めて内容が理解できれば、彼らは私が描いた状況を把握でき、これが彼らを描いたものだと分かるに違いないと確信している。

私は、自分が「土地の人間になった」と言うつもりはない。私のぶざまな文法やなまりのある発音で、私がよそ者であることはすぐにばれてしまう。私はそのうえ、背が高くて色が白く、髪はブロンドで、ティドゥライの人びとの間では当たり前のことに対しても手探り状態にあり、その社会ではよそ者にほかならなかった。「土地の人間になる」ことは、ほぼ不可能だ。もちろん、その土地になじむことはできる。人はだれでも、目立たずに行動することはできる。その土地の人たちの宇宙論とか倫理観というものに、深く感情移入することはできる。きわめて長い時間をかければ、その土地の言葉を習ってかなり流暢に話せるようになる。しかし移住してきた人たちが完全にその「土地の人」になりきるには、数年、いや数世代もかかることも珍しくない。アメリカへの移住者がことばや文化に慣れるためどれほど苦労しているか、どれほど大変であるかを考えてみれば分かる。ティドゥライの人たちは私を大事にもてなしてくれたし、親切だった。彼らは私を仲間に受け入れ、心から歓迎してくれていると私は感じた。しかし、私がティドゥライ族になるよう求められたり、そう見えるようになって欲しいと期待されたことはない。

私は多くの年月——海軍時代に過ごした日本やその後のインドネシアも含め——を私の好きな外国文化のなかで過ごし、それらの地に共感も感じている。私は懸命にそれらの国の言葉を学び、彼らのやり方に適応していった。私は与えられた機会のなかで学び、視野を広げ、感性を研ぎ澄ませて新しい経験に切り込んでいくのが好きだ。だが外国文化にあえて潜り込もうと試み、他民族の生活や精神性の匂いをかごうと思えば、必然的に自分自身の限界に直面することになる。私は日本人やフィリピン人ではないし、インドネシア人でもない。必然的にアウトサイダーにならざるを得ないことを知って、何か悲しい思いをするのだが、私が楽しみ、称賛している人びとの世界でもつねに自分は周辺部にしか身の置きどころがない。だが、これはやむを得ないことだろう。

だがそうは言っても、考え方や話し方、生活の仕方や生き方もまったく違う世界——異国の現実——にどっぷり浸かったとき、私の心がどれほど大きな影響を受けるかにはびっくりしている。私はあちこちで暮らしたが、影響力の大きさという点で、フィーグルは格別だった。それから数年が経っても、私はときどきティドゥライ族のことを思い起こすし、私の内面で体験の断片が強力に反復する瞬間がある。

四章　ミラブでの小休止　その一

フィーグルに来て八週目の五月なかば、メル、アリマン、それに私の三人は山を歩き、バスを乗り継いで妻子が暮らしているミラブの家に向けて出発した。レバクではコンチャ一家に話すことが山ほどあり、私たちは夕方遅くまで話し込んでいた。そのうちに、コタバト市行きの船に乗る時間になって、ビーチへ向かった。船は南から来てレバクに寄り、深夜に私たちのほか五人ほどを乗せ、コタバト市には翌朝の六時半少し過ぎに着いた。

私たちはマリアーノの店で軽い朝食を取り、昼までバスを待つのは止めて、通り過ぎる木材運搬トラックでヒッチハイクすることにした。最初のトラックが、私たちのために止まってくれた。それは山へ戻るトラックなので、木材は積んでいなかった。そこで私たちは十二人ほどの男女に加わり、空のトラックの床に腰を下ろしてガタガタ揺られながら進んだ。乗っている人たちの半分ぐらいがマギンダナオ族で、残りのほとんどの人たちは、もともとはフィリピンのほかの地方からやってきて低地に入植した人たちだった。一人だけがティドゥライ族の男性で、私たちは道中ほとんど彼と森のなかの生活についてしゃべっていた。彼は、メルやアリマンが彼の出身地のコタバト市近郊のアワンから来ており、森のティドゥライの人たちとの直接的な接触がほとんどないため、二人の話に大いに興味を示していた。私は神経を集中して耳を傾けたが、ほとんど口ははさまなかった。私の習い始めの言語能力では、とても彼らの話すスピードについていけなかったからだ。

私たちは十一時少し前にミラブでトラックから降りてデイパックを持ち、楽しい気分で道路から少しゆるい傾斜を登り、エドワード家を通り過ぎて私の家へ向かった。もちろん、いつごろ帰るとあらかじめ連絡しておく手段はなかったから、男の子たちは大はしゃぎで迎えてくれたし、オードリーもしっかり抱きしめてくれた。すぐにコーヒーポットが火にかけられ、私たちはみなキッチンのテーブルについた。つまり、私たちシュレーゲル一家と、家事手伝いのためにオードリーが雇った二人の若い子、女性のアルメニアと男性のフェルナンドだった。レンとウィルは楽しそうにおしゃべりを続け、オードリーはその合間を縫っていくつかの近況を報告してくれた。フィリピン人の二人の若い子たちははにかんで、自分からは何も言わなかったが、こちらの質問には静かに、「はい、神父さま」、「いいえ、マナン」などと答えた。「マナン」はイロカノ語で姉を呼ぶときに使われる言葉で、「マザー」という呼びかけは伝道師の間で昔から伝わっていたがオードリーはそれが嫌いなので、彼らにはマナンを使わせていた。私も昔の伝道師時代の肩書で呼ばずに、ティドゥライの人たちが呼び慣わしていた「モ・リニ」を使うように頼んだ。しかし、私がミラブに来ることはめったになかったし、アルメニアは私を「神父さま」と呼びなれていたために、この点はなかなか直らなかった。

オードリーは新しく購入した、灯油で稼働する冷蔵庫のドアを得意げに開け、私にサン・ミゲルのビールを出してくれた。この冷蔵庫はオードリーがコタバト市で買い、ハミーのトラックに引きずり上げて運んだもので、真っ白いぴかぴかの新品だった。

「これはすごく贅沢だけど、これなしの生活ではとても我慢できなくて」

と、オードリーは弁解した。

「これだと、お肉も残りものも保存できるでしょ。それに冷たいコーラやビールも飲めるし、食前のラム酒の氷までできるしね」

ウィルは母親と一緒に缶詰のコンデンスミルクと果物のマンゴーをよく混ぜ、製氷皿で凍らせて作ったキラキラのアイスクリームに夢中だった。以前フィリピンで売っているマグノリア・アイスクリームという商標の製品を、コタバト市で買ったことがある。自家製のものはそれにはかなわなかったが、割に味がよく、冷たくておいしかった。冷蔵庫が大いに役だち、人気のあることは歓迎すべきだ。五百ドルもしたそうで、その金額は家にある家具その他すべてを合わせた金額に匹敵した。

それ以来、私たちはわが家を「ミラブ・ヒルトン」と呼ぶようになった。

しばらくすると、キッチンがこの家の実際のリビングであり、狭いリビングは台所と寝室の間でホール的な機能しか果たしていないことに気づいた。ある日の午後、レンと私はキッチンのテーブルにつき、オードリーは昼寝をして、ウィルは農家のティドゥライ人の友だちとどこかへ消えていった。

「ママは毎晩、小人のピーウィーのお話をしてくれるんだよ」

とレンは言った。

「小人のピーウィーって、だれだい？」

と、私はほほえみながら聞いた。

「小人だよ。おもしろいことといっぱいやって、ときどきヘマもやるの。でもいつでも、最後はうまくいくんだ。ときどきフィーグルに行って、戻ってくる。パパが元気で、何をしているか話してくれるんだよ。カリフォルニアで、おじいちゃんやおばあちゃんと一緒にいることもあるんだって」

レンはいぶかしげな顔で私を見て、こう言った。

「会ったことないの？　小人はパパに会っているんだよ」

小人のピーウィーとは、オードリーのすばらしい創作だと分かった。彼女は息子たちをベッドに入れると毎晩、寝る前にその小人の物語を聞かせていたのだった。小人はやんちゃ坊主で、彼のいたずらや茶目っ気からいろいろ困った問題が起きたり、危険な目に遭ったりもするが、最後は安全でいい子でいるための大事な教訓を学んで終わる。レンは、最近の話をしてくれた。ピーウィーは黙ってクッキーを食べてしまったが、そういうことをしてはいけないということを知らなかったからだ。

「それでやはり小人のママは小人さんに、食べてもいいかどうか、ちゃんと聞いてからにするのよ、と言ったんだよ」

「レン、パパが子どものころにはね、『ガンプ一家』という子どもの本があった。それが、みんなピーウィーによく似ていたね」

「本当？　ピーウィーみたいだったの？」

「本当だよ、レン。ピーウィーそっくりだ」

ある晩、子どもたちが寝てから、オードリーと私は小さな灯油ランプ（コールマンの圧力式ランプもあったが、近くにすわっていると熱すぎる）のほの暗い明かりの下でテーブルについた。彼女は、フェルナンドとアルメニアがいてくれるのでとても助かる、と話してくれた。フェルナンドは十六歳ぐらいで、エドワーズ家に住み込んでいる家族の一員でティドゥライ族だ。アルメニアもティドゥライ族で、少し年上だった。ウピ付近に住む貧しい小作人の娘で、二～三年前にセント・フランシシス高等学校を卒業し、私が伝道師だったころから私たちのことを知っていた。オードリーは、こう説明した。

「私ひとりで、何もかもはできないでしょ。ここでは、すべてがすごく大変なんですもの。布教施設にいたときもそうだったけど、もっと大変。ちょうどいま、薪ストーブの料理を習い始めたんだけど、フェルナンドが薪を割ってくれるから助かるわ」

オードリーは次にアルメニアを指さしたが、アルメニアはわが家の小さなポーチで夕方の涼しい風を受けながらうたた寝をしていた。

「アルメニアと私は、すべて手洗いで洗濯するのよ。屋根のタンクにはほとんど水がないし、まだ雨期が始まっていないんで、エドワーズのところの手押しポンプで水を汲んでこなけりゃならないの。それも飲み水とかお風呂用だけじゃなくて、洗濯用にまで。渓流まで行って洗濯することもよくあるわ」

私は日々の家事がオードリーにとってどれほど大変なものか、あまり考えたことがなかった。そして、そのような彼女の説明を聞いているうちに私はひるんでしまい、

「いいお手伝いさんが、二人も見つかってよかったね」

と言った。私の言い方はぎこちなく、的はずれでもあった。オードリーは確かに不満を言っているようには見えなかったが、私がフィーグルでティドゥライ族の生活に関する研究をするだけでなく、ミラブでの彼女の生活についてももう少し知って欲しい、と彼女が望んでいることが分かった。

私が恥ずかしく思っていることに彼女は気づき、即座に調子を変えた。

「私が作ったケーキ型を見て」

と、彼女は嬉しそうに笑って、食器棚から高さ六センチほどの金属でできたケーキ型を持ってきて、得意げに私の前に置いた。

「見て。じゃーん！　二つの灯油缶の底を切り取ったのよ。エドワーズの奥さんが作り方

を教えてくださったの。灯油のにおいが抜けたら、実に具合がいいわ。でも気をつけてね。縁がすごく鋭いから。明日、ケーキを焼くわね。ウピで、チョコレートを仕入れといたのよ」

翌朝、オードリーは朝早く起きて朝食の用意をした。エドワーズ家のニワトリが産んだ卵と、市場で買ってきた肉でオードリーが作ったポークソーセージがあった。

「缶で売ってるソーセージでもいいんだけど、こっちのほうがずっとおいしいのよ。冷蔵庫が来る前に、この作り方を教わったの。私が土曜日に市場で買うブタの後ろ足にこのスパイスを使うと、一週間は保つのよ」

ウィルが眠い目をこすりながら、静かにキッチンに入ってきた。彼は朝一番にやる癖で、キッチンから屋外便所や風呂場のある裏庭に通じる階段に腰掛けた。私は、日課の一つである雑用をやっていた。約四リットル入るガラスの空き瓶に、水とディードレンという名の殺虫剤だと思うが猛毒の薬を入れて混ぜ、その混合薬を外の一つ穴の便所に撒いた。それは下の汚物に巣くうバクテリアや害虫を殺し、屋外便所の悪臭を防いだ（それが周辺の土や地下水にどれほど恐ろしい影響を与えたか、だれにも分からない。当時、そのようなことは考えたこともなかった）。

私は家に戻るとき、階段に腰掛けているウィルの前を通った。彼にそのびんを見せて、それをドアと薪ストーブの間の壁の高いところに打ち付けてある大釘に吊り下げた。

「パパ、気をつけて」

とウィルは言った。

「なんで？」

「だってそのびんのなかには、外のトイレが臭くならないようにする、すごい毒薬が入っているんだよ。もしそれを飲んだら死んじゃうよ」

「分かった。気をつけるよ」

と私はにっこり笑った。

ウィルはしばらくの間、頭に描いた想像に考えをめぐらせていた。そして厳かな顔をしながら、四歳の好奇心からこう聞いた。

「そのときは、だれがパパになるの？」

「心配するなよ。気をつけるからさ」

しかし、彼にとってはおそらく大きな心配のタネだったに違いない。私はすでにそのころ朝から晩までその周辺にいなかったのだから、無理からぬところがある。その質問は、いまだに心の記憶のなかで響いている。その声は、お父さんはいつもどこにいるの？　という、頭の痛い問題につながってくる。

今回のミラブへの訪問、それに続く何回かのミラブでの休暇期間に感じたことだが、私が調査探検にたずさわっている間、家庭を守るオードリーがどれほどの大役をこなしているのかがよく分かった。彼女には、山ほどの難事があったに違いない。彼女は若くて強健だったが、彼女も言っていたように、すべてが原始的で手がかかりすぎた。私は彼女の不屈の精神とやりくり上手を称賛したが、私たちの仕事の分担に関して基本的な疑問は持たなかった。私たちがウーマンリブということばを耳にするようになったのは、はるか後のことで、その概念を自らのものとして吸収するのは、まだずっと先のことだった。当時は、私が「自分の」仕事をするのと同様に、オードリーは「彼女の」仕事をやるのが当然だと思っていた。おそらく彼女も、多少なりともこれと同じような考えをしていたと思う。

私にはオードリーと話したいことがたくさんあったし、彼女も私に話すことが数多くあった。私は息子たちとバカ騒ぎをしたり、彼らの計画とかペット、活動などについて話すのが楽しかった。ハミーとは、私が体験したことを長々と話した。私はこれまでの二か月間、妻や子どもたち、エドワーズ家の人たち、近所の家族などみんなが恋しかった。しかし私にはフィーグルの仕事に戻りたいという気持ちが強く、数日もすると自分がつねに仕事のことばかり考えていることに気づいた。私はミラブでのんびり過ごす休暇を、一週間たらずで切り上げた。オードリー、レン、ウィルは私がまるまる二か月も留守をしていたのに、ごく短期間でまた戻っていくことにがっかりしていた。彼らの失望は、ある程度まで予測できた。だが、彼らとずっと一緒にいるわけにはいかない。私は、フィールドワークに戻らなければならなかった。

私は家族に再会した喜びに後ろ髪を引かれる思いでフィーグルへ戻ったが、それだけではなく、私の喜びに割り込んで来た憂鬱な気分も味わっていた。オードリーは彼女の仕事の辛さや寂しさをやんわりと話したが、私には緊急な訴えに聞こえた。小さなウィルがキッチンの階段に腰掛けていたときにふとしゃべった質問も、同じように心に引っかかっていた。自分にとっても愛する家族にとっても、すべてが完全にうまく回転しているわけではないことが気になった。

私はフィーグルで人との対応の仕方についてすばらしいことを学んでいたが、それを自分自身の家族にどう活用すればいいのか、いい知恵は浮かばなかった。その時点で私はまだ、そのようなことがらに真正面から向き合う心の準備ができていなかった。

五章　私たちは森の世話をするために生まれた

私は夜になるとよく、老人の一人モ・バウグと一緒に、わが小屋の前にある空き地に大の字に寝転がり、彼がティドゥライ族に伝わる星座やそれにまつわる天空の話をていねいに話してくれるのを聞いたものだった。

「あそこを見てごらん」

と、彼はとくに美しい夜空の日に言った。

「あの明るい三つの星を。大きいのが狩人のセレター。そして残りの二つの小さな星が、あいつが殺したバカという名のイノシシの顎《あご》なんだよ」

森のティドゥライ族は夜空を暦の代わりに使っており、私は彼らの十二宮について教わった。あらゆる自然と同じように、空の星も彼らの生活を助けるための贈りものとして天空にあるのだと信じていた。季節が移ろい行くにしたがい、人びとは星座の動きを注意深く観察し、その位置からいつ雨期や乾期がめぐってくるのか、タネ撒きに適した時期がやってくるのかを割り出していた。私は、彼らがどのようにして突き止めるのか、知りたいと思った。

モ・バウグは、少しずつ教えてくれた。彼は森に住む上品な老人で、きわめて話がうまかった。

その晩の夜空はとても暗く、星はそれまでに見たこともないほど輝いていた。フィーグルにスモッグはなく、近隣の都会の光に邪魔されることもなかった。ひたすら静かな夜で、満天の星空は信じられないほどの光を放っていた。モ・バウグは歯がごくわずかしか残っていなかったし、ビンロウジュの実を噛んで唾液がいっぱいだったので、彼のティドゥライ語の発音はやや聞きづらかった。

「それからあれ、三つの小さな従兄弟を従えているあの明るい星、あれがフェゲフェラファドで、あれは自分の家族の名誉を勇敢に守るやつとして知られている」

フェゲフェラファドとは、私たちが小犬座（その頭）と呼んでいる明るい星と、西洋でいうオリオン座の犬の部分、それに双子のカストルとポルクス（両の前脚）兄弟からなっている。老齢のわが友は、以前にもほかの星座に関する神話を延々と話してくれたことがよくあったが、その晩も同じように、彼が知っているフェゲフェラファドの話を詳しく話し始めた。

モ・バウグが話しているときに、空を横切っていく人工衛星を見つけた。私は、近親者にも他人にも使われる丁寧な内輪の言葉を使って、その老人の話を途中でさえぎって尋ねた。

「おじいさん、あそこに動いている星が見えますか」

彼は数秒間、空をゆっくりと横切っていく明るい点を確認したあとで、押し殺した声で答えた。

「ああ、見たよ」

私は、嬉しくなった。「即席の神話」を聞くことができるに違いあるまい、と期待した。私は、神話づくりをその最初から聞くことができそうだ。それは森の畑に出かける若者だとか、イノシシを追いかける狩人だとか言うことだろう。私は大いに期待しながら、

「あれは何ですか」

と尋ねた。

「モ・リニ。あれは人工衛星じゃよ」

と、彼はやさしく言った。

モ・バウグは、あるときレバクの市場で人工衛星のことを知り、店のラジオでその打ち上げの実況を聞いていたのだった。彼には人間がどうやって、あるいはどうして空に星なんかを打ち上げるのか、さっぱり見当がつかなかった。そして実際にはあり得ないことだが、それにはパイロットが乗っているのではないかと思っていた。でも彼は、人工衛星という英語を知っていた。私は驚いたが、私の口は耳から耳まで大きく笑っていたに違いない。彼の口から聞いた、はじめての英語だった。期待は外れたが、私は相槌を打って、

「ああ、そうですね。人工衛星ですね」

とだけ言った。

フィーグルの人たちはみな昔話——自然に関する神話や精霊、世の始めなどの話——が好きだった。そして大人たちは、創造とか自然に関する有名な神話の概要を知っていた。細かい点では人の記憶によって違いがあるため、バリエーションに富んでいた。そのような話を詳細に知っていて、それらを気迫とサスペンスとユーモアを交えて話せれば、達人と言えた。モ・バウグは、フィーグルでは重鎮のシャーマンであるモ・ビンタンとモ・セウの二人に匹敵する「語り部」の達人だった。フィーグルに滞在している間、私は大きな家でそのような話を聞いたり、ほかの地域からその地元の話をしに来る語り部に耳を傾けたりして、すばらしい夕べを楽しんだものだ。この種の話を長々と話せるのは語り部に限られたことではなく、ほとんどだれでもがこうした話を知っており、楽しみながら語っていた。

ティドゥライ族に伝わる創造の話によると、すべてのものを創造した大精霊のトゥルス*は、時期をずらして人間を四回ほどつくった。しかしどの場合でもその目的は、「人間がどの季節にも森の世話ができるように」という配慮からだった。

＊　ティドゥライの精霊とか宇宙の領域に関する言葉の適切な訳語が見つからないために、私は分かりやすくて適切だと思われる英語を当てはめた。たとえばここでは、トゥルスには「大精霊」という、結果的には単純な言葉をあてがった。（原注）

ティドゥライ族の基本的な宇宙観では、森――ないし自然一般――は、人間に豊かな生活を供給するために作られたものであり、人間は森と仲よく共生し、森が健全であることを見届けるために存在するのだった。

大精霊がどのようにして生み出されたのかは、聞いたことがない。私がそれを尋ねると、答えはだいたい次のようなものに決まっていた。

「さあ、知らないね。大精霊というのはいろんなものができる前からいたんだよね」

しかしフィーグルの人たちはたいてい、人間創造に関してあらかた以下のような話を知っていて、私がそれを最初に聞いたのはモ・ビンタンと彼の奥さんという、二人のすばらしい語り部たちからだった。

最初に、大精霊は森(世界)を創造し、その次に人間(目に見える人たち)と精霊(目に見えない人たち)を、両方とも土から創り出した。大精霊には性別がなく、男でも女でもなかった。最初に男と女を作る過程で、大精霊はある重要な一点で現在の人間とは異なるものを創った。男にはいまの男性と同じようにペニスがあったが、赤ん坊を産んだのは男だった。したがって、出産で男のペニスが破裂しないように、彼はトウのひもでそれをぐるぐる巻きにしなければならなかった。しかし出産はもちろんのこと、彼にとっては恐ろしく苦痛を伴うものだった。そこでしばらくして、赤ん坊を出産した男と授乳して育てた女は、そういう状況ではうまくいかないという点で意見が一致した。男がそのような苦痛や侮辱に耐えなければならないとしたら、男に森の世話などできないに違いない。

最初の人間は二人ともシャーマンで、精霊たちが見えるし話もできたので、彼らは大精霊に赤ん坊の出産方法を変えてほしいと懇願した。大精霊はもちろん彼らを助けたいと思い、二人とその子どもたちをそっと元の大きな泥の球に固めて戻し、もう一度やり直した。大精霊は二人の人間を創り、前と同じように、それぞれに頭、胴体、二本の足と二本の手をつけた。そしてその状況を見ながらじっくりと考えた。大精霊は最後に大鉈《おおなた》を取り出し、女性の股間に大きな割れ目を入れた。それ以後、女性は赤ん坊が産めるようになった。しかしその大鉈の柄が吹っ飛んで、男性の股間に突き刺さってしまった。それで現在の私たちのようになったのだった。出産はいまだに女性にとって痛みを伴うものだが、気の毒なその男よりは楽になっている。これが第二の創造秘話である。

あるとき四人の人間がいた。一人の「白人」女性（中国人やヨーロッパ人の肌色）と結婚した「黒人」男性（ティドゥライ族を意味する）と、白人男性と結婚した黒人女性である。彼らは真摯《しんし》に精霊たちを崇め、自然の安寧を願ってまじめに尊敬して大事にしていた。しかしある日、白人男性が白人女性と駆け落ちし、二人はアウトリガーを漕ぎ出してスング・スングに行ってしまった（ウピのティドゥライ族はスング・スングは香港のことだと言う者が多かったが、本来は「海のはるかかなた」という意味の漠然とした場所である）。そこで残された黒人の男性と女性が結婚して、ティドゥライ族の先祖になった。白人の女性が白人の男性と駆け落ちしたときに、白人の女性は前の夫の子どもを宿しており、海を渡って生まれた彼女の第一子は肌が黒かった。それ以後の彼女の子どもたちはみんな白かった。最初の子どもはすべての黒人の先祖となり、それ以外は中国人とかスペイン人とかアメリカ人などになっていった。

ティドゥライ族の人口がおびただしく増えたある日、ラゲイ・レンクオスという名の偉いシャーマンが、「東方の空の向こう側」にある大精霊の国を訪れ、その地のすばらしい美しさに強く心を打たれて帰ってきた。彼やティドゥライ族が住んでいる森よりはるかにいい場所に思えた。そこでラゲイ・レンクオスは、ティドゥライ族の全員を引き連れて大精霊の国に引っ越すため長い旅に出た。この旅に関しては「ベリナレウ」と呼ばれる長編の叙事詩に書いてあり、それを唱えるには八十時間ぐらいかかる。その夜、モ・ビタンと彼の奥さんが詠ったのはそのごく一部だった。大精霊がラゲイ・レンクオスと彼の率いる人びとを迎え、空の彼方に彼らが住む場所を与えた個所で、その叙事詩の終わりのほうだった。このようなことが起こって森の世話をする人がいなくなってしまったため、大精霊はもう一度、新しいティドゥライ族のグループを創り出した。

だがこの創造神話は、まだこれでは終わらない。もう一人の偉いシャーマンであるラゲイ・セボタンは、ラゲイ・レンクオスがすべての人を空の彼方に引き連れていった功績を再現するため、「ベリナレウ」を案内書として使ってまた長旅をした。大精霊はまた、もっと多数のティドゥライ族を創り直さなければならなかった。それがいま生きている人たちの先祖である。

このような神話は、森のティドゥライ族に関する私の知識のすべてと一致していた。大精霊は人間が世界を楽しめるように、そして世界の世話をするように人間を創造した。最初の創造がうまくいかなかったとき、大精霊はいい助っ人さながらに、次に人間を作ったときは人間により大きな満足を与えるようにした。それは階層も、強制力も、そして暴力もなく、ティドゥライ族の本質を表している神話だった。アダムとイブが怒った神によってエデンの園から追放されたという、私たちユダヤ・キリスト教の創世神話とはなんと違うことだろう。

ティドゥライの人たちが自分たちで世話をしなければならないと信じていた世界は、だれかに「支配される」ものではなかった。それはある種の広大な公共領地であり、そこはだれでもが使え、楽しめる場所だった。これを説明するためには、彼らの思考に共通する概念そのものにつけられた名称を説明しなければならない。つまり、「ゲフェ」ということばである。

何かの「ゲフェ」であるということは、いま使用されているものに対して独占的な権力を持つことである。夫婦は彼らの家屋の「ゲフェ」であり、男性は妻の「ゲフェ」であり、妻は夫の「ゲフェ」である。人びとは、道具類の「ゲフェ」である。どのようなものでも、あるいはだれでも、彼らが合法的に、個人的に使用し、関心を持っているものへの儀式でさえも、すべて「ゲフェ」の対象になる。このことばを英語に置き換えるとすれば、「合法的な所有者」とか、もっと簡単に「オーナー」に近い。だがティドゥライ語のコンセプトの本質は、「現在の使用権」の意味に限定される。ある夫婦が森の畑用に選んだ土地は完全に収穫が終わるまでは公然と区分され、その畑の「ゲフェ」である夫婦に「属する」。だが収穫したのちは、彼らはもはやその「オーナー」ではない——したがって、もはやその「ゲフェ」ではなくなる。

ある人が使用権を持っている何かを盗むことは言うまでもなく悪いことであり、悪い胆嚢を生み出すことになる。だが、そのようなことはめったに起こらなかった。ティドゥライ族は、ものを所有するために争うどころか、どんなものでも争いはしなかった。彼らを生き延びさせている世界は、だれにとってもすばらしいことずくめだった。そこで起こったある窃盗は、ほかの夫婦も巻き込んだ。それは日常的に起こるつまらないことであり、その状況についてはのちに詳しく述べる。しかし盗みは、どのようなものであってもめったになかった。この地域社会では欲とか、他人の犠牲のうえに自分自身の所有物を増やしたいという衝動、ほかの人よりも多くのものを持って満悦したいなどという気持ちはまったく見られなかった。ティドゥライ族の考えるいい生き方では、競争とか物欲、昇進などは、いわば別の世界のことだった。

古くからティドゥライの人たちが楽しんでいる自然との親密な交流は、彼らの経済的な慣行に最も強く反映されていた。私たちがミラブの自宅にはじめて帰り、フィーグルへ戻ってきてから数日ほど経った五月のある夕方、メルとアリマンと私は、私たちの食事を作ってくれているイデン・エメットとモ・エメットと一緒に夕食をした。この若いカップルは、家庭的な面でいろいろと私たちを助けてくれた。モ・エメットは私に、こう声をかけてくれた。

「モ・リニ。明日、森のなかの私たちの畑に来ませんか。うちはみんなで、米のタネ蒔《ま》きをするんだけど」

「ああ、ぜひ見たいですね」

と、私は応じた。

私は、大いに乗り気になった。それというのも、タネ蒔きはこの森の畑ではきわめて重要な、そして最も賑やかな年中行事の一つであることを知っていたからだ。モ・エメットは四か月ぐらい前にその畑の区画にいち早く名乗りを上げて獲得していたので、私はすでにモ・エメットとイデン・エメット夫婦の畑には何回か行っていた。「スウィッデン」とは、自分たち家族の一年分の収穫を得るため、森のなかに切り開いた畑を意味する専門用語だ。モ・エメットは毎年、フィーグルのほかの男性たちと同じく新しい「スウィッデン」用地を選び、収穫後の「オフ・シーズン」には狩りに出かけていた。彼はその土地で育てやすい適切な栽培種とか、タネを入手できる可能性、地味などの要素を調べた。前年に使った用地はそのとき森に返し、何年にもわたって伐採や焼き畑を続けたりはしなかった。

それより前の一月に、フィーグルの男性はみなモ・エメットとともに彼が選んだ用地の区分をするため現地に出かけた。この行事には下草を少しばかり刈り取る儀式も含まれているが、きわめて大事な点は、モ・エメットが森の精霊たちに公式に敬意を表してその用地を使う許可をもらうことだった。男たちはスウィッデン予定地の一角に小さな竹の棚を作り、その間モ・エメットは、精霊たちから人間への吉兆を伝えると信じられている森の小鳥たちの声に注意深く耳を傾ける。鳥の声を彼が聞いた瞬間に彼はその方向を指し、精霊たちがその区画を彼に畑として使わせるかどうかに聞き耳を立てる。数分後に、鳥がけたたましく鳴く声を聞いた。そしてモ・エメットは彼のまっすぐ前方を指した。それは精霊たちが同意してくれた方向の一つである。もし彼がその声を背後から聞いたなら、あるいは前方でも気に入らない方角であれば、みなで別の一角に行って、またはじめからやり直す。

男性たちはご飯を入れた竹筒をさきほど立てた竹の棚にお供えとして結びつけ、それぞれ一粒をつまんで食べる。それは精霊たちを崇める儀式で、スウィッデンでいい収穫を上げるには精霊の協力が不可欠だからである。モ・エメットの用地は、その年に区分の儀式をした第一号だった。彼は星を見たうえで、近隣の人たちのなかで最も早い日を選んだからだった。近所の男性たちはみなこの最初の儀式に参加し、翌日まで待って自分の用地を個別に区分する。彼らは精霊たちへの捧げものは繰り返さないが、やはり注意深く小鳥たちの声に耳を傾ける。

　これから数か月間、彼らが近所のスウィッデンで一緒に働く機会はいくらでもあり、フィーグルの男性たちがモ・エメットの用地に区分の印をつけるのが最初の共同作業だった。次の段階は下草を刈り取ることで、フィーグルの男性たちは集団でそれをこなした。毎日、次から次へと進め、やがて付近のスウィッデンすべての下草刈りが終わった。次に彼らは、同じように各戸の大木を交替で切り倒していった。スウィッデンの大きさは約九十メートル四方で、下草刈りや伐採の厳しい作業を男一人で片づけるには広すぎるが、みなで一緒に仕事をすれば手際よく仕事を終わらせることができる。それがすむと、切り倒した木の残骸や刈り取った下草を自分の畑で焼く。焼き終わったスウィッデンが完全に冷めると、近所の女性たちがやってきて次々とトウモロコシのタネを撒いていく。

　トウモロコシが育ち始めると、だれもがもみを蒔《ま》く最適の時期を決めるため上空をしきりに観察する。この時期の決断が、一年のうちで最も大切だ。モ・エメットは細心の注意を払いながら、星座の位置や月の様相を分析して最も好都合だと確信できる日を選ぶ。

　当日の日の出ごろには、フィーグルの近隣の人たちはみな——老若男女のすべて——フィーグルの開拓地に集まった。モ・エメットの区画地に向かって小道を下りながら、何人かがドラを鳴らした。それは精霊たちに何が始まるのかを通知するためでもあるし、ティドゥライ族は音楽が好きで、とくに今日のようなめでたい地域活動があるときにはドラが欠かせない。モ・エメットと彼の弟モ・トンは、モ・エメットのスウィッデンで前年に収穫した米のタネもみを入れたかごを運ぶ。モ・エメットの妻イデン・エメットと女性何人かは、祭りに備えてニワトリなどの食事を運ぶ。米のタネ撒きはきついが楽しい仕事で、冗談や笑い声、それに若い連中の間では卑猥なからかいの言葉が絶えず飛び交っていた。

目的地に着くとすぐに、イデン・エメットとモ・エメットの儀式がおこなわれる畑の真ん中で、みなが輪になった。約三・六メートル平方のその土地の境界には杭が立てられ、それぞれの杭には心霊的な意味を持つ飾りがたくさん結び付けられていた。人びとは引き続き食糧を必要としていることを表すために、前年に儀式をおこなった土地で収穫したタネもみを入れた小皿をその真ん中に置いた。杭の一本に櫛がぶら下がっていたが、それは稲の茎がきれいにそろって育ち、手入れの行き届いた髪の毛のように潤沢な収穫を願う気持ちを表していた。鏡は、イノシシの守護精霊が自分の姿を見てびっくりして、ほかのイノシシたちに実りつつあるコメを奪えないようにする狙いだった。もう一つ、杭にはネックレスも結ばれていた。これは、女らしさと繁殖力を象徴している。ドラを鳴らす人たちが先頭に立って全員が一列縦隊で式場を四周し、モ・エメットとイデン・エメットが供えた小皿からタネもみを取って地面に撒く間、ドラは鳴り続けた。そこで育つ米からは、翌年の小皿に入れるタネもみを取っておく。

儀式が終わったころ、スウィッデンにタネもみを撒く準備は完了していた。森のティドゥライ族が育てる米は陸稲なので土に撒くが、低地で植えられる米は水田で育てる水稲だ。男性たちは焼き畑のなかから焼け残った硬い木を探し出して約二メートルほどの長い棒を何本も切り出し、一方の先端を削って尖らせた。この「穴掘り棒」で、タネもみを撒く穴を掘る。女性はみなラタンで編んだかごを、背負い紐で左肩にかけていた。かごのなかには、タネと一緒に少しばかりの小さなカポック（綿に似たパンヤ）の束を入れて運んでいたが、その重荷が不思議にカポックのように軽そうに見えた。

畑の上方から、まずモ・エメットと男たちが横に並んで歩き始め、スウィッデンの幅いっぱいに行ったり来たりしながら、その穴掘り棒を三十センチから四十センチ間隔で土に突き刺していく。メルと私は、興味もあったし友情の証にもしたかったので、ノートを置いてしばらくその穴掘りに参加した。

「気をつけたほうがいいよ、モ・リニ。精霊たちがノートを持ってっちゃうよ」

と、だれかが叫んだ。私の動作はぎこちなかったが、穴掘りは愉快だった。

イデン・エメットをはじめとする女性軍は側面に並んで続き、穴にタネもみを落としていく。イデン・エメットが後で話してくれたところによると、普通は一つの穴に十五粒から二十粒も撒いてしまうそうだが、タネ蒔きの達人になると十粒以下で、その能力はきわめて高く評価される。フィーグルでは、若い女の子が母親にコメやトウモロコシのタネの撒き方を教わっているところを、何度も見た。彼女たちは小さな砂利や砂を使って、その練習に何時間も費やしていた。しかし実際の畑でのタネ蒔きでは、他人の仕事を下手だと批判するような人はいないことに気がついた。

タネ蒔きが進み、スウィッデン全体で仕事をしているときにはだれもトイレへも行かず、ビンロウジュは噛まず、棒の先をとがらすために畑仕事の手を休める者もいなかった。ただし、そのために必要な休憩はひんぱんにあった。タネ撒きの間はずっとお祭りの雰囲気で、にぎやかに大声が飛び交っていた。男たちはおたがいに、「急げよ」とか、「気をつけろよ。女に負けるぞ」などと励ましの言葉を掛け合う。女性軍は、「ぐずぐずするんじゃないよ。すぐに追いつくからね」とやり返す。

私はいつも、ティドゥライ族の卑猥な冗談に度肝を抜かれた。イデン・エメットは、あるときモ・エメットに向かって大声で言っていた。

「ねえ、ご主人よ。その棒を土に突き刺しているの見てると、夕べのことを思い出すねえ！あんたがぐいぐいと押し込んできて突っついたの、最高だったね」

すると彼も、ボールを打ち返す。

「かあちゃんよ。あんたの背負ってるかごに入ってるぐらいたくさんのタネがあんたの腰周りにあったら、間違いなくすごい人数の子どもができるな！」

別の女が自分の夫に、彼の一物がこの穴掘り棒ぐらい太ければいいのにね、と小言を言うと、彼はすぐにびっくりするほど大きくしてみせて幸せにしてやるよ、と応じた。そのように元気のいい軽妙な会話が、一日じゅう続いた。みなは大いに楽しんで、時間はあっという間に過ぎた。

タネ撒きの間、禁止事項は忠実に守られていた。たとえば、働いている人たちは、決して口でタネもみの殻をはいだりしなかったが、それはネズミやコメを狙う鳥たちが真似て、実りの時期に同じことをしては困るからだった。彼らは鼻もかまなかったが、それはタネにつく害虫がその音に敏感で寄ってくる可能性があるからだ。彼らは決してタネを撒いている人の足元に生えている雑草はむしらなかった。なぜかといえば、稲がイノシシに同じように根こそぎにされるかもしれないからだ。彼らはスウィッデンの境界内では絶対に何も食べなかった。そうしないと、ネズミとかブタ、昆虫、それに鳥などが真似て、コメを食べてしまうかもしれないからだ。子どもたちは、スウィッデンの外周にゴマとアワのタネをばら撒く仕事を与えられた。そのような穀類はおおむね食料として利用されるが、それを撒く主な理由は、新たに撒かれたタネもみからアリをおびき出すためだった。

午前十時ごろに、イデン・エメットら何人かの女性たちは、簡単だが心のこもった食事をスウィッデンの近くで準備するため、タネ蒔きの列から離れた。彼女とモ・エメットは、この料理をすべて自宅から運んで来ていて、そこで働いている人たちみなと食べた。翌日以後、イデン・エメットとモ・エメットがほかの家族の手伝いをすれば、それぞれのスウィッデンの持ち主たちに同じように振る舞われる。

畑のタネ撒き仕事は午後遅くに終わり、みなはふたたび真ん中の祭壇に集まった。モ・エメットとイデン・エメットに続いて男性がそれぞれ穴を一つずつ掘り、女性はそこにタネを何粒か撒いた。男性たちは穴掘り棒を儀式の場所に突き刺したまま、そこを離れた。モ・エメットは植えられたさまざまな種類の種もみをそれぞれ何粒か取り、育ちの悪い場合に蒔き直すため取り分けた。イデン・エメットは参加した人たちの全員に、残りのタネを分配した。このコメは家に持って帰り、家でついて炊き、その夜に食べる。そうするとタネ撒きを手伝った人がもし収穫前に死ぬことがあっても、人びとはこの畑のコメを食べたことになるからだ。

モ・エメットと妻は、祭壇の儀式用品をきれいに片づけた。ふたたび行列が組まれ、聞きなれたドラの演奏が始まり、みなは周囲を四周してフィーグルへの帰途についた。近隣のほかの居住区から参加した家族は、そこから家路をたどった。

スウィッデンにおけるこの相互共同作業は、「近隣」を結びつける中核的な行事だ。フィーグルの近隣を形作っていた七つの居住区に暮らす二十九家族は、たがいに「フィーグルの仲間うち」とか「同じインゲド同士」と呼んでいた。インゲドとは普通は「場所」という意味だが、とくにスウィッデンの仕事やそれに関連した儀式にともに参加する仲間の領域を意味している。相互扶助の耕作活動による近隣の協力作業は、コメのタネ蒔きだけではない。イデン・エメットとモ・エメットは自分たちの畑で、稲の間や周辺に、くだものの木や根菜類、野菜、スパイスなど、かなり広範囲にわたる種類の二次栽培を自分たちの手でやっている。イデン・エメットは、息子と自分だけで可能な限りの草取り作業を続けた。そして九月のはじめになると、また地域の全員が実ったコメを収穫するために集まる。このときも、各スウィッデンの収穫を全員が順次おこなっていく。

収穫も、分配されるところに特色がある。稲の刈り取りは女性の手でおこなわれ、穂を切り取り、それらを集めて束ねる。男性は、集まった束をスウィッデンの横に重ねて積み上げる。稲を引きずって家まで持って帰る前に、それに参加した女性は一人ひとり彼女が刈り取ったものの五分の一を分け前として受け取る。そのような分配は、自分のスウィッデンの穀物が不作だったり、鳥に食べられて全滅したりしても、彼らが手伝ったほかの畑から食料用および翌年度のタネ蒔き用に十分なもみがもらえることを確約する一種の保険だ。スウィッデンで栽培したそれ以外のさまざまな穀類はそのように整然と分配されることはなかったが、近隣の家族にひもじい思いをさせたまま放っておくようなことを考える者はいないから、どのような食べものも、非公式に分け合うことは普遍的におこなわれていた。そのため、だれもが食料はつねに十分にあることを保証されていた。

分配の儀式は年に四回、フィーグル近隣の全家族がカンドゥリと言われる神聖な食事に集まるときにおこなわれる。この儀式めいた食事は耕作サイクルの重要な節目であり、自分たちが働いたすべての畑から収穫されたコメを少しずつ食べ、自分たちの畑で働いてくれた人たち全員に自分たちのコメで炊いたご飯を出す。カンドゥリについては後の章で詳しく触れるが、ここではこのような素朴なコミュニティの食事が近隣の人たちみなの自立と相互援助を強烈に象徴するものであることを申し上げておきたい。手助けしてくれた精霊たちにも、食事を供えて感謝する。フィーグルではほかに大きな儀式はないが、このカンドゥリは彼らが生活を共有する行事であることを雄弁に物語っている。

主な穀類であるコメとトウモロコシの収穫が終わると、イデン・エメットとモ・エメットのスウィッデンでは、くだものやイモ、その他の農作物を数年にわたって収穫し続ける。だが、ふたたび伐採・焼き畑・植林を繰り返すことはない。同じ土地で以後も穀類の植え付けを続ければ、二度と耕作できないサバンナの草原に変わってしまうという深刻な危険性をはらんでいることを彼らは知っており、そのようなことは避けたいからだ。そこで彼らは、収穫を終わったスウィッデンをそのまま寝かせて休ませる。やがて森が土を再生して、機能を回復させるのを待つ。確かに、森は元通りには復活しない——最初の原生林は、そこまで成長するのに数世紀もかかっている——が十年も経てば、ちょっと見た感じでは前と同じような生態学上の特徴を持つ、二番生えの熱帯雨林に戻る。古いスウィッデンでいつごろ耕作を再開すべきなのか決まったルールはないが、かなりの期間が経過しても、ふたたび耕作する人はいないようだ。

スウィッデンの仕事に絡む種々の作業は、フィーグルの森で暮らすティドゥライ族の経済活動を示すごく一面にすぎない。フィーグルの人たちがスウィッデンで畑作をしていることは確かだが、彼らは腕前のいい狩人でもあるし、釣りの達人、そして野生の食べものやその他の必要品を、熟知している森から熱心に採集してくる人たちでもある。

私がフィーグルに滞在していたころ、近所に住むモ・サントスは何匹かの猟犬を飼っていた。私は、そのうちの一匹とすぐ仲よくなった。彼には名前がなかった――ティドゥライ族は、犬や猫に名前をつけない。彼らは犬や猫はハンターだとか番人、ネズミを取るのが役目だと認識していた。私はこっそりと――問題は起こしたくなかったので――その犬を「ダトゥ」と呼び始めた。しかしメルが、動物に人間の名前をつけてあたかも犬たちが返事をしてくれることを期待して話しかけることは、彼らの習慣に反することだと言ったので、私も犬に話しかけることはあきらめた。ティドゥライ族の論理では、そのような行動は自然を冒涜することであり、冒涜する人間には重い罰が下されるということだった。私はそれを尊重したが、心のなかではダトゥは小さな仲間だと考えていたから、チャンスを狙って食べもののかけらを黙って彼に食べさせていた。彼はそのお返しに、犬たちが態度で示す愛情表現を惜しみなく振りまいてくれた。

ダトゥをはじめとするモ・サントスのほかの犬に加えて、フィーグルの居住地にはあまり多くはないが何匹かの犬や猫がいた。食用のブタを飼っている家が何軒かあるし、ほとんどの家庭で食用と卵のためにニワトリを飼っていた。しかしこのような家畜は例外として、この人たちが関心を寄せているのは野生の動物だった。

男たちはみな定期的に狩りに出かけ、特定の季節――スウィッデンの大きな仕事であるタネ蒔きなどの作業が終わった後の、とりわけ六月から十二月――には、狩りと釣りが彼らの主な仕事だった。私でさえほとんど毎日、狩りに出かけることが習慣になった。当時の私は毎日、肉が必要だと思い込んでおり、私がほぼ毎朝まずやったことは、森にちょっと出かけ、あるいは川沿いに歩いて、ハミー・エドワーズが貸してくれた口径〇・二二のライフルでサルか大きな鳥を撃ち落とすことだった。やがてそのような脅迫観念はなくなり、イデン・エメットが毎回きちんと私たちのために用意してくれる野菜、穀類、魚、野菜のすばらしい料理で十分に満足している。しかし思い返すと、フィーグルでの二年間で楽しかった思い出は、自分の食事用に狩りをしたことだった。問題は、狩人《かりうど》にふさわしい胃袋を持っていなかったことだ。肉を食べるほうは大丈夫だったが、狩人の仕事の一部である皮を剥いだり切り刻んだりする作業になると、サルはあまりにも人間に似ていて挑戦できなかった。私はすべてを調査の助手たちに任せたが、それが彼らの職務内容に加えられるとは、彼らも考えなかったに違いない。

フィーグルの男たちにとって最も人気のある狩猟動物はイノシシとシカだったが、サルや鳥類のような小さな獲物も歓迎した。彼らは獲物を射止める際に、つねにしかるべき精霊に短い挨拶を唱えていた。この特定の動物を殺していいかどうか精霊に丁重に伺いをたて、彼と彼の家族を支える自分の役割に感謝の気持ちを表明していた。私もそれにならって、獲物を撃つときにはいつも精霊たちに短い挨拶をした。それは理にかなっているし、尊敬すべき行動だと思えたからだ。

狩りはおおむね、多くの獲物が最も攻撃に弱い夜におこなわれた。夜は、暗ければ暗いほどよかった。ただし例外として、森の動物たちの面倒を見ている守護精霊からの要請があるため、月がまったく出ていない夜の狩りは禁じられていた。新月の三日間は狩りに適しているし、四日目の夜が最高で運に恵まれていると考えられている。満月後の六日目の夜もまた、特別の吉兆が期待された。

フィーグルの男たちの狩猟技術は、弓矢とか吹き矢から集団狩猟まで多彩だった。彼らは工夫をこらしたさまざまな罠《わな》や、仕掛けの組み立て方も心得ていた。スパイクが上向きに突き出ている落とし穴、丸太落とし、ばね付き槍のように、技術的に複雑な方法が数多くある。これらを仕掛ける者は、語り部と同じく特殊技能の持ち主だと考えられている。女性が森のなかを走り回るような狩りに行くことは滅多になかったが、男性はおおむね森や動物の習性を熟知しており、臨機応変な対応ができる優秀な狩人だった。

フィーグルの人たちは、このところたいへん魚を愛好するようになった。かなり大きな川が何本も山から流れ出てきており、昔からティドゥライ族が住んでいる地域はどこも、魚やウナギ、甲殻類やその他の水産物に恵まれた小川が手近にあった。十一月から翌年四月までの乾期は水流がゆるく、水深が浅くて水が澄んでいるが、雨期のピークになる七月と八月はしばしば洪水になる。したがって彼らが使う釣りのテクニックには、季節的な特質があった。きれいな水の流れにふさわしい漁の仕方もあるし、ダケル・テラン川のど真ん中に仕掛けられた大きな固定式の魚の罠のような梁《やな》は、急流や洪水に向いている。

男性も女性もともに小川で釣りをして、獲物をたんまり持ち帰る。彼らは自分たちが取ったものは、肉でも魚でも生で食べるが、獲物が多すぎた場合には、塩漬けや干物、燻製などにして保存する。釣りに関しても狩りと同じく、獲物はたいてい居住者の仲間で分け合う。イノシシやシカは近隣の人たちみんなに平等に分ける決まりがあったが、魚に関してはそれほど厳しいルールはなかった。しかし私は、内輪だけで分けている光景はよく目にした。それはごく自然に分け合っている感じだったし、ティドゥライ族が高く評価する相互の助け合いをここでも実践しているように思えた。

フィーグルの家族が森の野生植物をどれくらい食料やその他の必需品として利用していたかをすべて詳述することはむずかしい。スウィッデンでの収穫が大豊作だった年でも、彼らは多くの生活の糧を集めてきた野生の資源でまかなっていた。森では野生のサツマイモやキャッサバ、それにタロイモのようなデンプン食品が得られるし、色とりどりの野菜、種子、ナッツ、さや豆類、それに間食や食用にもなる多種多様の野生のフルーツが採れる。そのうえ、ときには男性も出動するが女性が主体になって――採集は女性の特技の一つ――建築材料から薪に至るまで、あるいは薬品から乾燥肌をやわらげる化粧用オイルに至るまで、日常生活に必要なあらゆる物を持ち帰ってくる。森で採ってきた植物は、狩猟や釣りで得た獲物と同じく、その精霊たちにはつねに誠実に敬意を表し、感謝しなければならない。

女性がたまには狩りに参加するように、男性も必要なときには喜んで森に野生の食べものを探しに行く。しかし採集は女性が得意とする分野であり、達人でもある。子どもたちは男の子でも女の子でもよく母親について採集に行き、母親は子どもが小さいうちから食べられる果物や植物を見分けるように教える。どの木の皮ならせっけんとして利用でき、どれなら叩いて樹皮の布にできるかを教え、同時に篭や罠を編むのに最適の材料や、美容目的の植物や、枕の詰めものに適したものとか、水の容器に利用できる植物なども伝授する。子どもたちは薪にする木を見分けることから始まって薪割りも教わり、家屋や仕掛けを作るのに最適な竹などの見分けができるようになる。子どもたちは紐を編むためのトウや蔓《つる》の見つけ方、ランプ用の油になる樹液とか、毒魚に効く植物はどれかなども教わる。食料集めの時間は、野外授業でもあった。児童期の数年間、それにとくに思春期は、ティドゥライ族が森に親しんでなじみを深め、森との友情を深める貴重な時期だった。森は決してスウィッデンを作るためだけの場所ではなく、それ自体が川のように、定期的に豊かな収穫を生んでいた。かつてモ・エメットが私に言ったことがあるのだが、ティドゥライ族は「自分たちがおたがいに精霊と一緒に仕事をすれば、私たちみなに十分なものが与えられる」と信じていた。彼らはときにレバクの市場に出かけ、鉄製品とか布地、塩などの必需品を交換で手に入れたが、彼らの周辺の熱帯雨林こそが、フィーグルに住む人たちの需要を満たしてくれる本当の供給者だった。

実際、よそから取り寄せる必要がある貴重品はごくわずかだった。ネックレスとかドラ、ビンロウジュを入れる箱などのように象徴的で慣習的に重要な特定の品物は別として、フィーグルの人たちがレバクの市場から購入していたのは鉄製の道具類くらいだった。彼ら自身は通貨を使わなかったし、それに関する知識もあまりなかった。彼らは海岸まで歩いていく道中で買いものに必要な現金を作るために、行商人に売るトウとか森や畑の産物を持っていった。片刃の鉈《なた》や斧の刃を買うにはどれだけのトウやタバコが必要か、彼らは心得ていた。彼らは必要なだけ売り、必要なだけ買うと家路についた。彼らの市場との関わりはこのように限定されたものだったし、彼らはそれほど歓迎される存在ではなかった。市場が利益とか利潤を最大にする機能を持っていることなど、まったく知らないと言ってもいい。経済競争など、彼らの経験や好みには関係なかった。彼らが市場へ行くのは「商売をする」ためではなく、家族が必要とするが自然が供給してくれない少しばかりの道具を入手するだけが目的だった。

大方の人が仕事を終え、しかもまだいくらか明るさの残ったさわやかな夕方に、フィーグルの男たちは大きな集会場の前の空き地で、「シファ」と呼ばれる蹴まりに似た競技に興じていた。大きな輪を作って立ち並び、直径がアメリカンフットボールぐらいの大きさのトウで編んだボールを六人から八人の男たちが裸足の足の内側を使って蹴りつなげる。できるだけ長い時間、ボールを地面に落とさないようにする。私はシファのゲームをよく観戦したが、いつも感心したのは、ティドゥライ族が空中高く、しかも輪の反対側に立つ相手が途中でさらに遠くへ蹴飛ばせるよう完璧な位置に落ちるようにボールを蹴り上げるすばらしいテクニックだった。たいていは何人もの女性が誘い合って観戦し、男性たちを応援する。シファは技能を争うゲームだが、競い合うというより協力する面に重点が置かれている。ティドゥライ族は、彼らの生活ではどの面でも決して競い合わない。競争は、重んじられていなかった。ティドゥライ族の表現によれば、それは「いやな生き方」だった。逆に協力はいい生き方であり、高く評価されていた。私は、次のように諭《さと》されたものだった。

「大事なのは、相手に悪い胆嚢を決して与えてはならないことだ。そうすれば、世の中はよくなる。人生では、おたがいに助け合わなければいけない」

ある日の夕方、私は自分の小屋の小さなポーチにすわってシファを眺めながら、このゲームが、ティドゥライ族の考える生き方と私がアメリカで育った生き方の間にある大きな違いを、うまく象徴しているように思えた。シファは、ティドゥライ族の生活のすばらしい隠喩《メタファー》だと言える。つまり、その勝ち方は参加者全員が勝つことであり、試合の目的はほかのプレーヤーがうまく対応できるように助けることだ。シファは、協力を主眼としたちょっとした家庭ドラマだ。私の見るところ、最もアメリカ人の心をとりこにしたのはアメリカン・フットボールであり、この競技では競争と勝利がすべてだ。得意になっているスターたちは有頂天になるし、力づくの肉体のぶつかり合いが公認され、軍隊用語（クォーターバックは「長距離弾」を投げ、「攻撃」がフィールドを横切って「勝利」へと「行進」する）が氾濫する。延々と続く勝敗ドラマの繰り返しもあり、ナショナル・フットボール・リーグは「アップルパイのようにアメリカ的」なものだと言える。

ゲームは、文化を反映する。アメリカでも、子どもたちなら蹴まりをするかもしれない。しかし私たちのような大人の世界はおおむね、社会が「良し」としていることを達成して維持するために過酷で激しい競争があり、最高の賭け金を狙う闘争の舞台になっている。そこにおける目的は、敵を敗北させること（戦争などによる対立）であり、相手の商売を打ち負かして退散させること（別の形の戦略）である。私たちが大切に考えてその実現に邁進している状況の底流には、豊かな感覚ではなくて欠乏感が流れており、それが「世の中はこうあるべきだ」という哲学になっている。確かに私たちの多くが理解している基本的な経済の本質とは、私たちすべてに行きわたるほど十分な金品はないという仮定からスタートしている。成功して幸せになるための資源は限られているから、人びとが等しく繁栄することはできない——指導者たちの言によれば、多くの人たちはいずれにしても恩恵の分配にあずかるに値しない。私たちの社会では、他人のことを心配したり差別なく助け合うことはいいことかもしれないが、ナイス・ガイ（善人）が最後まで生きることを「だれでもが知っている」。つまり多くのアメリカ人にとって、胆嚢のルールでは「とても生きていけない」と思える。

アメリカ人であることには、すばらしい点が数多くある。私は自分の国が好きだし、アメリカ以外の国に自ら進んで住もうとは思わない。しかし私たちはナショナル・フットボール・リーグみたいになりがちで、蹴まりを愛好する国ではない。シファのボールが右に左に高く飛び交うのを見ながら、私たちとは異質な森のティドゥライ族は、アメリカ文化をどのように捉えるだろうかと想像した。

モ・エメットやイデン・エメット、バラウドやモ・バウグ――フィーグルの女性も男性もみな――にとって、森は単なる「環境」や「エコ・ゾーン」ではなかった。それは彼らの世界であり、故郷であり、彼らの生活の場だった。彼らは森に精通していたし、彼らの昔話から自分たちはその森の世話をするために生まれてきたことも知っていた。そのような概念は、彼らの精神性、世界に対する理解とそこでどう生きるべきかという立場《コンテクスト》――そして基本的な部分――を示していた。

マギンダナオ族は、土地は自分の所有物だと信じていたが、ティドゥライ族は自然のごく一部であっても個人で所有するという意識はなかった。彼らは期間の長短はあっても、必要な場所を一定の期間、使用するだけだ。いわば、単なるユーザー・オーナーであるというのが「ゲフェ（基本概念）」だった。彼らは存在する富を分かち合うが、所有することはなかった。生活は質素だったが貧しくはなく、人生は旅であって闘いではなかった。ある女性のシャーマンがかつて私に、大精霊がこの世の本当のオーナー（私たちの感覚における）だが、ほとんどの森のティドゥライ族は、そのようなことを口にすることさえないと話してくれた。所有権や特権という概念はティドゥライ族には無縁なため、彼女は「オーナー」ということばをマギンダナオ語から借りざるを得なかった。彼らはむしろ、自分たちは存在する万物の世話人であり、財産管理人だとみなしていた。

このような姿勢は、彼らの生活のあらゆる面で明らかだった。前に述べたように、新しいスウィッデンを作るには前年と同じ場所にまたタネを撒くより、森の環境を守るために大きく成長した樹木を倒して開拓する苦労をいとわず、細かく気を配って森の世話にいそしんでいる。その結果、彼らは何世代か勘定できないほど古くから——彼らは「時のはじまり」以来だと信じていた——森に住んできたが、森林破壊とか森が大草原に変わってしまうなどということは起こらなかった。彼らは果実など潜在的な贈りものをしてくれる特定の樹木を、大切に守ってきた。竹はきわめて有用だから、必要以上には切り倒さなかった。狩猟や魚釣り、採集をするときは、人間の生命が依存している天然資源を枯渇させることのないよう、細心の注意を払っていた。昔からの習慣には、環境を完全な状態に保つさまざまな決まりがあった。たとえば——「川を（魚にとって）過剰な有害物で汚染してはならない」「くだものの木からは、必要な量だけ採ること」「スウィッデンは、二年連続では焼かないこと。そうすれば、森はふたたび甦ってくる」

森は、つねにふるさとだ。未来の世代のために守り、たとえそれが重労働であっても、保存に努力しなければならない。しかし森の世話をするということは、結局はティドゥライ族が信じていたように、私たちに課せられた使命であり、人間はそのために創られたのだから。

六章　ミラブでの小休止　その二

フィーグルの森で研究を続けていた最初の年の八月半ば、私は少数の同行者とともに、ふたたびミラブへ向かった。おんぼろバスは、コタバト市からウピに通じる道を内陸に向けてひた走り、エドワーズ家の農場で私を降ろした。バスから飛び降りると、長期間にわたって家族と離れていた寂しさを、またもや強く感じた。フィーグルにいた三か月の間も、私はオードリーと二人の息子が恋しくてたまらなかった。

農場にあるエドワーズ家の住まいは素通りし、わが家の玄関に近づいて叫んだ。

「おーい、戻ったよ。みんな、どこにいるんだい？」

「父さんだ！」

レンの声が聞こえたと思ったら、レンとウィルが家の脇から駆け寄ってきて、私にしがみついた。二人は、ハミーのおばあちゃんが裏の屋外便所のそばにこしらえてくれた小さな菜園で作業をしているところだった。三人で抱き合っている間、二人の息子は同時に口を開き、さまざまなできごとについて猛烈な勢いでまくしたてた。それを耳にして、エドワーズ家の台所に通じるドアからオードリーが姿を現した。あまりの嬉しさに彼女を抱きしめたが、同時にある種の罪悪感というか、家族内における自分の立場や役割に疑念と不安をふと感じた。

今回のミラブ滞在中、子どもたちの菜園に私が強く引かれたのは、おそらくそのような思いが根底にあったからだろう。ここで息子たちと過ごしていれば、オードリーと顔を突き合わせずにすんだからだ。菜園は、幅一メートル、長さ二メートルほどの小さなものだった。ハミーの年老いたティドゥライ族のおばあちゃん（レンとウィルも〝おばあちゃん〟と呼んでいた）が、雑草を抜いて、固い土を耕してくれたらしい。子どもたちが、ミラブの土地の人たちと同じように、楽しげにしゃがみ込んでせっせと土いじりを続け、小さなタマネギや発芽したばかりのマメの周りに生えた雑草を取り除き、金属製のティーポットで水を与える様子を見るのは、心安らぐ光景だった。また、作物がきちんと並べて植えられているのを目にして、フィーグルのスウィッデンにおける種まきとの大きな違いを感じた。

菜園の作業は、ほとんどレンが担当していた。ウィルは、割に単独作業が多い畑仕事には短時間でも集中できず、遊び相手を探してすぐにいなくなってしまう。ウィルが、レンよりティドゥライ語会話が格段にうまい理由が、よく分かった。

子どもたちが、農場での生活に満足していることは明らかだった。ペットが大好きで、ニワトリやモルモット、犬、猫、小さなカエルなど、小動物園といえるほどさまざまな生きものを飼っていた。アメリカ人である彼らは、フィーグルの人たちと違ってすべてのペットに名前をつけ、しきりに話しかけた。オードリーによると、ミラブ周辺のティドゥライ族は、彼らのそのような行動を嫌がるという。オードリーにもなぜかは分からないが、人びとは驚いてしかめ面をするらしい。ティドゥライ族の敏感な反応について繰り返し注意されているにもかかわらず、子どもたちは動物を名前で呼び、叱りつけ、さまざまな手段で話しかけるのをやめられないらしかった。

エドワーズの家に声が届く範囲で子どもたちがそのような行動をするたびに、いつも同じような〝儀式〟が繰り返された。ハミーのおばあちゃんは、何をしていてもその作業を直ちに中断して、家に駆け込むと、台所から中華鍋をわしづかみにして、呼びかけられた動物がいる場所まで走ってくる。大急ぎで、また心配そうに、その小犬かモルモットをつまみ上げ、中華鍋に入れる仕草をする。そして子どもたちに、やさしく、だがきっぱりと、ヤボなことはしないようにと注意する。あとになって知ったのだが、動物を調理する真似が、動物に話しかけるというティドゥライ族のタブーを犯した子どもたちにぶたずに忠告する常套手段なのだった。

ミラブで数日を過ごすうちに、対処すべき問題は間違った動物の扱い方だけではないことにいや応なく気づかされた。ときどき小人数の山賊がウピ渓谷を通って行くことがあっても、エドワーズ一家や武器を携帯した小作人たちが私の家族を山賊から守ってくれているので心強い。しかし田舎暮らしにはつきものだが、自然そのものや人間の敵となり得る自然界の生物は、つねに心配のタネだ。この周辺には、数種のヤマカガシや、ボアと呼ばれる大蛇など、さまざまなヘビがいる。ボアはときに、農場にいる小動物を連れ去ることもあるが、人間に対しては無害だ。しかし、一種類だけ命にかかわるものがいる。フィリピン・コブラだ。ほかのコブラのように、興奮しても頚部を横に張り出した姿で鎌首《かまくび》をもたげることはしないが、かなり強い毒を持っている。そして最近、毎週のようにミラブのわが家周辺で何匹かのフィリピン・コブラが目撃されていた。

ハミーの農場で働く小作人のひとりが、レンとウィルのために小さな竹製の遊び小屋《プレイハウス》を作ってくれた。小屋は〝ミラブ・ヒルトン〟の裏手にあり、葉を編んだ屋根が付いていた。子どもたちはここで遊ぶのが大好きで、小屋は砦《とりで》にもなるし、店になったり、トラックやバスにもなる。ある朝、突如として、のどの奥から搾り出すような苦しげな叫び声で、明け方の静寂が破られた。叫び声は、私たちの寝室のすぐ外から聞こえる。私はびっくりして、なんの騒ぎか確かめようと、蚊帳《かや》から飛び出した。声の主は恐怖にひしがれたカエルで、遊び小屋《プレイハウス》の屋根を支える垂木《たるき》に絡み着いたかなり大きいボアに、半分ほど飲み込まれていた。これ自体は、自然の平衡を保つために繰り広げられるひとつのドラマに過ぎず、私たち夫婦にとって本格的な脅威ではなかった。しかし、オードリーと私は動揺した。あのヘビが、子どもたちのどちらかに襲いかかるコブラであった可能性も十分にあるということを、二人とも思い描いたからだ。

子どもたちは、飲み込まれたカエルが飼っていたペットの「ポンチョ」だと思い込んで、泣きじゃくった（あとで、そうではなかったことが判明した）。この騒ぎに、ハミーと手伝い人のフェルナンドも駆けつけ、フェルナンドがフィールド・ナイフを振るってボアを殺した。朝食後、オードリーと私は、ヘビを見たらすぐに逃げること、とくにコブラには注意すべきことを、子どもたちに厳しく繰り返し諭《さと》した。彼らも、このような注意はこれまでに何度も受けていたが、今回は真剣に耳を傾けていた。さらに子どもたちの心により強く刻みつけるため、オードリーは小人のピーウィーがコブラに襲われて死にかけた話を、枕元で話して聞かせた。

その夜、子どもたちが寝静まってから、私は意を決して、これほど長期にわたって自分が家族と離れることについて、オードリーの意見を尋ねてみた。みなの様子はどうか。子どもたちは、父親が近くにいなくて寂しがっていないか。片親同然の生活で、ウィルとレンがオードリーの負担になりすぎていないか。私が寂しく思っているのと同じくらい、オードリーも寂しさを感じているか。彼女は、すべてうまくいっていると答えた。何か起こってもエドワーズ一家が力を貸してくれるのでとても助かっているし、子どもたちも一日じゅう飛び回っている。彼女は私がいなくて寂しいが毎日の暮らしに追われてまぎれているし、家族全員がミラブでの生活を楽しんでいると説明してくれた。

彼女の答え方には偽りは感じられなかったし、もっともに思えた。私たちは計画段階から十分に話し合っていたし、彼女はつねにこれは私がなすべき仕事であり、家族と離れなければばできないことだと同意してくれた。私は彼女の答えに心から安心し、そのことばを文字通りに受け取った。その後、何年も経ってからようやく少しずつ分かってきたのだが、あのときもう少し深く気づいていたらよかったのにと、いまは反省している。彼女にとっては、私と正面からぶつかったり、心の奥底の思いを率直に打ち明けたりすることは、きわめてむずかしいことだったに違いない。

何十年も経ってから、オードリーは私に打ち明けることになる。あのころは、いろいろな意味で自分にとってもすばらしい歳月だったが、私がフィーグルにいる間、長期にわたって放りっぱなしにされることにしばしば不満を覚え、その後ずっと多少の恨みを抱いていた、という。もしもミラブで彼女の本心を聞いていたとしても、私に何ができて、どう対処していたかは分からない。その時点ではすでに助成金も出ていたし、ティドゥライ族の研究を一任され、母国を離れて地球の裏側まで来てしまっていたからだ。私がやりかけていた研究は多額の投資をした賭けで、最後までやり抜く以外に道はなかった。だが、私がオードリーの両肩に背負わせた重荷に、もう少し気を配っていればよかったと思っている。フィーグルの人びとのほうが、私よりもずっとオードリーの胆嚢を気遣っていた。

フィーグルに戻る途中、大型のボートに乗っている間は、日中から陽光を浴びてほとんど寝てばかりいた。翌日、森のなかを歩いているときは、ヘビや家族のこと、そのほかの問題に頭を悩ませた。しかしまもなく自分の研究と、私の心を引きつけていたある注目すべき考えにふたたび没頭するようになった。

とりわけじっくり考えさせられたのは、ティドゥライの人びとの生命や自然に対する姿勢が、私たちと著しく違う点についてだった。子どもたちの小屋にいた小さなカエルとボアは、生存競争の実態をあますところなく見せつけてくれた。あの戦いは、競争を賛美する多くのアメリカ人の、生命に対する考え方や生き方を象徴的に示しているように思う。私たちアメリカ人は、この世は〝宿命的に〟競争の世界だと思いがちだ。勝者と敗者、成功する人と失敗する人という、二種類に分けるための命を賭けた戦いの場だ。しかしそれは、私たちが現実をそう〝捉えている〟というよりも、社会・経済など社会全般をそのように構築することを〝選んでいる〟からではないだろうか。大方のアメリカ人が当たり前でいいことだと思っている競争原理を、フィーグルのティドゥライ族はまったく受け入れない。そのような競争の毎日など「とんでもない生き方」だと言って、すべての生物が徹底的に協力し合うべきだと力説する。また、私たちが重視しがちな、個人の権利などにはまったく関心を示さない。彼らが関心を向けるのは、〝気配り〟という道徳的な価値観であり、〝権利〟ではない。日々の暮らしを続けて社会正義を貫き通すのは、毎日の競争ですべての人が権利を主張することではなく、みながたがいを気遣い、協力して働くことによって維持できる。

もしすべての人が、たがいの幸福や利益のために、共有したり、分配したり、協力したりすれば、この世はどうなっていくだろう。すべての人が、他人に悪い胆嚢を与えないことが道徳上の義務だと考えたなら……。私たちが勝手に想像する不満感や、自分自身に対する強迫観念、他人への思いやりのなさなどを克服できるかもしれない。政治面でも、当事者どうしが激しくいがみ合ったり、政治指導者が私利に惑わされることが減るかもしれない。

私はまた、いま歩いているこのすばらしい森の恩恵も突き詰めて考えてみたいと努力していた。すべての人が、自然を神聖なものだと考えるようになったら、どのようになっていくだろう。私たちが地球上の海洋や河川、土壌、大気を、生きものの生命を脅かすような汚染物質で満たしつつあることをティドゥライの人びとが知ったらひどく衝撃を受けることだろう。そこに考えが及べば、地球の環境はいくらか変わるだろうか。

私は、ますます落ち着かなくなっていた。考えもしなかったことが起こりつつあるからだ。人間らしい充実感——生きていることの喜びや幸福感を感じること——は、「自然からの贈りもの」であり「共同体のなせる技」だという、森のティドゥライ族の基本的な信念について考えれば考えるほど、それがますます明確な真実に思えてきた。

七章　ひとつ釜のなか

モ・サントスには、ティドゥライ族が「専門」と呼ぶ特技がいくつかある。犬と槍を使ったイノシシ狩りが、そのひとつだ。ある日の早朝、わが家を訪ねて来た彼からイノシシ狩りに誘われたとき、私はこれから何を目撃しようとしているのか、まったく見当がつかなかった。

私たちは、午前中にフィーグルの居住地を出発し、元気いっぱい足早に森を目指した。モ・サントスは、二本の槍だけを携えていた。三匹の訓練された犬たちが先頭を切り、ときどき私たちを急《せ》かすかのように戻って来る。一時間ほど経ったころ、犬たちが突然、狂ったように吠え立て、モ・サントスにイノシシの匂いを嗅ぎ付けて追い込んだことを知らせた。鳴き声のするほうへ猛然と走り出す彼を、私も必死で追いかけた。

犬たちは、二本の大木の間に一頭のイノシシを追い込んでいた。そのチームワークのよさには目を見張るものがあったが、何よりも獲物の大きさに度肝を抜かれた。その巨大なイノシシは、私の想像をはるかに越え、家畜のブタの倍近い大きさで、猛り立っていた。私は急に恐ろしくなり、本能的に逃げ出したいと思った。ところが、足がすくんでそんな気の利いた行動は取れなかった。膝が震え、アドレナリンが体内を駆けめぐっていたが、獲物の臭いさえ感じられるほどの距離に、ただじっと立ちすくんでいた。

モ・サントスは獲物に走り寄ると、歯をむき出してうなる犬にイノシシがわずかに気を奪われた瞬間に、通常の狩りで獲物を殺す際に使うほうの槍を投げ捨て、特別な槍で巨大な腹に狙いを定めた。この槍は、刃先に鋭い〝返し〟がついており、取り外しできる刃は、蔓《つる》で柄のなかほどに固定されている。モ・サントスは、一瞬のためらいも見せず、イノシシの脇腹に槍を突き刺した。固定してあった刃は、すぐに緩んだ。イノシシはあまりの痛みに叫び声を上げながら走り出そうとし、血みどろになりながらむごたらしい最期を迎えた。柄は、陸上の錨のような格好で森の下草に絡まった。イノシシの腹から〝返し〟のついた刃がもぎ取られ、内臓の一部もえぐり出された。モ・サントスは、すぐさま殺傷用の槍を拾い上げると、瀕死状態でもだえる獲物に駆け寄り、心臓に突き刺した。

ドラマはほんの数秒で終わったが、私はまだ震えていた。モ・サントスは、信じられないような技と勇気を披露した。彼の「専門」を目の当たりにした私は、フィーグル周辺の男たちで、彼だけがこの特別な技を持つことが納得できた。

私たちはイノシシをその場に残し、急いでフィーグルへ戻った。その間、犬たちはさらに日ごろの訓練の成果を示し、獲物を欲しがったりしないばかりか、死体を漁りそうな動物を近づけないよう監視していた。二人の男が私たちとともに獲物のところに戻り、頑丈な竹竿に死骸を吊り下げ、村まで持ち帰った。そのごほうびとして、彼らにはイノシシの頭が与えられた。イノシシやブタの頭はさまざまなごちそうになるため、ティドゥライ族は珍重している。脳や舌は美味だし、ほほ肉はすべての動物の肉のうちでもっともうまいと言われる。

私は、残りの肉が切り分けられて、フィーグル近隣に暮らす家族にひとつずつ、三十二個の包みに分配される様子を眺めていた。そのなかには、メルとアリマンと私のひと袋も含まれている。包みの中身はまったく同じで、それぞれに足の肉やあばら肉、腹肉などが同じだけ入っている。獲物を仕留めたモ・サントスが、人びとの称賛や感謝、家族の分のひと袋のほかに得たものと言えば、イノシシの胸骨を覆っていた小さな肉の切れ端だけだ。これには食べものとしての価値はなく、獲物の強さと狩猟者の勇気の証になる。

言うまでもなく、このような肉の分配方式はきわめて実際的だ。熱帯では肉も傷みやすいから、あれだけの量をモ・サントスの家族だけでは食べ切れない。大部分を干し肉にして自家用に保存することはできただろうが、そのような習慣はない。イノシシの肉が平等に分配された実例を見て、ティドゥライ族の「専門」に対する考え方の、ある重要な一端が明らかになった。つまり、モ・サントスの努力は、自分のためだけではなく、地域社会全体のためなのだった。

ティドゥライで「フロン」と呼ばれる「専門家」の概念は、森のティドゥライ族社会で中枢となる考え方だ。物語をうまく話すことも「専門」になることはすでに述べた通りだが、ほかにも多岐にわたる。だれもがある種の専門技術を持っていて、その技術をすべての人びとの生活に役立てている。前述したように、私がフィーグルに来たばかりのころは、まだ人びとと自由に会話できるほどの語学力がなかった。そこでまず、近隣に暮らす家族や個人の人口動態を調べることから着手した。まもなく、人びとが「専門」をそれぞれの特性の大切な一部分だと思っていることが分かり、「あなたの専門はなんですか？」という質問を調査に加えることにした。これに対し、「毒を用いた魚獲り」とか「籠編み」という答えが返ってくる。だれもが少なくともひとつは「専門」を持っていて、複数の「専門」を持っている者も多い。

彼らの「専門」は、その成長過程で大人がやることを観察して習い覚えたにすぎない。小さい子どもがさまざまな技を真似して遊んでいるのを、よく目にした。たとえば、木や竹の代わりにワラを使って魚獲りの仕掛けの模型を作る男の子がいたし、新米の収穫を祝う儀式で母親が詠唱した精霊への感謝の言葉を唱える女の子を見かけた。子どもたちが観察と練習を重ねているうちに、やがて本物の魚獲りの仕掛けを作ったり、本当の儀式に参列する日がやってくる。大勢の子どもたちが集まって、戯れに簡単な籠を編んだり、ちゃちな吹き矢もどきの道具で米粒を飛ばしたりしていることがある。また車座になって、社会の脅威になる揉めごとを、罪人を裁く賢者を装って収める真似をすることもある。このように観察や模倣の日々を重ねて大人になると、その技術はより磨かれていく。知らず知らずのうちにかつての遊びが現実のできごとになり、子どもたちは地域社会の利益になる特技を持つ大人へと成長する。「専門」は、専従の職業とは違う。最も尊敬される法律の専門家であっても、ほかの人と同じく経済・社会の日常活動に携わっている。森の畑を耕し、近くの人の農作業も手伝う。狩りもするし、魚を捕え、食べものを集め、子育てをし、儀式にも参加する。霊的な専門家（シャーマン）は、精霊と相対して話ができるため、知恵を授けたり病気を治すこともできるが、それ以外ではほかの人とまったく変わらない。これは、すべての専門について言える。女性は赤ん坊を産み、賢者は罪人を公平に裁き、シャーマンは精霊との調和を回復させる。すべてが等しく大切な役割であり、地域社会への貴重な奉仕になる。

しかしほとんどの専門技術は、モ・サントスが分配した肉のように、全員に行き渡る華々しい結果にはならない。たとえば、籠編みを専門とする名人はすべての家族に籠を編んであげるわけではなく、よくあるのは何かをもらったお返しに頼まれて編むことが多い。だがすべての「専門」は、地域社会への貢献を目的としているように思える。籠編み名人の技術によって、地域社会は明らかに暮らしやすくなっている。ティドゥライ族の世界におけるほかのすべてと同じく、「専門」に序列はない。つまり、グループ全員の成功や争いのない共同生活に対する貢献という意味では、すべて同等だ。ツィターという楽器の名手はみなのために演奏し、シャーマンはだれが病気になったとき、その回復を精霊たちに祈る。罪人を裁く賢者たちは、社会の秩序を乱す揉めごとを公正に解決する。専門家は、個人的な利益や自分だけの喜びのためにその技術を用いることはない。

強圧的な力を発揮するために専門技術を行使することも、決してない。そのような考え方そのものが、彼らとは無縁だ。支配は序列化の道具だし、階層の序列を強いるために利用される恐れがある。ところがそれは、ティドゥライの「生き方ではない」。森のティドゥライ族は、森の外の世界に存在する階層や権力の実態をよく理解しているが、ティドゥライ族の男たちはそのような権力を求めようとはしないし、行使する気もない——女性に対しても、男同士に対しても同じだ。政治は「権力の制度化」と定義されることもあるが、その意味ではティドゥライ族の社会は政治のない社会と呼ばなければならないだろう。ここには、私たちが考えるような「リーダー」さえいない。いるのは「専門家」だけだ。

それどころか、彼らの社会には、どのような序列も存在しない。彼らの頭にある「現実世界」で絶対的な基本になっているのは、万物は平等で、序列もなければ価値も等しいという信念だ。人間は、男も女も大人も子どもも、最も優れたシャーマンも最もありふれた籠編み名人も、社会における価値や立場は等しい。さまざまな精霊も、すべて同等だ。もちろん、人びとの尊敬や信望に違いはある。この世界やあらゆる人間やほかの精霊を創造した「大精霊」は、ほかの精霊に比べて「信望」が厚い。フィーグルで、法律の専門家であるバラウドが人を裁く知恵や技術で高く評価されるのと同じだ。それでも「大精霊」は「序列」のうえではほかの精霊たちとなんの格差もないし、バラウドが地域社会のほかの男女より優れた人物だと見なされることもない。自然界のすべてについても、同じことが言える。人間や精霊が、動物や植物より優れているという考え方はない。いかなるものに関しても序列など存在しないのだから、種《しゅ》の序列もない。フィーグルのティドゥライ族は、すべての面で徹底した平等主義者だ。

男と女は明らかに異なる――そして、ティドゥライ族もその違いを享受している――だが、序列の上下にはつながらない。私は、この点をとくに強調したい。なぜかと言えば、アメリカの環境とは正反対だからだ。森のティドゥライ族の間では、「男女のどちらにも優越性は認められない」。男も女もおたがいに相手を思いやり、相互に依存しながら、人生における喜怒哀楽を共有している。出産は女性の専管事項だが、子育てには男女とも参画する。「性差別の闘い」など、かけらも見当たらない。むしろ、男女間には調和の精神が存在することをあがめ、おたがいに人生というすばらしいダンスのパートナーだと考えている。この男女平等の考え方にいったん慣れてしまうと、ティドゥライ族の特徴のなかでもこの点が最大の魅力のひとつに思えた。

この平等主義は、日々の労働でも貫かれている。女よりも力のある男が、森でスウィッデンの畑づくりのために大木を伐採するなどの重労働をこなすことは多い。だがこの仕事が、女に任されがちな、たとえば草取りなどの作業よりも高く評価されたり、尊敬されたりすることはない。また、肉体的な強さを必要としない作業については、男女はあくまでも対等な立場にある。男女とも、たとえば法律の専門家になれるし、シャーマンになる資格もある。

農作業や野生食料の採集にも、男女がともに携わる。男のほうが肉体的に強い点は認識されているが、それによって男が女に勝っているとは考えないし、社会的な差別や男女の闘い、手持ちの資産の片寄りなどの根拠にはならない。草取りも木の伐採も、籠編みもイノシシ狩りも、出産も父親業も、すべて形に差異があるだけで、平等な「専門」だ。

森のティドゥライ族の社会では、男女は序列化されないだけではなく、男女差に根ざす固定観念もない。アメリカでよく使われる、「とても女らしい」とか「男のなかの男」などの表現は、フィーグルの住民にとってまったくわけの分からない言い回しに違いない。一般に森のティドゥライ族は、男尊女卑の社会で考えられているほど、性の違いによって個人の気質や潜在能力、個性などに決定的な差を生むとは考えていない。それが彼らの言語にも表れていて、代名詞に性の区分――「彼・彼女」の主格・所有格・目的格など――がないことが特徴になっている。「配偶者」を表す単語はひとつだけあるが、「夫」と「妻」の区別はなく、同一語だ。兄弟姉妹の間にも性の区別はなく、「姉妹《シスター》」や「兄弟《ブラザー》」に当たる単語は存在しない。

もちろんほかの社会と同じように、ティドゥライ族も男女の区別はつけている――たくましさなど肉体的な特性だけではなく、衣服や髪型、生殖機能についても明らかに違いがある。だが人間としての生き方の良し悪しを判断する場合には、男も女も同じ物差しで計られる。

私が育った世界では、気遣いや非暴力、思いやり、養育、共有、共感などの性質は「女らしい」とされているが、ティドゥライ族の社会ではこれらの特質は男女とも兼ね備えているべききわめて一般的な側面であり、どちらにもふさわしい特性だと考えられている。同様に、勇敢さや積極性、知的な冷静さや合理性、性的な大胆さ、飾らない会話の内容なども、フィーグルでは「男らしい」資質ではなく、男女を問わず尊重すべきであり、評価されるべき点だとされる。つまり、男女の枠を超えた、全人類の規範だといえる。また、欧米人が男の長所だと考えがちな特徴のほとんど――感情面での強靭《きょうじん》さや征服欲・支配欲など――の持ち主は、ティドゥライ族の社会では男女ともひどく嫌われる。「専門家」に加えて、ティドゥライ族の社会で生活の基礎となるもうひとつの基本的な要素――「ホームベース」と言ってもいいかもしれない――は家族であり、ここでも平等が原則になっている。ティドゥライ族は、家族は全員が同じ釜のめしを食べるという考えから、「家族」という単語が「調理用の釜」も意味する。一般的に言えば、ひとつの家族は夫婦と思春期前の子どもたちで構成される。ときには、自分で子どもを育てたり働いたりできる年齢に達していながら、親のすねをかじっている大人が「釜」に含まれている場合もあるが、年を取っても働き続ける人が大半なため、そのような大家族は、割に少ない。

平均的な核家族は完全に独立していると考えられていて、万事を独自に決定できる社会単位だ。子どもは結婚すると両親と同じ釜の料理を食べなくなり、新しい家庭、つまり新しい釜を形成して、この時点から社会的・経済的に自分たちの力で生きていく。一族や家系など、ひと家族よりも大きな血縁集団はいまやなくなり、家族の姓さえ存在しない。家族は居住区の好きな場所に住むことができるが、選んだ場所では、その村落に暮らす一員として経済活動に協力し、儀式にも参加しなければならない。ときに、新婚夫婦がどちらかの両親が住む村落に家を構えることがあるが、そうしなければならない決まりはなく、またその場合も、新しい家族と親の家族との関係は、経済的にはあくまでもただの隣人でしかないことを、だれもが明確に認識している。

ティドゥライ族は、釜を形成する夫と妻の関係は二つの意味で重要だと考えている。ひとつは、経済的に生き残るために、だれもが自分の望む相手と暮らしているという事実だ。個人が、独力で生き抜くことはできない。広い森の活用——とくに農耕だが、ほかにも狩りや魚釣り、採集など——には、多くの協力が必要になる。男も女も、家族が暮らしていくために、それぞれ必要な貢献をしなければならない。ティドゥライ族の意識の根幹には、どちらか一方だけでは生きていけないという確信がある。

夫婦関係がきわめて重要だと考えられている二つ目の理由は、夫婦が子どもをもうけ、育てる点だ。子どもはみな——すべての大人はさらに強く——生きていくため、また幸せな暮らしのために、釜でそれぞれの役割を果たさなければならない。子どもを生んで育てることは、家族の基本的な存在意義だといえる。

家族が社会生活には必要不可欠だと考えられているため、ティドゥライ族の社会では家族を形成し、それを維持していくことに膨大な努力が費やされる。だが男も女も道徳的な理想ティからはほど遠いものだ。ここでも既婚者同士の駆け落ちがひんぱんに起こるため、森のティドゥライ族の法体系が、平和で安定した社会を維持するうえで重要な役割を果たしている。森の法的係争の九五パーセント以上は、新しい家族の形成、死や離婚に伴う家族の再編、または結婚の余波に絡むごたごたの仲裁に関わるものだ。

釜の一員であることに加えて、すべてのティドゥライ族には明確に定義された親類縁者たちがいる。この親類たちは、実際に社会的な集団を形成するわけではないが、彼らにとっては重要な存在で、「近い者同士」を意味する「セジェデ」と呼ばれる。「近い」親類とは、八人の曽祖父母の子孫を指す。人類学の用語では、「親族」と呼ぶ。

親族には、両親、祖父母、曽祖父母と、それぞれの子孫——おじ・おば、いとこ、子ども、おい・めい——が含まれる。血縁関係がないか、あっても遠縁でしかない「遠い」人びとに対して、これらの人びとは「近い」親類と呼ばれる。その関係が「遠い」男女は結婚できるが、「近い」関係にある男女間の性交は近親相姦とされ、禁じられている。

近親相姦の境界を定めるほかに、親族は個人の人生において重要な役割を果たす。つまり、各人のあらゆる道徳的・法的な面で責任を負うからだ。結婚の話をまとめるのも解消するのも、双方の親族の合意が必要だ。また、親族のだれかが法に関わるような争いごとの当事者になった場合、すぐに駆けつけ、有罪となったときには親族全員が罰金の準備や支払いの責任を負う。さらに、胆嚢が傷つけられた被害者が法に基づいた平和的な事態の解決を拒み、暴力による報復を決意した場合には、その被害者が追う相手は必ずしも実際の加害者でなくてもいいとされている。ティドゥライ族の社会論理では、報復の対象は加害者の親族ならだれでもよく、それに対する仕返しの矛先が報復者の親族のだれかに向けられることもあり得る。ティドゥライ族が暴力やその報復をひどく嫌って、なんとか防止したいと思う理由のひとつが、ここにある。諍《いさか》いが、あっという間に当事者からより多くの人びとに広がってしまいかねないからだ。

法に基づいた争いごとの解決や結婚の際には、必ずひとつの親族から別の親族へ所定の物品が交換される。これは、「手打ち保証品」と呼ばれる。これら交換物品としては、実用的な日用品のほか、象徴的な意味合いを持つ品々の場合もある。たとえば、フィーグルで毎日、朝と晩に打ち鳴らされる真鍮のドラだ。ここには鍛冶仕事や金属加工をする人がいないため、このドラはティドゥライ族が作ったものではない。海辺や低地のイスラム教徒との交易によって、ティドゥライ族が入手したものだ。そのほか、刀身が波形にくねったクリースと呼ばれる短剣や、ガラスのビーズに金の飾りを付けたネックレス、手の込んだ装飾をほどこしたナイフ、陶磁器の皿、ビンロウジュの噛みタバコを入れる凝った作りの真鍮製の箱、腰に巻くサロン、狩猟用の槍などもある。交易によってティドゥライ族社会にもたらされたもの以外、これらの品々はすべて、長年にわたって結婚や離婚、そのほかの争いごとが法に基づいて解決されたときなどに、親族同士で交換され続けてきたものだ。

ティドゥライ族の男女は、伝統に乗っ取り、思春期を迎えて間もなく最初の結婚式をする。この最初の結婚式に当たっては、正規の手順として双方の親族の年長者同士が事前に話し合う。結婚は二人の人間を配偶者として結びつけ——新しい釜を形成する——同時に、双方の親族を姻戚関係とし、新しい家族の存続に責任を負わせる。結婚に至るまでの過程は、双方の親族の間で交わされる複雑な交渉から始まり、結婚式そのものは長い期間に及ぶさまざまな手続におけるひとつのエピソードに過ぎない。その間、これまでも存在した関係と、いま成立しつつある関係の象徴として、物品の交換が繰り返される。

私がフィーグルに来てまもなく、ある結婚式が執りおこなわれた。式とそれに先立つ行事は、最初の結婚式をまとめるための典型的な手順に則《のっと》っていた。結婚するのは、フィーグルから歩いて八時間ほど離れたところにあるティマナン村出身の十六歳の青年クフェグと、フィーグルのすぐ近くにあるメゲラワイ村出身の、十四歳のレイダだ。

結婚の申し込みは、まずクフェグの両親と親族の年長者数人が、本人には何も告げないまま、メゲラワイを訪れることから始まった。その道中、一行は吉兆や凶兆に細心の注意を払う。森のティドゥライ族は、ある鳥が頭上を飛んだり、歩き始めるときに小さなヤモリが這い回る音を聞いたりなどのさまざまなできごとを前兆として捉え、きわめて深刻に考える。

私は交渉の場に出席したわけではないが、その様子は聞き及んでいる。訪問者はまず、その目的を遠まわしに——たとえば、メゲラワイが暮らしやすい土地かどうかを尋ねに来たなどと——伝える。女性の両親は、この話に関心がある場合、メゲラワイには家を建てるのに適した場所がたくさんあると答えるだろう。関心がない場合は、ここはあまりいい土地ではなく、自分たちも引っ越しを考えているなどと返答することもできる。このように遠まわしな言い方をするのは、拒絶してもだれもあからさまに恥をかかずに済む逃げ道を残しておくためだ。レイダの両親の返事が承諾を示すものだったことを確認してはじめて、クフェグの親族は訪問した本来の目的を告げることができるし、婚約を象徴する二つの品——たとえばクリース剣とネックレス——を差し出せる。このような交渉が続く間、クフェグもレイダも、当人の意思はまったく打診されない。このような話が進行していることにさえ気づかない。

レイダの両親が二つの品を受け取ると、双方の親族の年長者たちは、クフェグ側からレイダ側に「手打ち保証品」として渡される交換品や結婚式の日時を決めるため〝結納〟の手はずを整える。この会合は「ティヤワン」と呼ばれ、フィーグルにある大きな集会所でおこなわれる。「ティヤワン」は、法律の専門家が立ち会って正式な合意交渉をする「集会」であり、結婚に関する話し合いが最も一般的だが、争いごとを暴力に頼らずに解決するための話し合いも含まれる。クフェグの親族は、手打ち保証品の一部をこの集会で手渡し、残りは結婚式の当日に引き渡す。協議のうえで決まった品々は、典型的な結納品ばかりだ。ネックレス八本、クリース剣八本、槍が十二本、真鍮の箱が五つ、ドラを二セット、そのほか所定の細かい品々である。クフェグのさまざまな親族から集められた品々は、レイダの親族たちに分配される。関係者は、この手打ち保証品の詳細を長年にわたって記憶している。なぜかと言えば、これらの品々は、結婚したあとでレイダの親族が関係する集まりがあるたびにばらまかれて散逸するが、いつかこの結婚が——たとえばレイダがほかの男性と駆け落ちしたりして——解消されることになった場合、まったく同じ数が返却されなければならないからだ。

とくに、法律の専門家はきちんと記憶している。フィーグルにいた間に、私はそのような事例を何度も目撃した。法律の賢者たちは手打ち保証品の内容——これをいくつ、あれをいくつ、結婚式の前に渡されたもの、結婚式の当日に渡されたもの、それぞれの品の特徴など——について、交渉成立後の二、三十年分すべてを正確に言い当てた! この様子をはじめて目の当たりにしたときには、「この老人は結婚の交渉をまとめたばかりだから、わけないことなのだな」と思いながら、正確を期すためにその内容を書きとめておいた。一年後、同じ結婚式に出席していた別の賢者が、手打ち保証品の内訳を列挙するのを聞いた。フィーグルのティドゥライ族は文盲だから、出席した賢者たちの記憶以外には、このような交渉に関しての記録は存在しない。そのすばらしい記憶力こそが、彼らにとって不可欠な役割であり、見るものに強い印象を与える。

手打ち保証品が話し合いによって決まると、人びとは結婚式に向けて全力を傾ける。最初の結婚式や祝宴の準備はじつに入念だが、駆け落ちするなど二回目以降の結婚は、通常とほぼ同じ手順を踏むものの、より質素で簡単なものになる。

レイダとクフェグの結婚式の前日、レイダの親族がフィーグルの集会所に集まった。レイダ自身は、いとこの結婚だと聞かされていたので、まさか自分が新婦になるとは知らない。夕食後、人びとが集まって話しているときに、中年の女性——レイダの親族に当たる法律専門家のひとり——がにわかに立ち上がり、大声でみなに告げた。

「レイダがクフェグと結婚することになりました！」

レイダは驚いて恥ずかしがり、周囲の予想どおり、泣き出してその場から逃げ出そうともがいた。親族たちは彼女を捕まえ、「ウ、ウ、エフリ！」という、ティドゥライ族の伝統的な結婚を祝う歓呼の声を、四回も叫んだ。その後、彼女は美しいシルクのサロンで体じゅうを覆われ、号泣が静まると、特別製の囲い部屋に入れられた。レイダは、サロンで頭から足まですっぽりと覆われたまま、若い未婚の女友だちと年配の女性たち数人に守られて、この部屋にいなければならない。その間、ほかの人と話してはいけないし、サロンから頭を出すことも許されない。

この一連の行事がレイダの村でおこなわれていたのと同じ日、ティマナンでもクフェグの親族が法律専門家の家に集まった。そこでもレイダの村と同じ歓呼の声が上がり、ほぼ同じ手順で青年を驚かせた。レイダの親族と同じく、クフェグの親族も、彼に結婚を断る機会を与えない。彼もまたりっぱなサロンにくるまれ、だれと話すことも禁じられるが、別の部屋に隔離されることはない。翌朝、クフェグはサロンをきちんと折りたたみ、フィーグルへ向かって歩き、その後の結婚式に備えてそれを左肩に掛ける。フィーグルに向けて出発する前に親族の男たちが日よけをこしらえ、新郎が直射日光にさらされないように四本の支柱で高く掲げる。そして、結婚式で受け渡す交換品をすべて持ったことを、確認する。

結婚式の朝、フィーグルではレイダの親族がさまざまな準備に追われている。儀式の仕度もあるし、もっと実務的な準備もある。おびただしい量のごはんと鶏肉をバナナの葉で一人分ずつ包むのも、大事な作業のひとつだ。これらは、餅と甘い菓子が入った同じような包みとともに、新郎の親族が結婚式で「購入」する。その価格はブラウスとサロン各一枚とか、それに見合う高価なもので、この包みの数や値段は、手打ち保証品の一部として前もって話し合いで決められている。食品の包みは、手打ち保証品として新婦側から渡されるという意味もあるため、数が足りているかどうかはきわめて重要だ。

一張羅で着飾ったクフェグとその一行は、暗くなる一時間ほど前にフィーグルに到着した。フィーグルに近づいた彼らはドラを鳴らし始め、集会所に着くと、

「ウ、ウ、エフリー」

と四回、叫んだ。内部で待っていた人びとが同じ叫び声でこれに答えると、日よけの下にいたクフェグと親族は建物に入る。交換物品の一部がやり取りされ、それから食事になる。

全員が満腹になったころには、夜もかなり更けている。就寝用の敷物が延べられ、蚊帳が吊られる。何組もの男女が小声でささやきを交わしているが、やがてペアの男女が順番に、「ベリナレウ」と呼ばれるティドゥライに伝わる叙事詩から挿話をいくつか詠唱する。この長大な詩は、前にも述べたように、天上にある「大精霊の世界」に二度目の人類創造をもたらしたシャーマン、ラゲイ・レンクオスの冒険を語ったものだ。この特別な夜に詠われるのは、ラゲイ・レンクオスとその随行者たちが、巨人の精霊が数多くいる世界にやって来て、そこにいた精霊たちの目をみごとに欺いて、「大精霊の世界」に人びとを連れて行った物語だ。その間、集会所の隅に集まった法律専門家たちは、昔の裁判例について話し合っている。そのひとりイデン・アミーグという女性は、かつてあるむずかしい局面が、どのようにしてうまく打開されたかを思い起こして延々としゃべっていた。

翌日の朝食後、クフェグ側からレイダ側へ、数時間に及ぶ冗長で退屈な挨拶とともに手打ち保証品の残りが正式に引き渡された。その挨拶は、当時の私の未熟な語学力では長すぎて退屈に思えたと言うべきなのだろう。なぜかと言えば、ティドゥライ族はその一語一語をしっかり味わっているように見えたからだ。この演説は、午前中いっぱいを費やしてさらに昼過ぎまでかかり、それから全員の昼食になった。

昼食後、やっと結婚式が始まった。隔離されていた部屋からレイダが連れ出され、頭からサロンが除かれた。クフェグが、彼女がいる敷物の上に導かれ、レイダの右側にすわった。

太陽が東から高く上っていくように、二人の生活が喜びに満ちあふれたものになることを願って、二人は東の方角を向いている。両家から法律専門家がひとりずつ若い二人の前へ歩み出て、クフェグ側の者がレイダの前に、レイダ側の者がクフェグの前に、それぞれ立った。双方の母親がビンロウジュの噛みタバコを用意し、それぞれの法律専門家に手渡すと、彼らはそれを、母親たちの新たに義理の子どもになった若者に渡す。若い二人はしばらくその噛みタバコを噛み、バンダナの上にそのカスを置く。その時点で、二人の法律専門家はクフェグとレイダの後ろ側に回って、ふたたびそれぞれ相手方の親族側に立ち、髪をとかし始める――まずはレイダ、続いてクフェグの順だ。彼らは髪をとかしながら、新婚の二人に対してつねに慎み深く誠実であり、しっかりと働くように、また結婚生活で問題を起こして双方の実家を困らせないようにと説く。これが済むと櫛を交換し、二人の新たな義理の母親にそれぞれ手渡した。ごはんと二つに切った堅ゆで卵が盛られた皿がひとつ運ばれてきて、新婚の二人は向き合ってごはんと卵を少しずつ食べる。

これで結婚式は終了し、客はその場から立ち去り始める。法律の賢者が数人、話し合いのために居残るが、式は終わった。レイダとクフェグはいまや新しい家族となり、新しい釜を形成したことになる。二人は住みたい場所に住むことができるが、レイダの両親が暮らす家の近く、メゲラワイの一角に新居を建てることにした。二人はずっと寄り添ったままで幸せそうだった。

私は、最初の結婚式に関するこれらの段取りについて、いまでも腑に落ちない点がある。ティドゥライ族を観察したり、数限りなく語り合って私が理解した範囲では、彼らは伝統的に、大人が子どもの上に位置するものだとは考えていないはずだ。子どもが興味を示せば、生活のいかなる場にも参加させるし、私たちのように「子どもはおしゃべりじゃないほうがかわいい」というような格言もない。大人たちは若者に対する責任があることはもちろん承知しているし、次第に大人の知恵を身に付けていかなければならないことも認識しているが、私が知る限り、子どもたちを強圧的に支配しようという姿勢は示さない。ところが結婚に関してだけは、年ごろの若者に意向も打診せず、結婚相手も選ばせず、泣き叫んで嫌がる新郎新婦に考える時間さえ与えないという、驚くべき行動が取られる。私が実際に目撃した若者たちに対するこのようなやり方の意味について、徹底的に調べておくべきだったと思う。しかし、そのころはただ驚くばかりで何も言い出せなかったし、なぜかその後も調査はしなかった。若者たちが泣いて嫌がるのは、ほとんど儀式のようなものだとも言われたが、彼らの自主性を否定するかのような行為は、振り返ってみても威圧的で、感情的・精神的な暴力にも思える。また、他人に嫌な思いをさせないという胆嚢のルールに反するだけではなく、尊重と平等主義というティドゥライ族の基本原則にそむく、明らかに変則的な事例だ。

しかしなぜか、新郎新婦に対する有無を言わせぬこのやり方は、ふだんは優しいティドゥライ族の目に例外的なこととは映っていないらしい。若者は、子どもができるまでは一人前の大人とは見なされない。おそらく大人たちは、最初の配偶者を決めるという社会的に重大な決断を下すには、子どもではあまりに未熟だと判断しているのではあるまいか。あるいは、単に矛盾しているだけなのかもしれない。どの社会にも筋の通らないことはあるし、彼らの宇宙論を理解しようとしたときにも、小さい矛盾が数多くあることに気づいた。いずれにしても、私が調べなかったこのような行為の背景にある考え方については、現在も現地調査をおこなっている大学院生たちが必ず探り出してくれることだろう。この問題に関して、もっと注意深く調査しなかったことを、私は後悔している。

結婚式の話を終えるに当たって、最後に述べておきたい。私が「手打ち保証品」と呼んだものは、人類学の専門用語で、一般に「婚資《ブライドプライス》」と呼ばれる。しかしこの言葉には、花婿ないしその家族が、妻となる娘の父親やその家族に支払う金品という意味が慣例的に含まれ、そういう意味ではティドゥライ族にふさわしい言葉ではない。森のティドゥライ族は人間をカネで買うことはないし、女性にも値段などない。物品の交換には、女性の親族が彼女を結婚させたという事実と、男性の親族が所定の交換品で結婚を保証するという事実を、それぞれ象徴する意味合いがある。もし女性が自分から結婚を解消しようとしたら、彼女の親族は物品を返さなければならない。離婚の原因が男性にある場合、女性の親族は、その物品を自分たちの所有物と見なし、もはや結婚の手打ち保証品とは見なさなくなる。したがって、受け渡された手打ち保証品は永遠に交換品の一部だというわけではなく、男女やその親族の間柄を表す心のなかの「目録」だと言える。つまり、結婚を介してそれが多くの人びとを結びつけているわけだ。それらの品々は、波風立てずに結婚が長続きするよう、彼らが負っている責任と気遣いを表す印でもある。決して、女性に対する見返りだとは考えられていない。

私はのちに、手打ち交換品が所定の罰金という形で過失や無礼を認める象徴として、個人間のさまざまな争いをいかに平和的に解決するかを述べるつもりだ。手打ち交換品は、長く受け継がれる金銭的価値のあるものばかりではない。ある意味では、それ以上のものだ。これらの品々は、社会的な関係を巧みに具現した物品であり、ティドゥライ族の社会における正義や公平さや均衡を象徴し、またそれを支える「貨幣」だとも言える。

フィーグルの周辺に、バラウドとモ・セウという二十九歳になる二人の男がいるが、彼らにはそれぞれ二人の妻がいる。したがって二人とも、同じ家庭内に二つの釜を持っている。ある日この二人と話していたとき、二人の妻を持つに至ったいきさつを尋ねてみた。私は、この点が気に掛かっていた。なぜかと言えば、男が妻を自分の所有物のように見なすとか、男が次々と手渡していくという話によくぶつかるが、そのような考えが横行する世界では女性が傷つくことが多いからだ。私は、最初の結婚式に大人たちによる支配が潜んでいるように感じたし、平等主義といいながらその陰に家父長制が潜んでいるのではないかと考えていた。

だが、その考えは間違っていた。

「妻が二人いれば、夫が死んだ後も妻がひとりぼっちになることがないからね」

とモ・セウが言って、さらに次のように説明した。

「ひとりきりで後に残されたくないのは、彼女たちの望みでもあるんだ。二番目の妻のナヤーンと結婚したのは、何年も前に俺の兄さんが肺炎で死んだときだ。うちの親族は兄さんとナヤーンの結婚に際して手打ち保証品を渡しているから、兄さんが死んだとき、ナヤーンを俺の妻にするように彼女の家族と話し合って決めたのさ。彼女には夫が必要だったし、子どもたちには父親が必要だったから」

バラウドも、兄の妻を「相続した」という、似たような話を聞かせてくれた。

二つの家族を持つと地域社会での立場がよくなるのかと私が尋ねると、二人とも笑い出し、バラウドはこう言った。

「いいや、モ・リニ。人より多く働くだけの話さ。二つの家族を食わせていくのは大変だってみんな知ってるから、未亡人となった女の親族は、できれば彼女を独身の男と再婚させようとするものだ」

バラウドもモ・セウも、未亡人、とくに年配の未亡人の幸せを考えるなら、大変だが再婚は必要なことだと考えていた。

「俺たちは平気さ。妻たちはよくしてくれるし、生きていくためには、子どもたちもひとつ釜の一員となる必要があるからな」

女性たちにもこの件を尋ねたが、同じ答えが返ってきた。彼女たちによると、自分たちが望めば再婚せずに未亡人でいて、兄弟姉妹の家族に加わることもできたという。だがほとんどの女性は、再婚して二人目の妻になっても、自分の釜で生活するほうを望む。女性を相続することは、多くの社会で非難されがちなものだが、ここでは明らかに違った。

森に暮らす伝統的なティドゥライ族には、肉体に関する羞恥心を教え込むというような、ユダヤ教やキリスト教の伝統はない。したがって彼らはまことに自然体で、情欲を押さえたりしない。多くの人が、性的な快楽は天から授かった贈りものであり、享受すべきものだと話していたし、仲のいい男女に注目していると、その考えを裏づける行動を取っていた。社会における人間関係すべてに共通しているのだが、他人に悪い胆嚢を与えて嫌な思いをさせない、という決まりは、性的な関係においても基本的な原則になっている。性的な関係を強要することは不道徳だし、それどころか非人間的な行為だとされ、確実に暴力を生み出すもとになる。だが合意のうえで自由に性欲を満たすのは、素直な喜びなのである。

実際は必ずしもそうではないにしても、風習と相手を尊重する原則のもとでは、男女の性的関係は夫婦間に限られるべきだとされている。これは、性的な快楽を結婚相手以外に求めることが本質的な悪だと考えられているからではなく、そのような行為がしばしば社会に波風を起こすし――他人に嫌な思いをさせる悪い胆嚢――をもたらすばかりではなく、ときに暴力につながることが予想されるからだ。不倫が表沙汰になると、第三者の介入によって責任の所在が変わり、そのために家族が崩壊し、残された配偶者の怒りを呼び、親族の間に対立を生み出しかねない。そして、だれが子どもの父親かをめぐってもモメる。したがって、原則は明確だ。性的な関係を結ぶ権利は夫婦間に限られ、理屈のうえでは不倫など起こるはずがない。

ところが、実際にはそうもいかない。性の問題は、ときに森のティドゥライ族に深刻な緊張状態をもたらす。前に述べたように、法による解決が求められる事例のほとんどが、崩壊しかけた夫婦関係の修復か、再婚の手配に関わっている。結婚相手以外との恋愛関係は実際に存在するし、ほとんどの恋人同士が用心深く慎重に振る舞いながらも、おたがいの愛情は深まりがちで、それに反して配偶者に対する思いは冷めていく一方だ。そうなると、恋人同士は駆け落ちという形になる。さまざまな不始末が法の裁きを受けることになるが、裏切られて嫌な思いをした者が悪い胆嚢を持ち出して暴力に訴えるのを避ける方法としてよく裁かれるのは、他人の配偶者との駆け落ちだ。男も女も、一生のうちに平均して三、四回の駆け落ちをする。そういうわけだから、厳戒な監視付きだとしても、決められた最初の結婚式を受け入れるのもそれほど不思議ではない。最初の結婚がずっと続くことなど、まずあり得ないからだ！

モ・リガヤという、私がとても気に入っている男がいた。彼はたいへん話し上手で、熟達した法律の専門家でもある。初対面のとき、いくつか基本的な質問をした。必ず尋ねることにしていた項目に、専門の確認がある。彼は、法律だと答えた。しばらく話をしてから、ほかに専門があるかと尋ねた。当時の私はまだ、例の巨大なイノシシと対峙して戦うなどというすさまじい専門があるとは知らなかったし、彼の答えに対する覚悟もできていなかった。彼は笑いながら、こう答えた。

「ああ、私のもうひとつの専門は、駆け落ちだよ！」

彼は、それまでに六回も、他人の妻と駆け落ちをしていた。または、他人の妻が彼と駆け落ちをしたというべきかもしれない――平等主義のこの社会では、駆け落ちにも男女の差はないからだ。既婚者が関わる情事は日常茶飯事だが、六回も駆け落ちしたとなると、少なくとも彼の心のなかで専門家と自負するほどの経験だと言えるだろう。

だれかが駆け落ちをすると、法律の専門家たちはいっせいに、夫婦の離婚と駆け落ちした二人の結婚に向けて行動を起こし、莫大な数の手打ち保証品をきっちりと元に戻す手はずを――暴力に訴える人が現れないうちに――整える。したがって、夫婦間にはつねにいつ相手に捨てられるか分からないというある種の不安が存在するし、実際に駆け落ちが起こると、周囲の人びとにかなりの緊張感が生じる。だが捨てられた人が怒り狂うことは予想されるものの、それ以外の人にとって、この緊張感は性的関係の原則を破ることに関するものではなく、むしろ社会を円滑で問題のない状態に保つために生じるものと解釈される。

駆け落ちした後、関係する親族は問題を片づけ、だれもがふたたび結婚して適切な状態に収まるよう限りない努力を払う。これは、流血の惨事を避けるためであることは言うまでもないが、ティドゥライ族が、この世界で生き抜いていくために必要だと信じている釜のなかに、大人も子どもも確実に入れるためでもある。ほとんどすべての大人が一生のうちに何度も結婚と離婚を繰り返すため、これほどみごとな法体系が確立されているのも、また法律面で最もやり手の賢者が周囲の人びとから大いに尊敬されているのも、不思議ではない。

私は、現地調査のフィールドノートを見返しながら多くの日々を過ごしたが、これらの問題について明快な答えは出せなかった。駆け落ちや情事がティドゥライ族の間でこれほどひんぱんに起こるのはなぜだろうか。その理由の一端には、セックスが男女間のすばらしいやり取りだという考えや、人に嫌な思いをさせない胆嚢の存在をつねに念頭に置き、おたがいの欲求をできる限り満足させたいという気持ちがあるからではなかろうか。そしてまた、法体系がみごとに効力を発揮して事態を収拾してしまうことも、不倫が数多く発生する一因となっているのに違いない。

しかし実態は、親切な胆嚢がもたらすエロティックな人生の喜びや満足感、紛争の効果的な収拾などよりも、もっと複雑なのだろう。真の状況は、社会全体の規制によって生まれる。この社会では、すべての人びと——すべての生物——が対等な関係にあるという見方が常識になっている。特別に選ばれたからではなく、専門という形で何かを提供できるという理由で、ある分野において人びとの尊敬を集める人がいる。イノシシ狩りの専門家であるモ・サントスが全員に分け与えた肉は、序列や強制力が付与されたからではなく、社会秩序の基本を成す贈りものだと受け取られている。結婚によって当事者やその親族は、男が稼いで女が家事をすることに象徴されるような優劣の関係ではなく、同等で公平な関係になる。社会秩序と人間関係を正確に理解することによって、ティドゥライ族の男女間の性的な関係が私の頭の中に少しずつ整理されてきたように思える。たとえば、モ・サントスが、みなのために命を危険にさらして奮闘する理由。レイダとクフェグの結婚に先立つ込み入った話し合いの根底に流れる考え。モ・リガヤが、たび重なる駆け落ちによって社会にトラブルを起こし、法律の専門家をわずらわせることは分かっていても、自分の性的な魅力に喜びを感じてしまうこと、などの事例だ。そして、ティドゥライ族の男女の役割や平等性、男女の行動などに関する理解。これらすべてが、この章で論じてきた社会の相互作用の側面を示している。

八章　ミラブでの小休止　その二

十一月に入ると、雨期もそろそろ終わりに近づく。私は、オードリーやレンやウィルに会いたくて、胸がうずくような感覚を覚えた。おまけに、アメリカ人ならじっとしていられないお楽しみである感謝祭が数日後に迫っていた。そこで、休養と気晴らしを兼ねて、またミラブに行くことにした。アリマンとメルと私は、土曜日の朝早くにフィーグルを発った。道のあちこちがぬかるんでいて、川の流れもまだふだんより速いように思えた。

歩いているときも、翌日、ボートで川岸に沿って進んでいるときも、私はずっともの思いに沈んでいた。最近は、ひとりになるといつもそうだった。前回ミラブに戻ったとき、心のどこかに違和感が芽生え、それ以来、ティドゥライとアメリカの文化の著しい違いをひんぱんに意識するようになった。これから数日間を家族と過ごせるという期待がある一方で、アメリカ式の生活を送ることが差し当たって重圧にもなっているように思えた。

フィーグルでは、ティドゥライ族の家族制度や社会制度、性別による役割分担、性的な喜びやそれに伴う責任に対する彼らの認識などを理解しようと、研究に情熱を傾けている。したがって、そのような分野における「彼ら」と「私たち」の違いで頭がいっぱいになるのも無理はないかもしれない。駆け落ちがこれほど頻発する状況に、ほかの社会の人間が順応することはむずかしいだろう。しかし、森のティドゥライ族の社会秩序のなかで起こるできごとや人間関係について得た知識を繰り返し考えているうちに、すべてを結び付けている論理が次第に見えてきた。それに伴って、徹底した平等主義に基づいた彼らの生活のさまざまな面が私の心の奥深くに訴えかけるようになった。

そのようなことを考えていると、思いはフィーグルから最近まで暮らしていたカリフォルニア州やイリノイ州、また少年時代を過ごしたペンシルヴェニア州での生活へと飛ぶ。フィーグルの見方からすると、アメリカは本当に私が教わってきたほど卓抜な平等の国だと言えるのだろうか。(男性、白人、金持ちなどの理由で) 上位に立つ者がいる一方で、(女性、黒人、貧乏などの理由で) 下位となる人がいるのは仕方がないことなのだろうか。私たちの結婚は、これより安定した——または喜びにあふれた——ものなのだろうか。未婚・既婚を問わず、肉体的な快楽を天からの贈りものとして自由に満喫し、強制されることを軽蔑するティドゥライの恋人たちと同じように、私たちの性体験は、心弾んで楽しく、抑圧されていないものなのだろうか。モ・リガヤやバラウド、モ・サントス、モ・ビンタンは、いかなるときも女性を対等に扱って尊敬しているから、「真の男」とは言えないのだろうか。同様に、イデン・エメットなどの女性たちは意志が強く、男性と同じように専門家の役割を担っているから、「女性らしさ」に欠けるのだろうか。

ミラブに向かう道中、このような疑問が頭のなかで渦巻いていた。

家族と過ごす一週間で最大の行事は、感謝祭の夕食だ。このチャンスをのがさずにすんだので、本当に嬉しかった。エドワーズ大尉は、この年中行事について自分の家族に教え、家族も楽しみにしながらこの行事を祝ってきた。私は月曜日の夕方、このような場面に到着したが、エドワーズ一家とオードリーは、すでに食べものの準備や飾り付けにてんてこ舞いだった。翌朝、エドワーズ家のキッチンの入り口には、サツマイモが山と積まれていた。また、ヘレン・ルースが作るエッグ・カスタード――スペイン語の名称が付いた濃厚なパイの一種――のために、何十個もの卵が集めてあった。ヘレンは、ハミーの独身の妹で、オードリーのかけがえのない友人でもあった。ふだんは放し飼いにされているニワトリが捕らえられ、小さな金網の囲いに入れられている。これらのニワトリは、夕食前に飲みものと一緒に出されるおつまみとして、クラッカーの上で缶詰めのイワシと並ぶ運命にある。ティドゥライのラム酒がひとケースと、フィリピン産のサン・ミゲルのビールが何ケースか、ポーチに積んであるのが見えた。もうすぐ、おばあさんが自分の菜園で採れた野菜を山ほど収穫してくるに違いない。

わが家では、オードリーが灯油缶を利用したブリキの打ち抜き型を使ってケーキを焼いていた。彼女は、このあたりではリンゴなど見かけないにもかかわらず、「アップルパイ」を作ると言い出した。湿ったリッツのクラッカーをリンゴに見立て、スパイスを加え砂糖をたっぷり入れてそれらしいものをこしらえた。また、山のようなくだもの――パパイヤ、パンノキの実、「マラン」(わが家の近くの木で実った、甘くてねっとりした果実)、パイナップル、数種のバナナ、オレンジ――も、すぐに皮を剥《む》いてエッグ・カスタードとともにデザートとして出せるよう用意されてある。私は、中華ハムと煎ったピーナツ、そのほかどたん場の買いものを頼まれ、トラックでウピに急いだ。

水曜から木曜にかけて、キッチンで料理の仕上げに取りかかっているころ、男たちは、レンとウィルも進んで手伝ってくれたので、食卓の中心を飾るデコレーションを準備した。数か月前、ハミーはウピのミスター・ママリルから七面鳥のヒナを何羽か手に入れた。この老人は、数年前までウピの農業学校で校長を務めていた人物で、もともとこの国にはいない七面鳥のヒナを数羽、なんとかして駆り集めていたのだった。ヒナはミラブの農場で飼育されたが、飼うほうにとってはかなり手こずる相手だったらしい。生き残ったのは一羽だけで、当然ながら、その一羽は感謝祭の夕食のメインディッシュとなる運命にあった。

ハミーと小作人たちはエドワーズ家のそばの狭い空き地に穴を掘り、焚き付け用の木片と薪をいっぱい入れ、その上に焼き串を立てた。この方法は、めったに口にできない特別なごちそう、レチョンと呼ばれる子ブタの丸焼き料理を作るときと同じだ。ハミーは、感謝祭の七面鳥を調理するときはいつもこの方法でやると教えてくれた。長い竹の棒に串刺しにした鳥を、火の上でゆっくり回転させて焼く。竹の棒は、焼けてしまわないように水で濡らし続けなければならない。また七面鳥は、焼いている間に滴り落ちる肉汁や脂を、串のすぐ下に吊り下げた鍋で集め、繰り返し七面鳥にかけながら焼く。

ウィルが農場の男の子と、興奮した様子でティドゥライ語でおしゃべりしている。地元の子がやることすべてに、口出ししているようだ。そのやりとりを、レンが私にまじめくさった調子でこと細かに説明してくれる。これは一大イベントであり、二人ともそれが分かっている。まるで人類学者の卵であるかのように、すべての過程で数多くの質問を浴びせる。それに対してティドゥライ族も彼らの流儀で、代わるがわるていねいに、また慎重に答えている。じつに和やかな雰囲気で、明らかに祝宴の準備は彼らの手で進められていた。バーベキュー炉をしつらえ、焼き串が準備されると、男たちはビール瓶をたくさん運んできて、胃袋を満たして彼らの胆嚢を満足させるためにキッチンから次々に運ばれてくるフライドポテトやタロイモのチップスを食べ始めた。そして、語り合ったり、歌を歌ったり、むかし飼っていた七面鳥やブタのことを、愛情を込めて思い返したりしている。夕方、オードリーが夕食だから手を洗っていらっしゃいと呼び戻したところ、息子たちは口を尖らせて文句を言っていた。人びとはまだ炉の周りに集まって談笑を続けていて、飲みものはビールからラム酒に変わっていた。

エドワーズ家での夕食は本当に忘れがたいもので、懐かしい雰囲気を感じさせる、むかしながらのアメリカ式の感謝祭だった。食卓にワインはなかった。このあたりで手に入るワインといえば、教会の聖餐式で用いるもので、よほど特別な場合でも、食卓で飲むのはふさわしくないとされていた。しかし、感謝祭の夕食につきものであるそのほかの料理——七面鳥、ジャガイモとそれにかけるグレービーソース、サツマイモの砂糖煮、缶詰のクランベリーソース、新鮮な野菜、ピクルスやオリーヴも含め——はすべてそろっている。朝食用の「塩パン《パンデサル》」と呼ばれるおいしそうな小さなパンも、ロールパン代わりに並んでいる。フィリピン人には毎食コメを口にしないと満腹感が得られない人も多く、テーブルにはご飯も用意してあった。私が大好きな「フェラファ」も、何皿か置いてあった。「フェラファ」は、ティドゥライ族の甘辛い薬味のようなもので、刻んで乾燥させたココナツを油で揚げたものと、粉唐辛子を混ぜて作る。デザートは、リッツ・クラッカーを使ったパイもどきだったが、なかなかおいしかった。私たちは食事にゆっくり時間をかけ、料理と雑談を楽しんだ。調理を担当した人たちに賛辞が送られ、こんどは女性たちもにぎやかに話の輪に加わった。オードリーと私、エドワーズ家の大人たちの、全部で七人がテーブルを囲んですわった。わがシュレーゲル家と、エドワーズ家やその親類の子どもたちはキッチンで食事をし、子どもらしくすぐに食べ終えて外へ飛び出して行った。エドワーズの農場で働く小作人の家族は、家のなかで思い思いの場所に腰を下ろし、幸せそうな様子で食事を楽しんでいた。

祝宴は、夜遅くまで続くのだろうと思っていた。ところが、デザートが片づけられて一時間ほど経ったころ、突然、ニワトリのけたたましい鳴き声が聞こえた。祭日の食卓に上がるのを免れた一羽が、家の裏手で何か恐ろしい目に遭ったらしい。みながキッチンのドアから出てみると、レンとウィルが、喜びながらもいくぶん気がとがめた様子で、エドワーズの家の屋外便所をのぞき込んでいた。二人が、ふざけてメンドリを便所へ投げ込んだのだった。かわいそうなニワトリは、便所の底のほうで汚物にまみれて没しかけており、狂ったように羽をばたつかせて、叫び声を上げていた。ほかのティドゥライ族の子どもたちは、どこにも姿が見えなかった。きっと、この白人の子どもたちがしでかしたことを目にすると、すぐに逃げ去ったのだろう。ハミーはなんとか怒りを抑えており、エドワーズ家のほかの家族たちは、控えめに言っても不快そうだった。

ハミーは、厳しい口調でいたずら息子二人を並ばせ、おそらく彼らを生まれてはじめてと言えるほどきつく叱責した。ほかの生きものに対する尊敬を欠いた態度を改めるように告げ、いいメンドリがどれくらいの値段なのかを教え、二人のやったことは信じられない蛮行だと非難し、友だちや、親類同然の間柄にある人間として失望したと語った。レンとウィルはその間ずっと、うなだれて地面を見つめていた。

二人は自分たちの行為を恥じているように見えたが、ハミーが説教を終え、みながテーブルに戻ろうとしたとき、懲りない息子のウィルがレンに囁いた言葉を耳にして、私たち夫婦は驚くと同時に面目ない思いをした。ウィルはこう言ったのだった。

「こんどはネコにしようよ！」

フィーグルに戻る日の朝、私は、メルとアリマンがコタバトの船着き場で会おうと言い残して先に発ったことを知った。ハミーは腹具合がおかしく、下痢を繰り返しているらしい。おそらく、ここ数日間に感謝祭のごちそうを食べ過ぎたためと、息子たちによる彼の我慢の限界を超えたいたずらのせいだろう。私は、バックパックに七面鳥の肉のサンドウィッチをどっさり入れ、エドワーズ家のトラックを運転してオードリーと二人で丘を下った。彼女が船着き場で私を見送り、ミラブまで運転して戻ることにした。

私は、オードリーと二人きりの時間が持てたことが嬉しかった。フィーグルの社会的な仕組みについて彼女に説明し、自分たちと比べて感想を尋ねてみたかったのだが、うまくいかなかった。彼女は、この話題には興味がなく、退屈そうだった。最近は、仕事に関する細かいことを私が話そうとすると、いつもこのような調子だ。一つにはこの時点では、フィーグルでのできごとが私にとってあまりに新鮮で身近すぎたため、はっきりとした研究成果として説明できなかったか、まだ混乱していたためでもあるのだろう。または、オードリーにはまた別の関心事があり、その話題に触れて欲しかったのかもしれない。あるいは私がフィーグルに入りびたり、ミラブに滞在する期間があまりに短いことを怒っているだけなのかもしれない。そうではなくて、アメリカ人女性である彼女が、めったに会えない自分の夫とでこぼこ道を走りながら話したかった話題に比べ、私の話す内容がおどろおどろしく感じられた可能性もある。私たちはすぐに、もっと無難な話題に切り替えた。

私でさえ、森のティドゥライ族の生き方を知ると、気楽で落ち着いた気分ではいられなくなる。この研究は、大学院の学位取得に必須な現地調査として始めただけの、社会科学の履修課程の一環だったはずなのだが、もっとずっと本格的で基本的な、人格に深く関わるようなものになりつつあった。博士論文をまとめるだけでなく、私の人生観そのものを覆しかねないものに。

九章　男に生まれた女

夜になり、暗くなって蹴まり「シファ」ができなくなると、各家族はそれぞれの家の下に集まり、食事をしながら話に花を咲かせる。まもなく室内から楽器が持ち出され、ドラや笛、太鼓、弦楽器ツィターなどの音で夜気が満たされる。人びとは踊り始め、歌声が高まる。私はティドゥライ族の音楽が大好きだが、彼らも音楽を愛してやまない。

私がとくに好きな楽器は、八弦のツィターだ。太い竹に彫刻を施して作った楽器で、色鮮やかな鳥の羽で飾られていることも多い。名人が奏でる竹のツィターの音色は、ハープの響きによく似ている。

ある夜、隣の家のイデン・トンが奏でるツィターの音を聴きながら、彼女の夫モ・トンに、すばらしい演奏だと感想を述べた。すると、彼が言った。

「モ・リニ、ランゲ・ランゲ（フィーグルから山をいくつも隔てた村）に住んでいるウカの演奏を聴いてみるといい。ティドゥライ族のツィター奏者のなかでは最高だ。きっと彼女は、ここへ来て演奏してくれるよ。そうしたら、君の〝ラジオ〟にその音を残せる」

彼はラジオという英語を使ったが、それは私の〝テープレコーダー〟を意味していた。

「そうだな。ぜひ、その演奏を聴いてみたいもんだ」

私は、その返事がウカの耳に届いて、機会があれば彼女が来てくれることを念じていたのかもしれない。二週間ほどすると、フィーグルのある男がランゲ・ランゲに行ったら、ウカが私のためにここへ来て演奏してくれると言っていた、と教えてくれた。

ほどなく、かの有名な奏者がフィーグルを訪れ、竹のツィターの演奏会が始まり、私たちにとっては忘れられない思い出になった。ウカは十日間フィーグルに滞在し、毎晩、集会所の下で燃え続けている夕餉の残り火を囲んで集まる人びとのために、二、三時間は演奏してくれた。彼女は、さまざまなジャンルの曲を弾いた。ゆっくりとした調子の聞き覚えのあるラブソングや、伝統的な旋律を速いテンポで繰り返す複雑な曲、または、彼女自身が作曲したものもあった。ときどき、だれかが自分のツィターなどの楽器を彼女に合わせて弾いたり、歌や踊りが加わることもあったが、たいていは、当代随一のツィター演奏を聴き逃すまいと、みなが次々と彼女へリクエストを重ねた。私はテープに録音もしたし、写真も何枚か撮ったが、ほとんどの時間はほかの人たちとともに彼女の演奏を心から楽しんだ。

ある夜ウカの演奏中に、私は彼女が結婚しているのかどうかを隣の男に尋ねた。なぜなら、彼女はフィーグルまで兄とともにやって来ていたし、名前も、子どもがいることを示すものではなかったからだ。彼は答えた。

「いいや、モ・リニ、彼女は結婚できないんだ。どうやったら子どもが産めるっていうんだい？　彼女は〝メンテフアレイ・リブン〟なのに」

その言葉はいままで耳にしたことがなかったが、明らかにティドゥライ族の言葉で、「女になった人」を意味していた。そこで私は、確認した。

「ああ、じゃあ彼女は、本当は男なんだね？」

「違うよ。彼女は正真正銘の女さ！」

彼が使った「正真正銘の」という単語は「テントゥ」だったが、これは「本物の」とか「実際の」を意味する。

しかし、彼女が「本物の」女だとしたら、「女になった」とはどういう意味だろうか。私は混乱してしまった（この会話はすべてティドゥライ語で交わされており、したがって、「彼・彼女」という代名詞の区別がないことを思い出していただきたい）。

私は、また尋ねた。

「だとすると、彼女は生まれたとき、男と女のどっちだったんだい？」

彼は答えるに当たって、あまりに明確な状況を把握できない私の鈍さに、かすかに軽蔑の色を見せていた。

「モ・リニ、彼女は男に生まれたんだ。忘れたのかい？　彼女は女になったんだって教えたばかりだろう！」

「ということは」――まったく未知の世界に足を踏み入れた私は、それでも果敢に歩を進めようとした――「彼女は、本当は男で、女のような身なりをしているだけなんだね！」

私が目の前にあるものを見えないというなど信じがたいと彼は思っていて、私がこの事実を理解できないのと同じぐらい、彼は不思議がっていた。

「分からないかね？　彼女は本当に女なんだ！　女になった人なんだ」

そこで私は、切り札を出した。これで、バカげたやり取りに終止符が打てるだろう。

「じゃあ、彼女にはペニスがついているのか？」

「もちろん、ついているよ。彼女は女になった人なんだから」

私はそこで、彼を問い詰めるのをやめた。私の世界では、男を「本物の」男として、女を「本物の」女として決定づけるのはそれぞれの生殖器だが、ティドゥライの人びとは明らかにそうは考えていない。それから数か月にわたって、この件について数人に聞きただしてみた。彼らの見方からすると、ある人の性別が「本当は」どちらであるのかは、その人が果たしている社会的な役割によって決まるらしい。つまり、身なりや髪型、一日の過ごし方、周りの人からの呼ばれ方、そして、自分で自分がどちらだと思っているか、などだ。ティドゥライ族の場合は、自分がいいと思うほうを選択できる。女に生まれたが男になることを選び、長い人生を男として生きてきた人にも、のちに出会った。ほとんどの男の子は男になりたいと思いながら育ち、女の子は女になりたいと思いながら育つが、そうではない人がいて、性を変えたいと願ったとしても、だれもまったく気にしない。その人が変わっていると か異常だとか思われることもなく、結婚が不適切だとされる以外は、ほかの人と同じように扱われる。

性を変える人たちに私が興味を持ち、だがなかなか理解できないでいる様子を見て、こう尋ねる者がいた。

「モ・リニ、アメリカには、女になった人や男になった人はいないのかね？」

「うーん、男装や女装をする人はいるし、違う性に変わりたいと思っている人もいるよ」

「そうだろう。同じじゃないか」

そこで私は、こう答えざるを得なかった。

「いいや。アメリカ人の多くは、そういう人たちを嘲笑し、軽蔑して、よくない人間だと考えるんだ」

「別の性になりたいという理由だけで？」

彼は、驚きを隠さずに言った。そして、次の質問がいまでも私の耳に残っている。

「どうしてだい？　なぜ君たちはそんなに冷酷なんだ？」

自分の性を自分で決めさせようという考え方は、私には大きな驚きだった。性別は社会的・文化的な定義に基づくものであり、生物学的に決められた事実ではないというこの概念は、一九七〇年代の半ばごろから、男女同権を唱える人類学者の間で議論されるようになった。そして現代では、男女同権論者たちの間ではもちろん、人類学研究の一部でも、まったく当然なことだと考えられている。今日の定着した考え方は、どのような社会でも「男」か

「女」かは解剖学的な問題ではなく、どのような理由――その社会では当たり前とされる、現実の捉え方――で、どちらだと思われているかが決め手だとされている。しかし、私がウカに出会ったのはそれより十年ほど前の話で、そのような概念は聞いたこともなかった。もし知っていれば、性に関してより柔軟な考え方で対処できたことだろう。

しかし、根気強く調査を続けたおかげで、森のティドゥライ族社会における性の概念について、私はある結論に到達できた。ティドゥライ族が自分たちの性を選択することになんの抵抗もないのは、男と女に地位的な格差がまったくないからだ。男には、守るべき権力など存在しない。

ウカのツィター演奏会に際してはじめてこのような考え方に直面したときは、正直に言って妙な気がした。しかしそれから数か月にわたって多くの人から話を聞き、それを分析しているうちに、性を自由に変更できるという考え方がきわめて論理的なように思えてきた。ティドゥライ族の生活には、さまざまな特徴がある。性的な満足に対するきわめてあけすけな態度。経済的に生き残っていくために、家族を重視する考え方。子どもを作り育てていくことに対する強い責任。性を変えた人の結婚は〝子孫を残すことができないという理由で〟不適切だとする、よく聞かれる信念。性差がまったくない社会。このような特徴が、男女の役割を転換することに目くじらを立てる必要も理由もないという、ティドゥライ族の社会的・文化的な環境を創り出している。

私たちの文化では、服装倒錯者や性倒錯者が必ずしも同性愛者だとは言えない。私は、ティドゥライ族の女になった人や男になった人が同性愛者なのかどうか、知りたかった。ウカは、兄の「釜」の一員だったから、家族がいる。しかし、男に生まれた彼女が女を選択したということが、肉体的な性欲とも無縁になったことを意味するのだろうか。このことについても尋ねようとしたが、うまくはいかなかった。それでも私は、次のような結論を出した。彼らは子孫を残すことができず、結婚もしない。だが性を変えた人も恋人に拒まれることはないに違いないから、ウカのように女になった人は、おそらく男と性交渉をしているものと思われる。

私は、性生活の問題を解明しようとさまざまな方法を試みたが、つねにこの点にはまったく興味がないという態度にぶつかった。自分の質問の仕方が悪いのだろうと思っていたのだが、メルとともに辞書をつぶさに研究していたとき、ティドゥライ語には同性愛、異性愛、両性愛に当たる言葉が存在しないだけだと気づいた。彼らは、フィリピンのほかの言語にはそのような範疇があるということは知っているが、配偶者や兄弟姉妹の性による区別がないのと同じように、自分たちの文化においては実用的でもなければ必要でもない、と判断したのに違いない。

私は、フィーグルにおける同性愛的な行為について研究しようとは思わなかった。性別差と同じく、私が研究対象とすべき分野ではない。女同士、または男同士が性的な関係に陥ることがあるかどうかは分からない——はっきりと尋ねもしなかった。そのような関係もおそらくあるだろうし、同性との間で得られる性的な満足感も十分に許容できる、と考えられていたに違いない。

十章　セブ島での小休止

私たち家族は、一九六六年のクリスマスをセブ島で過ごしていた。セブは、フィリピン群島の中央ヴィサヤ諸島にある美しい観光地だ。街路樹が立ち並ぶ道路や、スペインの植民地時代を思わせる建物が数多くあり、都会に暮らす裕福なフィリピン人の住宅や、中国人の中流階級の人びとが生活する家々が、フィリピンと深い外交関係にある国ぐにの領事館とともに数多く見られる。もちろん、貧しい人びとの家も多いが、コタバトやウピのように、町の大半を占めてはいない。セブにはおいしい料理を出すレストランがいくつかあり、コタバトにあるマリアーノの中華料理ばかり口にしていた私たちには、うれしい気分転換だ。「本当の都会」に戻ってきた気がして、心地よかった。

私たちは、アメリカ人の友人ミード一家――フレイザーとスージーの夫婦とその子どもたち――から、クリスマスの招待を受けていた。フレイザーは、セブに駐在するアメリカ領事だ。彼に出会ったのは、私がミシガン州南東部の都市アンアーバーにあるミシガン大学で、ティドゥライ族を研究する準備として、ある専門課程を受講していたときだった。彼は数か国に駐在した経験を持つ生え抜きの外交官で、フィリピンの歴史と政治に関する講演をするため、国務省からアンアーバーに来ていた。私たちは、デイヴィッド・スタインバーグという優秀な歴史学者の家で合流した。彼は、第二次世界大戦中のフィリピンとアメリカの関係を専門としていて、私は門下生ではないが、大いに関連のある分野だった。

ミード家は、町の小高い丘にある閑静な住宅街に建つ、近代的でエアコン付きの瀟洒《しょうしゃ》な家で暮らしていた。オードリーと私はバスルーム付きの広々とした寝室に通され、息子たちには隣の小さめの寝室が与えられた。料理人が作る食事やおつまみはどれもすばらしく、私たちが週に一度ミラブの市場で手に入れる材料と薪ストーブでこしらえる料理など、遠く足元にも及ばない。家の裏手には、セブの町や港を見渡せる庭があり、夕方にはいつも食前酒の前に、青々と茂るその芝生でクローケー*に興じた。「ミラブ・ヒルトン」とは雲泥の差があったが、アメリカでの暮らしとも大きく異なっていた。

＊ 木槌で木球を叩き、逆U字形の一連の鉄門をくぐらせるゲートボールのような競技。

しかし、ミード一家と過ごした四日間で最も楽しかったのは、環境の快適さよりも会話だった。四十代前半のスージーとフレイザーの夫婦はともに見識があり、明確な意見を述べた。世界各国を渡り歩くなかで、それぞれの場所について鋭い洞察をしていた。彼らは、私がよく知らないフィリピンの政治や都市部での日常生活に関しても、興味深い見方をしていた。フレイザーは、アメリカの政策や貿易について熱っぽく語った。そのころベトナムでエスカレートしつつあった戦争におけるアメリカの役割についても、私がその話題を持ち出すと、やや擁護するような口調で、確固とした愛国心をにじませながら意見を述べた。スージーとオードリーは、使用人や市場、海外での子育てなどについて話し合っている。オードリーは、この家の料理人や家政婦が白い制服で形式ばっている様子に好奇心を抱いたが、逆にミード夫妻は、私たちがミラブでアルメニアやフェルナンドを家族同然に扱っていることに興味を示した。ウィルとレンは、すぐにミード家の子どもたち——レンよりいくつか年上の女の子と、ウィルと同い年ぐらいの男の子——と仲よくなり、食事のときと寝るとき以外、めったに姿を見せなかった。

クリスマスイヴの夜、みなでアップライト・ピアノを囲んでキャロルを歌い、クリスマスツリーの下に積まれたプレゼントの山に賛嘆の声を漏らした。本物のマツの木を使ったツリーはぴかぴかの装飾品で飾られ、アメリカでなじんでいるものと比べて少しも遜色がない。ツリーの根元、プレゼントの山の真ん中には模型の村があり、電車や駅、小さな街灯がともる家並みまで作られていた。電気のない生活に慣れていたオードリーと私にとって、おもちゃの村やツリーで瞬いている電飾は格別に魅惑的で、郷愁を誘った。

ミード家は聖公会《エピスコパル》の会員で、スージーとフレイザーは私が司祭だったことを知っていた。セブには聖公会《エピスコパル》の教会がなかったから、この場の二家族のために、簡単なクリスマスイヴの聖餐式を執りおこなって欲しいと二人に頼まれた。この依頼に、私は不意をつかれた。長いこと、自分を司祭だとは思っていなかった。それどころかここ数年、キリスト教の教義や自分の司祭職に関わるすべてに対し、少なからぬ戸惑いを感じ続けていたほどだ。自分の考えがまとまるまで、長期休暇を取って教会から離れていればよかったのかもしれないが、大学院に通う間の収入を考え、地域教会のミサで説教をしたり、若者に教えたりと、臨時で働いていた。自分にウソをついているような居心地の悪さを感じていたこともあり、フィーグルではあらゆる司祭職から解放されたため、すこぶる気が楽になっていた。したがって、その場で公然と聖職者の役割を果たすことには、どうしても気乗りしなかった。そこで、理由もきちんと説明せずに——どう言ったらいいのか分からなかった——丁重に断ってしまった。ミード夫妻は明らかにがっかりし、断られたことに困惑した様子だったが、それ以上は強要しなかった。

翌朝、目を覚ますと、みなでそれぞれのプレゼントを開けた。それは楽しいものの、ややつらい時間でもあった。ミード家の子どもたちには、米軍基地内の売店で購入したものや、外交官用の郵便でアメリカの祖父母から贈られたプレゼントが山ほどあった。オードリーと私、そしてとくにレンとウィルは、ミード夫妻がすてきなセーターや店で購入したさまざまなお楽しみが詰まった箱を開け、ミードの子どもたちがトラックや人形、ゲーム、スポーツ用品などを次々と取り出して飾っていく様子を、驚きのまなざしで見つめているだけだった。シュレーゲル家は、息子たちにも大人同士にも、そのようなプレゼントはなかった。息子たちには、アリマンがかわいらしいホイッスルをひとつずつ竹で作ってくれたのと、私たちからはコタバトの市場で手に入れたTシャツ一枚ずつだけだ。私たち夫婦は、今回のセブ旅行——質素な奨学金生活にはかなりの出費——をおたがいからのプレゼントにしようと決めてあった。私たちがツリーの下に飾るべきものは、おたがいに宛てて書いた手作りのカードが二枚だけだった。

どちらの家族にとっても、それは気楽な状況とは言いがたかったが、思い出深いものではあった。最近、カンザスシティに住むウィルの家族を訪ねたとき、彼がまだあのホイッスルを持っていることを知った。セブでのクリスマスに、素朴ながらも大切な友人や仲間が彼のためだけに作ってくれた小さな竹のホイッスルは、アメリカの有名なおもちゃ屋で手に入れるモノポリー・ゲームやぴかぴかのトラックなどよりもっと大切に思えたのかもしれない。私には分からない。あのときのプレゼントの、あまりにも大きい格差を覚えているだけだ。

クリスマス当日は、祝祭にふさわしい食事をたっぷりと胃に収めた。その席では、基地の売店で入手できた上等なワインを二本、堪能した。

私たちは翌日に帰る予定で、その晩はオードリーと二人で散歩をした。ミード家の近隣を抜けてセブの町の中心部まで、長く静かな時間だった。住民の大半がカトリック教徒であるため、クリスマス用の電飾や、ティッシュペーパーと竹でできた独特の提灯《ちょうちん》などで家や商店が飾ってある。この提灯はフィリピンのキリスト教徒の祝日にはつきもので、私たちにとってはウピで布教活動をしていたころからなじみのものだ。日中の暑さに比べて、夜はかなり涼しくさわやかだったことから、二人で手をつないで一時間あまり散策した。

散歩の途中で、フィーグルで見聞きしていることをいくつか、とくに、女になったウカの驚くべき話をオードリーに話して聞かせた。彼女は、ティドゥライ族の性の選択制度を知ったときの私と同じように、風変わりであると同時に説得力のある話だと感じていた。

「でも、性別はやっぱり体で決まるのよ！」

「現実」はその捉え方によってさまざまに異なり、どのような基準で世界を分割し、それぞれをどう呼ぶかには多様な方法があるのだと、私は説明を試みた。

自分が育ってきた環境とは大いに異なることや、子どものころから、普通とは異なる「変わった」人を恐れ、嫌悪するように、家族や自分と同等の人たちから教えられてきたことなどを私たちは語り合った。私は、「ホモ」や、現実には知りもしない服装倒錯者を激しく嫌悪する環境で育った。「ホモ」は、私にとって、その言葉の意味を知るよりずっと以前から、絶対になりたくないものを表す汚れた言葉になっていた。

このような話題を、それ以前に妻とこと細かに話し合ったことがあったかどうか覚えていない。彼女は、友人のひとりがレズビアンであることを「発見」した体験と、それによって自分が感じた複雑な思いを語った。私は、ピッツバーグに住むおじが、ゲイだったとはずっと知らなかったものの、遠まわしに「少し変わっている」と言われていたことを話した。また、はじめて同性愛者に会ったときの体験談もした。一九五一年、十九歳で海軍にいたころ、私が乗った軍艦はサンフランシスコを母港にしていた。そのころは町にある聖公会《エピスコパル》の地域教会に通っていたが、そこがいま言うところの「ゲイの教会」であることを知ったのは、一年近く経ってからだった。そのころは、男たちが男と連れ立ってくること、女性が少ないこと、子どものための日曜学校が開かれないことにも気づかないでいた。

オードリーは、その教会に通う人のほとんどがゲイだということに、私が一年近くも気づかなかったことは信じがたい様子だったが、私は彼女に、時代背景を考えてくれるよう促した。当時の同性愛者たちは、細心の注意を払って行動していた。そして私は、まだウブな十代の少年だった！

毎週日曜日、私は友人たちと一緒にミサに参列し、その後ノース・ビーチにあるカフェへ繰り出して、さまざまな話をして午後を過ごした。あの教会で、終生の友と呼べる友人が何人もできた。彼らは、社会や政治に関して私が最も重要だと思うものを数多く教えてくれた。おそらく、はじめて心を通わせた真の男の友人たちだったのだろう。

教会の友人たちは、私が彼らをゲイだと気づくよりずっと前から、私が同性愛者ではないことを知っていたが、私の性格は気に入ってくれた。しかしある日、教会に来ていた空軍将校が私を呼び出し、誘いをかけてきた。彼は、私がゲイではないとは信じがたいと言った。なぜかと言えば、私が付き合っている男たちはみなゲイだったからだ！　そのときになって、私はようやくすべてを理解した。はじめは少し恐ろしい気がしたが、そのころには彼らと強い友情で結ばれていたため、以前と変わらない関係を続けた。

オードリーは私に、ティドゥライ族の性の認識方法をわれわれアメリカ人が受け入れるようになったらどうなるか、と尋ねた。ゲイの人びとに冷たい態度を示すのをやめるだろうか。そのうえで、おたがいの存在を認め、ともに生きていくことができるだろうか。私は、分からないと答えた。われわれの型にはまったものの見方は、かなり根深い。しかし、いまは価値観の転換が可能だと言える。私は、熱帯雨林でその点を学んだからだ。

ティドゥライ族について私が見聞したことは、幻想でもなんでもない。そこには、自由と、仲間同士や外の世界ときわめて平和な関係を保ちながら、有史前から存在し続ける社会があった。

十一章　支配なき正義

フィーグルから森の中を三時間ほど——ティドゥライ族の感覚からすれば、それほど遠方ではない——歩いたところに、ケルーン・ウワと呼ばれる集落がある。ここには、法律の専門家として名高いモ・シニューの家がある。森で暮らし始めて四か月ほど経ったころ、私はバラウドなどフィーグルの法律専門家たちとともに、そのケルーン・ウワへ一泊で出かけた。この訪問はあらかじめ予定されたもので、いくつかの懸案事項について法に基づいた裁きを下すための話し合い——ティドゥライ語では「ティヤワン」と呼ばれ、この場合、私は「集会」と訳している——がおこなわれることになっていた。

私たちは歌を口ずさみながら、和気あいあい、ゆったりと歩を進めた。そのときは、バラウドやモ・シニューやそのほか大勢を巻き込む、きわめて深刻な話し合いを要する事態が起こりつつあるとは思いも寄らなかった。

ケルーン・ウワでは、村人の多くが調理や薪集め、水汲み、子守り、おしゃべりなど日常の雑事にいそしんでいたが、一部の人は、フィーグルからの一行や賢人たちとともにモ・シニューの家へ集まった。私はモ・シニューの名前はよく耳にしていたが、会ったのはこれがはじめてだった。六十歳ぐらいの、くたびれた老人という印象だ。身長は一メートル七〇センチ弱――ティドゥライ族の男性としては平均的――で、昔ながらのパジャマふうの服を着ており、頭に巻いた鮮やかな紫色のバンダナが目を引いた。話し声は太くてしわがれており、顔から受ける印象そのままにくたびれていた。バラウドをはじめ、それまでに会った法律の専門家たちに見られた活気や才覚などが、ほとんど感じられない。

集会そのものは翌朝に始まる予定だったが、賢人たちはその夜から過去の判例の話などに花を咲かせていた。話題としてはほかに、いまも人びとの記憶に残る傑出した昔の法律の専門家たちの思い出話、森の外からやってくるマギンダナオ族の迷惑な無法者、ウピ渓谷周辺にフィリピン各地から入植してきた人びとの暮らしぶり、翌日に話し合われる懸案事項、そして当然ながら私、つまりフィーグルで暮らし始めた若いアメリカ人について、などだった。色白で背が高く厄介者である私は、子どものようにきちんとすわっている地元民のなかで、ぶざまな姿なのでいやでも目立ってしまう。

その夜バラウドは、彼の兄弟の孫で、フィーグルの近くに暮らすモ・ニンという若くて短気な男に関して詳細な報告をした。モ・ニンは、ケルーン・ウワには来ていなかった。バラウドによると、モ・ニンは妻イデン・ノゴンとモ・シニューの長男シニューが性的関係にあるのではないかと危惧しており、バラウドも心配していると語った。妻は一年ほど前にシニューと駆け落ちをしたことがあり、すぐに自分の行動を悔やんで夫と子どもたちのもとへ戻ったという経緯がある。

バラウドは遠まわしな言い方で、穏やかに言った。

「それ以来、モ・ニンはシニューに疑いを抱き続けている。そうなっても仕方がないとは思うのだが……。どんなに体が丈夫でも、悪い食べものを口にすれば体を壊すのは当たり前だ。こんな状況が続くとモ・ニンは体を壊し、彼の胆嚢にも悪影響が出るのではないだろうか」

やがて、感情を込めて核心に触れた。

「私の孫の胆嚢は、シニューとイデン・ノゴンを敵対視しかねない。モ・ニンはとても激しやすい若者だから、かなり危険がある」

モ・シニューも、自分の息子とモ・ニンの妻イデン・ノボンが危うい関係にあることは承知していたらしい。バラウドが話し終えると深くすわり直し、かみタバコを準備し始め、しばらく沈黙したあときっぱりと言った。

「その通りだ。そんな事態は避けなければならない。ひじょうにまずい」

そして、話題はほかへ移った。

翌朝早く、ケルーン・ウワ訪問の目的だった集会は、あっさりと終了した。正午を一時間ほど回ったころ、一行は満足そうな様子で帰途についた。モ・ニンとイデン・ノゴンに関するバラウドとモ・シニューの懸念などもうすっかり忘れてしまった、という風情だった。

しかし、長老たちの心配は当たっていた。例の集会からちょうど三か月後の十月中旬、イデン・ノゴンは一番下の子どもを連れ、シニューと二度目の駆け落ちをして夫のもとを去った。

夫婦は、フィーグルからダケル・テラン川を二百メートルほど上った対岸にある、ビラと呼ばれる集落の小さな家で暮らしていた。私はモ・ニンとは顔を合わせたことはあったが、イデン・ノゴンとはひと言も話したことがなかった。フィーグルの人びとによれば、とびきり美人でいい母親だという。

駆け落ちが発覚した夜、アリマンと私はフィーグルにいなかった。数日後に村へ戻ると、だれもがびっくりし、心配している状況をメルが教えてくれた。モ・ニンは、妻がシニューと駆け落ちしたことが分かると、すぐにバラウドの元へ駆けつけた。彼はこのような状況に置かれるとカッとなりがちで、彼を知る人びとは、モ・ニンの気持ちを逆なでしないようひどく気を使った。しかし彼の胆嚢は明らかに機嫌を損ね、怒り狂っていた。駆け落ちが発覚してから、バラウドはモ・ニンに対して努めて穏やかに接した。バラウドはまず食事を取ることを勧め、落ち着くまでしばらくは残された二人の子どもたちも一緒に村の集会所で寝起きするよう提案した。また、彼の怒った胆嚢をそのまま放置することなく、手元に戻るべきものはすべて戻ってくるよう手はずを整えると約束した。そうなると、手打ち保証品として手渡された品々はすべて彼の親族に返却され、シニューの親族からは相応の罰金が支払われることになる。

モ・ニンは、フィーグルの家々を回りながら数日間わめき続け、彼の悪い胆嚢を総動員してイデン・ノゴンとその恋人の悪行を騒ぎ立てたかと思うと、槍を持ち出して力いっぱい地面に突き刺したりもした。また、バラウドやその他の法律専門家が自分の悪い胆嚢を沈静させられず、事態をうまく収拾できないで自分の気持ちが収まらなかった場合には、駆け落ちした二人の親族に対して兄とともにすさまじい復讐をしてやると息巻いた。だれもが、たとえ流血の惨事を招いても復讐したいという彼の気持ちや怒りを理解はできたが、暴力に訴えるのは「自分たちの生き方ではない」として、彼を止めようとした。彼はまだ怒りに震えていたもののフィーグルにとどまり、駆け落ちした二人を追うことはやめたので、みな安堵した。

三日目になると、バラウドの説得が功を奏し、モ・ニンも法的な話し合いがおこなえるほどに落ち着いてきた。そこでモ・シニューに、彼のわがまま息子が引き起こした事態に一刻も早く片を付けるため、集会を開くべきだというメッセージを伝えた。また、ケルーン・ウワよりもさらに遠いテレフノンという集落にも使者を送り、イデン・ノゴンの父で法律の専門家でもあるモ・ナナに、娘の結婚に際して交わした手打ち保証品を返却する手はずを整える集会に参加するよう伝えた。二つのメッセージは、自分が受けた侮辱に対するモ・ニンの激しい怒りを表明するだけでなく、親族の身に起こったことに対するバラウド自身の怒りもあからさまに伝えるものだった。さらに、モ・ニンは自分の胆嚢が心の傷を癒してくれることに強い期待を抱いており、血なまぐさい復讐は望んでいないという点も知らせた。モ・シニューもモ・ナナも、集会に参加するためにできるだけ早くフィーグルに行くという返事を送ってきた。

モ・ニンはだいぶ落ち着きを取り戻し、集会所で八日間をバラウドとともに過ごしたあと、ビラの自宅に戻った。

彼が集会所を去っても、この事件は、ここの住民や森を通り抜ける際にフィーグルでひと休みしていく人びとのうわさとして尾を引いた。バラウドなど数人は、さまざまな問題を夜遅くまで話し合い、ときに激論も交わした。自制の大切さやシニューとイデン・ノゴンの愚かさ、このような事態は悲惨な復讐劇を招きかねないという話や、モ・ニンの親族は、かなりの罰金とともに手打ち保証品のすべてを「返却」する必要があるなどの点が話し合われた。話し合いの大半はモ・ニンの親族によって進められ、モ・ニンと血縁関係にない人びとはほとんど聞いているだけで、ときどきうなずいて同意を示したり、質問をしたりした。外部の法律専門家たちもいずれ集会に出席し、適切な結論を導き出すための助言をすることになる。

モ・ニンはビラの自宅に戻った翌朝、怒りの形相でフィーグルに舞い戻ってきた。彼のための話し合いは、いつ片が付くのだろうか。すぐにでも自分の手打ち保証品が親族の手元に戻ったことを確認しないと、だれかを殺してしまいかねない勢いだ。集会所の前庭を、彼が叫び声を上げながら荒々しく歩き回るため、彼の親族などが集まり、落ち着くよう優しく説得した。バラウドも庭に降りて来て、彼の信頼を得ようとなだめにかかった。

「われわれがお前の胆嚢のために何もしていないと思ったときには、復讐に行けばいい。だが、いまは違う。お前がわれわれを信じているなら、われわれがお前のためにどれほど力を尽くしているか、分かるだろう」

モ・ニンはいくらか静かになり、この件が解決するまで、ふたたびフィーグルの集会所で寝起きすることになった。

その晩フィーグルの多くの人びとが集会所に集まり、この件について長いこと真剣に話し合った。バラウドはモ・ニンを長々と諭《さと》し、森をうろつかずにこの近くにとどまっているよう忠告した。そうすれば、万が一シニューかイデン・ノゴンの親族に何か災いが起こっても、モ・ニンの仕業にされることはないからだ。彼は、いかなる武器も、また武器として使えそうな道具さえも、持ち歩くことを禁じられた。とにかく、きちんとした法による判断が下されるよう尽力している人たちを信じて、辛抱強く待つことが大切だった。バラウドは、すべてが正しく解決され、だれかが殺されたり傷つけられたりしないうちに、親族の間で交換された品々が戻されることが理想だと力説した。彼は、法律の専門家だったモ・ニンの祖父がかつて自身の怒りを抑えられずに、集会で事態が収められる前に人を殺してしまった事実を思い返して、言った。

「あれは正しい解決法じゃなかった」

そして、これから四回にわたって開かれるはずの集会予定について話し合った。モ・ニンの親族が受けた心の傷や怒りを鎮めるための集会、駆け落ちした二人の親族どの話し合いがそれぞれ一回ずつ、イデン・ノゴンとシニューの新しい結婚を認め、これを保証する段取りを定める話し合い、二人がそれぞれの親族を復讐の矢面に立たせて関係者に悲しい思いをさせたことに裁きを下す話し合いの、計四回だ。あとの二つには、フィーグルの人びとやモ・ニンの親族は加わらない。

さらに数日が過ぎ、モ・ニンは、川沿いに一時間半ほど歩いて下ったところに住む母親と継父を訪ねた。二人とも、有力な法律専門家だった。駆け落ちがあってからすでに二週間近くが経つので、彼の胆嚢は判断が下されるのをこれ以上は待てない、とモ・ニンは訴えた。手製の猟銃を持ち出して、自分と兄とで「決着」をつけてやるとも息巻いた。この脅しには、彼が望んでいたに違いない効果があった。継父モ・アングルと母親のイデン・アミーグは、それまで以上に真剣な口調で我慢するように諭《さと》し、急いでフィーグルに行ってバラウドと協議した。モ・ニンおよび近所の人びと——総勢二十人ほど——も、それに同行した。

イデン・アミーグは、信頼できる法律専門家として無条件に尊敬されていた。集会でも、遠まわしな表現で礼儀をわきまえた話し方ができる人だった。しかし、彼女の夫はそれほどではなかった。八十歳近い年齢で髪は白く、狡猾で力強い印象を与えるモ・アングルは、ときにふだんの穏やかな表情からは想像もつかないような行動を見せた。一九二七年、集会中にかんしゃくを起こしてある男を槍で刺してしまい、アメリカの植民地当局の手で何年間かの懲役に処せられたことがある。法律専門家としての彼の評判には、おかしなくらい尊敬と軽蔑が入り混じっている。彼の雄弁さはダケル・テラン地域に広く知られており、彼が有力な法の賢人であることはだれもが認める。だが、不誠実で身勝手な人物であることも万人が証言している。

森のティドゥライ族の法制度では、法律の専門家集会で必ずしも「当方」が「勝つ」ことを競うわけではない、という特色がある。だれが「過ち」を犯し、だれが「正しい」のかを見きわめたうえで、適切な結論を導き出そうとみなが努力する。法律の専門家は親族を代表してはいるが、身内のだれかに落ち度があった場合は即座に「過ちを認める」し、その後の手続においても協力的で、決して自分の親族のことだけを考えるわけではない。

しかし、モ・アングルは陰で「ペテン師」と呼ばれ、事態の真相を究明するのではなく、自分の親族のために争う人だと思われていた。そのうえ、「ウソつき」という評もあった。話し合いを終わらせるためだけに約束や合意を交わし、それを守らないという。したがって、人びとがモ・アングルひとりに判断をゆだねることはめったになく、ほかの法律専門家たちも、彼の側に責任を分担する同僚がいないときには、彼らの胆嚢を全面的にゆだねて彼との話し合いに応じることは避けた。このような背景があるため、彼はいささか厄介もの扱いされており、集会を欠席するためのもっともらしい言い訳をでっち上げて、彼を避けようとした。そのようなわけだから、モ・ニンがまず助けを求めたのが継父ではなくバラウドだったというのもうなずける。

バラウドの家でおこなわれた話し合いは、またもや長時間に及ぶ熱気を帯びたものになった。

モ・ニンがまず自分のもとへ相談に来なかったことに腹を立てている継父モ・アングルは、怒りをあらわにして言った。

「モ・ニンは、兄貴を呼んで自分たちで決着をつけるとまで言ってるんだ」

そして、まるでモ・ニン本人はこの部屋にいないかのような調子で続けた。

「あの二人は年寄り連中が何もしていないと思って、バラウドやわし、それに自分の母親さえ、ちっとも尊敬していないようだ。これは、われわれ法律専門家のやり方がまずいということか？　あの子はわしらを信用できんのか？」

ここに至ってはじめて、母イデン・アミーグが息子に呼びかけた。ある種の権威を感じさせる力強い声で、息子のあからさまな反抗に対し、夫が表明した懸念を重ねて強調した。

「愚かなことばかり言って……。あんたと兄さんが復讐のために人を殺したりしたら、いくら私だって、あなたたちを助けることはできませんからね！」

モ・アングルも、まだどなり散らすのをやめなかった。

「何年も前、モ・ニンとイデン・ノゴンの結婚に際して手打ち保証品の手はずを整える段階で、コトはなかなかすんなり進まなかった。そこでわしは、イデン・ノゴンの父親を手厚くもてなし、大昔の犯してもいない過ちを告白し、すべてをうまく運ぶために狩猟用の槍を追加で渡すことまでして、しこりを残さないように力を尽くしたんだ」

彼は部屋をひとわたり眺め渡すと、さらに続けた。

「そこまでやったんだから、モ・ニンの胆嚢はわしを心の底から信頼しているはずだ。それなのに、だれかを刺すとか撃つなんてぬかしよる」

イデン・アミーグは息子の目をじっと見つめ、もっと具体的な話をした。

「手打ち保証品は、あなたのものではなく親族のものです。もしあなたがだれかを襲ったりしたら、親族は復讐のまた復讐という切実な危険にさらされるうえ、交換品に対する権利をみなから奪うことになるのです。イデン・ノゴンの親族を傷つけに行くとしても、だれも協力してくれないと思いなさい。ここは我慢して、怒りをあなたの胆嚢のなかにとどめておくべきです。復讐をちらつかせて脅すなど、決して許しません」

こらえきれなくなったモ・アングルは、すっくと立ち上がった。これまでの集会では、見せたことのない行動だ。モ・ニンのおかげで、彼の胆嚢はかなり損なわれているらしい。この若者が自分の親族でなかったら、確実にこの場での謝罪を求めていたことだろう。

「このばかげた事件からすでに十三日も経つのに、お前がわしのもとに来たのはやっと今朝になってからだ。尊敬の念が、まったく感じられん！」

その声には、明らかに傷ついた響きがあった。

「わしを父親として尊敬しないのなら、わしもお前を息子だとは思わないし、集会でも手助けする気は毛頭ない」

さらに続けようとしたが、そこでバラウドが発言したいそぶりを見せた。

みなの尊敬を集めるこの長老は、終始モ・ニンの目を見つめながら、静かに語った。

「孫よ、お前は以前にも一度、イデン・ノゴンとシニューに苦い目に会わされたことがあるな。そんな懲りない連中のためにくよくよするのは、もうやめようじゃないか。頭を冷やしてほかの長老たちに任せ、交換品を取り戻してもらうのを待ち、イデン・ノゴンにはかかわらないほうがいい」

バラウドはモ・アングルをチラリと見やったが、すぐ視線をモ・ニンに戻した。

「お前も知っての通り、むかし、お前の継父モ・アングルが人を殺したとき、町の裁判官は彼を地元の刑務所に入れた。お前をそんな目に合わせたくない」

その場にいた人はみな、叫び合いはもう終わったと感じた。バラウドは話し続け、部屋はしんと静まり返った。

「それに、お前はまだ若い。お前には妻がいるだけで、手打ち保証品は親族のものだ。お前のものじゃない。お前が自らの胆嚢を抑えてさえいれば、モ・ナナや親族は手打ち保証品をすべて返すか、それができなければ、返さなくてもいいようにほかの女性をお前と結婚させようとするだろう。けれどもそれは、われわれが冷静さを失わなければの話であって、だれかを襲ったりしたら話は違ってくる」

彼は、モ・ニンをじっと見つめた。

モ・ニンはしばらくうつむいていたが、やがて静かに話し出した。

「もう落ち着いてきたから、話し合いがしたい。手打ち交換品を取り戻したい」

モ・ニンは、妻だった女性を失ったことよりも、手打ち保証品のほうにかなりの関心を見せた。私は今回の件を含めて何度もこのような状況を見ているが、いつも奇妙な感じがする。もしオードリーに駆け落ちなどされたら、私は傷つき、「彼女に対して」激しい怒りを覚えるだろう。しかしティドゥライ族の社会では、手打ち保証品の処理に関する怒りが優先するほうが当たり前の反応だ。この社会では、配偶者の変わらない忠誠心よりも、夫の親族から妻の親族に渡った手打ち保証品があるべきところにある状態でこそ、名誉は守られる。モ・ニンは、彼に対するイデン・ノゴンの個人的な裏切りよりも、彼の家族の立場に対する「象徴的な」振る舞いに腹を立てていたのだった。

三人の賢人たちは、モ・ニンの怒りを復讐ではない方向に向け直そうと必死だった。ケルーン・ウワのシニューの親族と、テレフノンのイデン・ノゴンの親族の間にも、同じ懸念があった。

翌日の昼過ぎ、イデン・ノゴンの父モ・ナナから、話し合いに参じるのが遅れていることに対するお詫びが伝えられた。彼は娘の過ちを全面的に認め(駆け落ちの相手にも同等の過失はあるが、それは彼の落ち度ではない)、手打ち保証品をすべて返却するか、モ・ニンの妻にふさわしい女性を親族から探し出すつもりだと伝えてきた。

モ・ナナとその一行——ほとんどが彼の娘の親族だが、集会に列席するためにやって来た、親族ではない法律専門家も何人か含まれている——は、翌日の正午少し前に到着した。

私は、これほど長く議論の的となっているモ・ナナという人物に、ぜひとも会ってみたかった。彼はガリガリにやせていて、使い古したTシャツと短パンという姿だった。その場にふさわしく神妙な態度だったが、それほどの老人ではなく、かと言って身体的な力強さも感じられなかった。

集会はすぐに始まった。これはティドゥライ族の言う「激論を交わす場」であり、モ・ニンの怒れる胆嚢をめぐって議論が展開される。モ・ナナは集会所に入ってくると、通常の挨拶である握手を交わすこともなく、バラウドの左側の床に一メートル半ほど離れてすわった。モ・アングルとイデン・アミーグ、そのほかフィーグルの法律専門家が数人と、ダケル・テランの周辺からやって来た数人が、直径四メートル弱ほどの車座になった。そのすぐ外側には、この件に興味のあるフィーグルやテレフノンの多くの人びとが、壁を背もたれにして待機していた。だれもが噛みタバコの準備をしているため、しばらく沈黙があった。やがてバラウドが静かな口調で語り始め、モ・ナナが参加するまでに時間がかかった経緯を遠回しに説明した。

「みなさん、腹が減っているのではないかな？　もう結構な時間だ」

法的な論戦の場でしばしば用いられる遠まわしで比喩的な言い方は、「ビヌワヤ」と呼ばれる。このような言い回しを使えば、面と向かって言われたら傷つきかねない微妙な問題でも、参加者は話しやすくなる。したがって法律専門家には、これを巧みにこなすことが求められる。識見や知恵に根ざした美辞麗句を操れるかどうかで、偉大な賢人とそうでない者とが区別され、その才覚が自尊心や評判の根源にもなる。

モ・ナナは即座に、同様の婉曲《えんきょく》的な言いまわしを使って、この集会で「元の場所に返す」べき交換品を集めようとしていたために遅くなったのだと弁明した。実際には、次のように語った。

「すぐに駆けつけようとしたのですが、途中の道がひどく草深かったのです。なぜ以前より草が繁っていたのかは分かりませんが、とにかく草刈りに手間取ってしまいました。結局、伸びた草は無視することに決めました。前に進まなければならないことは分かっていましたから」

集会は、それほど長引かなかった。イデン・アミーグとモ・アングルがそれぞれ、モ・ニンの怒りと親族の辛抱強さについて、比喩的な形で述べた。話の内容は手厳しかったが、敵意を感じさせるものではなかった。二人とも、モ・ナナが娘の過失を認める覚悟ができていると語ったことにやんわりと言及した。モ・ナナは神妙に耳を傾けていたが、モ・アングルが話し終えると、はっきりと言った。

「私は娘の過ちを認めます」

ほかの法律専門家たちも、「結構だ」と答えた。

このように激しい議論が交わされた場合、ひとりまたは複数の法律専門家が親族の過失を認めるまでには、長い時間がかかることが多い。またその段階に至っても、出席しているほかの法律専門家たちが、不義と正義が事実の通りに正しく裁定されたと同意するまで集会は終わらない。今回は、一時間で過失が認められるくらい、事態は一目瞭然だったということになる。

一瞬の沈黙が流れたあと、モ・ナナが出席者に耳を傾けてくれるよう求め、苦悩をにじませながら、こんどは直接的なことばで静かに話し始めた。

「私の心づもりとしては、これからモ・シニューの協力を得るためにケルーン・ウワへ行くつもりです。娘のイデン・ノゴンとシニューが正規の夫婦となるために、われわれはまもなくモ・シニューの親族から手打ち保証品を受け取るはずです。そこで彼らに、モ・ニンが娘との結婚の際にわれわれにくれた保証品とまったく同じだけの品々を、われわれではなくあなたがたに渡してもらうように頼もうと思っています」

彼はそこにいる人びとの顔を見渡したが、まだなんの反応もなかった。

「そうしたら、われわれはそれをシニューからイデン・ノゴンへの手打ち保証品だとみなします」

息が詰まるほどの静寂を破ったのは、イデン・アミーグの静かな囁くような声だった。

「結構です」

胸をなでおろして息を整えた様子のモ・ナナは、車座の人びとを真剣な面持ちで見回して続けた。

「もはや、われわれの親族から必要な交換品を集めている時間はありません。娘とシニューがわれわれに危険を感じさせ、恥をかかせたのはこれで二度目ですし、私は病気なのです。もしもこの案に同意してもらえるなら、モ・ニンの親族に対する誠実の証に『フェヘフェフィーヨ・フェデュー』（〝傷ついた胆嚢を癒すもの〟を表す交換品）を贈りたいと思います」

穏やかだが威厳のある声で、モ・ナナが続いて尋ねた。

「これで、モ・ニンや彼の親族の方がたとの問題が解決されますように。そうであれば、イデン・ノゴンとシニューの二人はシニューの親族の責任下に置かれることになります」

そう言って、自分のクリース剣を「フェヘフェフィーヨ・フェデュー」として車座の中心に置いた。

みなは相談のうえ、これに応じた。バラウドが代表して総意を伝えた。

「よろしい、いいコメは晴雨が交互に来てこそ育つものだ」

その場にいたほかのすべての賢人が「結構だ」と答えると、クリース剣をモ・アングルとイデン・アミーグに手渡した。

バラウドが言いたいことは、明確だった。ほかの法律専門家たちとの合意を確認したうえで、彼は次の諸点を容認した。傷ついたモ・ニンの胆嚢に対する娘の責任をモ・ナナが認めたこと、モ・シニューからの手打ち保証品の返却（「自宅に戻される」）を彼が確約したこと、彼が差し出したクリース剣が、モ・ニンとその親族の正当性を公表して彼らを満足させるに足るものだということ、である。バラウドは、人の暮らしを実りのいいコメになぞらえ、自然の要素を用いた情け深い言い回しによって、モ・ナナとその親族がこの状況でできる限りの適切な処置をおこなったという賢人たちの見解を明言した。話し合いは、ほぼ終了した。ほかの法律専門家たちもこの判断に賛同し、自分たちの総意として是認した。モ・ナナが集会は終わりかと尋ねると、モ・アングルが全員を代表して「終わりだ」と答えた。

モ・ナナに食事が振る舞われたが、ほんの少し口をつけただけで、仲間とモ・シニューの村へ向けて発った。集会所を出るとき、彼はその場にいた人びと全員と通常どおりに握手を交わした。

イデン・ノゴンとシニューの駆け落ちに端を発した集会の第一回は、これで終了した。モ・ニンとイデン・ノゴン、およびそれぞれの親族の間には、平和が甦った。モ・ニンとその親族は、もはや彼女やその親族に恨みを抱いてはいない。少なくとも、元の妻とその家族に傷つけられた彼の心は癒され、胆嚢も治癒《ちゆ》された。それから数日間、モ・ニンと親族は、もう一人の専門家モ・シニューが数週間以内に遠方から話し合いにやって来るのを待ちながら、平穏なひとときを過ごした。フィーグル族は夜になると集会所に集まって話し合ったが、日中はふだんどおりの生活を送っていた。

シニューの親族に対しては、まだ割り切れないわだかまりがあった。彼らとの話し合いがうまくいかない限り、彼らに対するモ・ニンの怒りは完全には収まらない。

モ・シニューが四日後に話し合いに訪れると伝えてきたのは、ほんの十日ほど経ってからだった。約束の日の午後一時ごろ、彼と大勢の親族、そのほかの仲間たちがケルーン・ウワからフィーグルにやって来た。彼もフィーグルの賢人たちも、当事者の親族ではない近隣の法律専門家に声をかけており、その人たちも話し合いに参加するため集まって来た。

モ・シニューの一行が集会所に到着したとき、多くの人びとはすでに部屋に入っていた。彼らは静かに床にすわり、バラウドとイデン・アミーグが、年配者はそう簡単に腹を立てないから、この件は年配者の手にゆだねるほうが賢明だと若い人たちに忠告するのを聞いていた。彼らの話がひと段落すると、モ・シニューは立ち上がってバラウドや集まった法律専門家たちに近寄り、もったいぶった態度で握手をしながら、こう尋ねた。

「私はまだ、ここに来る資格があるかね？」

人びとはうなずき、イデン・アミーグが厳粛に答えた。

「ここは話し合いの場ですから」

モ・シニューは腰を下ろし、部屋をぐるりと見回した。実際の集会はこれから始まるのだが、まず言っておかなければならない大事なことがあった。

「話し合いの場を持つまでにこれほど長くかかってしまったのは、交換品を集めるためにシニューの親族の協力を得る必要があったからだ」

婉曲的な語法ではなく直接的なティドゥライ語で語られたのだが、発言には重みがあった。集会の開始前だが、すでに比喩的な含みがあった。モ・ナナと同じく、モ・シニューも、シニューの過ちを認めてこの場で問題を解決するつもりだということを、遠回しに、しかし明確に示していた。

モ・シニューの愛想のよさとは逆に、バラウドはやや冷淡な口調で言った。

「モ・ニンの親族であるわれわれは、話し合いが遅れたことを遺憾に思っているが、最終的にはこの件がうまく解決に導かれることを望んでいる」

彼はモ・シニューの目を凝視し、しばらく視線をそらさなかった。

「モ・ナナは、はじめから協力的だ。モ・ニンの手打ち保証品をあなたがたから返却してもらい、それをイデン・ノゴンの親族に対するシニューの新たな保証品として考えるとさえ言っている」

バラウドはことばを切ると噛みタバコを少しかじり、床板の隙間に注意深く吐き出した。その間、部屋はしんと静まり返っていた。やがて、彼は続けた。

「われわれやモ・ニンの怒りはかれこれ数週間も続いているにもかかわらず、町の当局に訴えもせず辛抱している」

モ・シニューが、即座に返答した。

「あなたがたの辛抱には感謝しているし、息子の過ちを認めてすべてを円満解決に持っていきたいと思っている。バラウドとイデン・アミーグには、モ・ナナの言い分をこの集会で代弁していただきたい」

モ・アングルの名を出さなかったのは、単に彼がこの場にいなかったからなのか、それとも法に携わる人間として、彼を嫌っていることをそれとなく示したかったからのだろうか。

バラウドが、静かにゆっくりと口を開いた。口には噛みタバコをたっぷりほおばっていたにもかかわらず、ことばは明瞭だった。

「モ・ナナが言いたいことは、きわめてはっきりしている。シニューの親族であるあなたがたに、モ・ニンの手打ち保証品を返却してもらいたいということだ」

それをはっきりさせたために、それからの会話はかなり打ち解けたものになった。列席者全員が事態を明確に認識でき、目に見えてくつろいだ雰囲気のうちに陽気に会話が弾んだ。最初のうちは、双方を代表する法律の専門家たち同士が火花を散らしていたが、それも消えた。モ・シニューと仲間たちはいったん立ち上がるとそろって腰を下ろし、フィーグルの人びとに向かって言った。

「われわれはここでこうして運命を甘受しているわけですから、生きて帰れるかどうかはあなたがた次第です」

それを受けて、バラウドが答えた。

「殺生はご免だ。明日、モ・アングルが来たら、何もかもうまく解決するだろう」

モ・ニンに対するシニューの過ちについて話し合う集会は、翌朝七時ごろから始まった。早くに到着し、静かにすわってコーヒーを飲んでいたモ・アングルは、穏やかな表情を引き締め、熱のこもった長い演説をぶち始めた。表向きには森で悪霊に遭遇したというたとえを使っていたが、実際には、イデン・ノゴンとの結婚でモ・ニンがこうむった苦悩や、この駆け落ち騒動の解決が遅れたために忍耐を要した重圧、モ・ニンの親族の辛抱強さなどを示唆していることはだれにも明らかだった。モ・アングルは話し終えると、葦《あし》の茎の小片を並べながら、モ・ニンの手打ち保証品として渡された品々のひとつひとつを列挙した。

モ・シニューはそれらをしばらくじっと眺め、こんどはティドゥライ語で単刀直入にこう言った。

「私の息子が過ちを犯してモ・ニンに悪い胆嚢をもたらしたのだから、その責任は取るつもりだ」

ケルーン・ウワから来た人びとも含めて、その場にいた法律専門家はみな、シニューの過失を認めた。もちろん、イデン・ノゴンにも過失があることは否めないが、この問題はすでに解決済みだ。いま問題にしなければならないのは、モ・ニンの胆嚢を無視したシニューの行動だ。

モ・シニューの一行は、八個の品々——クリース剣三本、ネックレス四本、手製の猟銃一丁——をひとつずつマットの上に並べた。周りを囲んだ人びとが、それらを丁寧に調べ上げた。何人かが、過去の歴史や判例に関する事実を比喩的に繰り返した。シニューの親族の一人が、モ・ニンからイデン・ノゴンに渡った保証品のすべてを返却すると宣言した。しかし彼は——こんどは直接的に——期限の延長を願い出た。今日すべてを返却することは無理だと言う。バラウドとイデン・ノゴンはこれを了承し、三週間後という期限を提案すると、ほかの法律専門家たちも「結構だ」とつぶやいた。午前十時ごろだった。

三週間後、ケルーン・ウワの法律専門家を何人か含めたモ・シニューの一行が、フィーグルを再訪した。バラウド、モ・アングル、イデン・アミーグとほかの地域から来た三人の法律専門家が彼らを待ち受け、直ちに集会が始まった。この最後の話し合いには、モ・ニンが出席して正式な「和解の贈りもの」を受け取る手筈になっていた。モ・シニューがモ・ニンに対し、シニューからクリース剣を、イデン・ノゴンからは真鍮の箱を、それぞれの和解の贈りものとして受け取ってもらえるように求めるところから集会は始まった。慣例では、駆け落ちの清算としてはこれが最後の物品のやり取りになる。モ・シニューは、ケルーン・ウワの人びとがこれ以上の身の危険を感じないで済む印として、その品をこの場でモ・ニンに受け取って欲しいと丁寧に求めた。一同が、承諾の意味を込めてうなずいた。モ・ニンが、残りの保証品が「本家に戻る」ことになったいま、自分の胆嚢は収まったと語った。

モ・シニューは残りの三分の二に当たる品々を差し出すと、あちこちに散らばっているシニューの親族から残りの交換品を集めるために、もう一か月の猶予を求めた。これにはモ・アングルが猛然と抗議し、自分たちは親切心から——危機的状況に終止符を打つために——手打ち保証品がすべて返却される前に和解の贈りものを受け取ったのであり、モ・シニューは約束を守って、これ以上は遅らせるべきではないとまくしたてた。すぐに、モ・シニューの親族があと三個の品を追加で贈ることを提案し、さらに、モ・ニンやシニューの関係者ではない法律専門家の一人がこう言った。

「事態を解決に導くために、私が品物を二つ出すとしよう」

輪に加わっていた数人の賢人たちが「結構だ」とうなずき、クリース剣を二本と槍を二本、そして噛みタバコを入れる真鍮の箱をひとつ、マットの上に置いた。

二週間後、モ・シニューと彼のいとこが手打ち保証品の残りをモ・ニンの親族に手渡すため、フィーグルへやって来た。彼らは、モ・ニンの手元に残されたイデン・ノゴンの二人の子どもにも、追加の交換品を携えてきた。これらの品々は「ブーヌー」(直訳すると、「母親の膝の上に置く」の意）と呼ばれ、母親が子どものもとを去った場合に慣例として渡される。ブーヌーは、母親がこれからも子どもたちの面倒を見ることや、会いに来る権利を確保することを表している。最後にこの短い形式的な集会がおこなわれ、この問題はすべて終了した。

モ・ニンとイデン・ノゴンの離婚がこれで正式に認められ、イデン・ノゴンは恋人のシニューとも自由に結婚できる。しかし二人は、それぞれの親族の面目をつぶしたという心理的な負担に耐えなければならず、親族も彼らの行動を非難し続けるだろう。自責の念はしばらく持続し、ふたたび罪を犯さないよう慎重に振る舞うに違いない。しかしもはや、モ・ニンやその親族からの暴力におびえる必要はない。モ・ニンたちの名誉は完全に守られ、胆嚢は正常に戻っているからだ。

モ・ニンのほうも、自由に再婚できることになった。彼はほどなく――駆け落ちではなく、正規の交渉を経て――新しい妻を迎えた。

私が森を離れたころも、シニューとイデン・ノゴンは一緒に暮らしていた。彼らは地域社会と制度から全面的に支えられ、励まされながら、新しい結婚生活を送っていた。離婚した二人の間にも、この件が話し合いで解決してからは、なんのわだかまりも感じられない。イデン・ノゴンは、モ・ニンと暮らしている子どもたちにいつでも会いに行けるし、彼女も喜んで会いに行くだろう。また、シニューも彼女の子どもを自分の子ども同然に扱い、子どもたちは、実の親も義理の親も愛し、尊敬するに違いない。

イデン・ノゴンとシニューの駆け落ちという事例を通じて私が描いてきたティドゥライ族の法制度は、アメリカやフィリピン国家の法制度のように、当事者同士が敵対するものではなく、競争するものでもない。法律の専門家が親族を代表することもあるが、彼らは個人的な利害のために動くのではなく、社会秩序を回復させるために邁進する。どちらかが「勝つ」ことが最終目標ではなく、あらゆる過失の所在を突き止めて当人たちにそれを認めさせ、傷ついた人の胆嚢を守って回復させるという、本当の意味での解決に至ることが目的だ。集会は、列席しているすべての人びとが、係争の経緯や結果についてきちんと話し合い、過失に対する罰金などに関して納得できるまで、しばしば長期間に渡って続けられる。出席している法律の専門家が一人であろうと十人であろうと、「一人対多数」という図式には決してならない。また問題が解決されれば、それは出席した法律専門家たち全員の功績であり、個人的な勝利にはならないし、だれかを打ち負かすことでもない。法律専門家の才覚は、他人を出し抜いたり相手に打ち勝つ能力ではなく、公平に裁くための力量だと考えられている。それどころか、結果的にだれかを出し抜いたりすると、モ・アングルのように「ごまかしや《チーター》」と呼ばれて厳しく非難されるようなことにもなりかねない。

　法律の専門家には明らかな「権威」があるが、自分たちの決定を強いる強制力はまったくない。だれかを仲間はずれにしたり、肉体的な懲罰を与えたり、刑務所に入れたり、追放したり、処刑することはできない。何が成されるべきか——だれがだれに、交換品という形でどれだけの罰金を支払うか――について同意するだけだ。そして、よほどの事情がない限り、決定した通りに実行される。

欧米の法制度では、「権威」とは「法に基づいた力」だと定義される。「国家は権威を有する」と、ある有名な弁護士は断定した。なぜかと言えば、警察や軍隊という権力を持ち、国民に対してその力を行使する正当な権利を保有しているからだ。しかし、合法的な権威は必ずしも銃から生み出される必要はないということを、ティドゥライの人びとは証明してみせた、と私は信じている。権威の根幹に、必ずしも強制力があるとは限らない。道理をわきまえた人の選択には権威が与えられるべきだし、ティドゥライ族の賢人たちには権威ある決断を下す権利がある。これは彼らが、なんらかの権力を行使しているからではなく、正義を取り戻し、それによって社会を混乱から守ることに長けているとみなに認識されているからだ。

森のティドゥライ族も、人間が怒ったとき暴力に訴えようとするのはまったく自然な反応だと認めている。そのうえで、彼らの道徳観念や法体系によれば、暴力は社会における最も深刻な解決法であるから、あらゆる方策でそれを防ごうとする。ティドゥライ族が戦うのは、彼らを奴隷として捕らえたり所有物を盗んだりする、マギンダナオ族など外部からの侵略者から自分たちの身を守るときだけだ。ティドゥライ族の男は自己防衛の気持ちの現れとしてクリース剣を身に付けているのだと、バラウドから聞いたことがある。しかしティドゥライ族の間では、暴力は嫌悪の対象だ。それは、ティドゥライ族の「生き方」ではない。

それでもやはり、人は怒ると暴力的になる可能性があり、流血の惨事や復讐という形で爆発しかねない。したがって、イデン・ノゴンがシニューと駆け落ちしたことに対するモ・ニンやその親族の激怒ぶりは、だれの目から見ても完全に理解できる。モ・アングルは、モ・ニンが彼を尊敬していないと怒り狂ったが、彼がその怒りを大声で示威するにとどめていることは、みなが確信していた。ティドゥライ族では、家族と家族の間ではつねに血を見る危険性があり得るが、親族同士は割に安全な間柄だと言える。親が自分の子どもに道徳的なしつけをしたり、ときには軽く叱ることはあるが、「世界はあるがまま」であり、「遠い人」を叱ったり、だれかの胆嚢を害するような危険は犯さない。

ほかの土地の人びとにはこのような慣習が理解できないかもしれないが、伝統的なティドゥライ族は、人間や社会の現実に関するこれらの説こそが真実だと理解している。「ただそこにある現実」であり、ティドゥライ族にとっての常識だ。これをないがしろにすれば、分別のなさや育ちの悪さを露呈するだけではなく、狂気の沙汰だと思われかねない。したがって、腹を立てたモ・ニンとその親族が問題を解決するまでの過程は、この社会で培われてきた法集団による調停というよりも、むしろ「自然治癒《ちゆ》」とでも呼ぶべき経過をみごとなまでにたどったと言える。

まずモ・ニン本人と、彼ほどではないにしてもその親族たちは、彼の傷つけられた胆嚢の痛みを表明した。ティドゥライ族は、他人の行動によって胆嚢がダメージを受けた場合、それを隠そうとはしない。胆嚢が痛めつけられた原因に対して怒るのは当然だ、と考えられている。モ・ニンがあれほど激しく怒っても、だれも彼をなじろうとしない。彼をあざ笑う者はいないし、妻に逃げられたのは自業自得だとか、それほど怒るのはおかしいと言う人もいない。彼の心の痛みは同情される。それこそが治癒《ちゆ》の出発点であり、ティドゥライ族では実際にそこから始める。

次に、怒りは抗議の叫びとなって噴き出す。モ・ニンはひどく興奮して、自分の苦悩や憤りについて繰り返し叫びながら歩き回った。また一方では、恐ろしい報復に出るぞ、と脅したりもした。これを何日間も続け、自分の嘆きが周知徹底されたという気になったのだろう。暴力に訴えないように、周囲の人びとはつねに彼を落ち着かせようとしていたが、延々とどなり散らす点についてはだれも責めず、むしろ一目置いていた。彼の親族や周囲の人びとは、ありとあらゆる手を打って怒りが収まるよう手助けをし、彼が自分の行動を反省するところまで持っていった。

続いてモ・ニンは、自分の苦悩を解決する場として、社会的に認められた――集会で話し合うという――手段を提示される。数人の法律専門家がおもな代表となって、彼の家族や地域の人びとが彼の苦悩を人びとに公表し、慎重に取り組む。したがってモ・ニンは、自分の怒りを内に秘めて、最終的に反社会的な暴力という形で行動に表す必要はなくなる。バラウドとモ・アングル、それに法律専門家でモ・ニンの母親でもあるイデン・アミーグは、罪を裁く達人として、持てる技量のすべてを動員して彼の主張を取り上げる。彼とは血縁関係にない法律専門家たちも、同じように行動する。彼の本来の人のよさに加えて、彼自身が次の行動を決定するのは自分だと気づいたときに、彼が苦しみながらも適切な判断を下したと、だれもが主張した。

最後に、一連の集会が公の場で具体的に手を貸したことによって、苦痛の原因とその責任の所在が明確になり、モ・ニンの手打ち保証品がすべて返却される形で決着した。シニューとイデン・ノゴンの行動に対する責任をともに負っているそれぞれの親族たちには、過ちを認め、交換品の返却という形で損害賠償をする平和的な裁きの場が与えられた。この交換品は、ティドゥライ族の社会的なつながりを象徴するものだと言える。その時点ではほかの集会も何度かおこなわれていて、モ・ニンとその親族に対する罪自体は、すでに過去のものになっている。彼らの名誉は公に回復され、平静さが甦った。彼らの傷ついた胆嚢も、復元した。

モ・ニンの事例に見られるこの治癒《ちゆ》の過程は、森のティドゥライ族が罪をどのように扱うかを典型的に示している。これは、優雅でゆかしい癒しの方法だ。そしてすべては、強制力や集団の暴力など用いずに進められる。

熱帯雨林で私が知る森のティドゥライ族は、暴力など使わずに法体系を通じて、傷ついた胆嚢をできるだけ早く回復させることに重点を置く。そして何よりもまず、決してだれの胆囊も傷つけないよう最大限の注意を払う。もちろん人は過ちを犯すこともあるし、つねに品行方正だとは限らない。そのため、法律専門家による巧みな裁きが必要となる。しかしティドゥライ族は、親族であろうとなかろうと、つねにおたがいを尊重し、手助けし合うよう心がけている。「すべての」暴力を防ごうと、社会的にも個人的にも労力を惜しまない。子どもたちは幼いころから、ほかの人たちを引き立て、その力になるにはこの社会で自分に何ができるかに目を向けること、また、肉体的にも精神的にも絶対に人に傷を負わせてはならないことを教えられる。

このような相互扶助、支援、尊敬の精神が、ティドゥライ族の、ことばにできないほどすばらしい気質を形作っている。いわば、知覚できる優雅さと穏やかさが融合した状態とでも言うべきだろうか。研究や調査にたずさわっているうちは、自分の文化に昔から伝わる伝統とフィーグルで目にしたものとの徹底的な違いを完全に掴み切ることができなかった。だがそのような考え方や、彼らが火をつけた私自身の変化は、ゆっくりと、だが確実に、しかも強烈に現れてきた。

私に対するフィーグルの人びとの親切さは、決して忘れられない。また、おたがいの体面や名誉を守ることを最優先し、いかなる暴力をも嫌悪していたことも忘れ得ない。森を出てまったく異なる世界――とくにアメリカにおける日常生活――に戻るたび、私はこのまったく対照的な社会の違いに衝撃を受けずにはいられない。

十二章　ミラブでの小休止　その四

ミラブで迎えたある朝——フィーグルで暮らし始めて二年目に入った一九六七年三月はじめ、私は森から「わが家」へ戻っていた——ハミーと私は「町の雰囲気を味わうため」、コタバト市まで日帰りで出かけることにした。車はウピとコタバトを結ぶでこぼこ道をひた走り、何度も跳ね上がってたがいに体をぶつけ合いながら二時間半かかって沿岸の町に到着した。ちょうど、マリアーノの店でおいしい昼食するのに好適な時間だった。昼食後、ハミーと金物屋で買いものを済ませ、映画を見に行った。いつものように、映画館は日中の暑さと湿度から避難するのに好都合だった。

映画は夕方近くに終わり、私たちは軽い食事を取りにまたマリアーノの店へ戻った。よく冷えたサン・ミゲルのビール——電気が通じている町での楽しみのひとつ——に大満足しているところへ、エビのから揚げが山のように盛られた大皿が運ばれてきた。ちょうどそのとき、通りに面した窓の外で銃声が聞こえた。窓は、私たちのテーブルから三メートルも離れていない。

またマギンダナオ族が抗争を始めたなと、直感的に推察した。「渓谷上流」と「渓谷下流」という二つの政治派閥と家系は、何世紀にもわたって流血の権力争いを続けており、双方ともコタバト市は中立区域だと見なしていた。カフェの近くに建物の二階に通じる階段があり、そのたたずまいがコタバト市をナイトクラブのような雰囲気に見せていた。完全武装した渓谷上流の若い族長《ダトゥ》とそのボディーガードや取り巻き連中が、その部屋で即席のパーティーをやっていたらしい。ラム酒とビールでほろ酔い気分になった一団が階段を降りてきて通りにあふれ出たとき、偶然、数台のジープから降り立った渓谷下流の若い族長《ダトゥ》と武装したその一味が数台のジープから降り立つ場面に出くわした。両者とも即座にジープの両側に身を潜めて撃ち合いが始まり、たちどころに大激戦の様相を呈した。

銃撃戦が始まったとき、ハミーと私は可能な限り流れ弾を避けようと、ビールを片手にテーブルの下に身を潜めていた。ハミーはこの種の事件には慣れっこで、私と比べるとはるかにのんびり構えている気配だった。彼はもともとアワンのティドゥライ族の出身で、そのあたりではときどきマギンダナオ族と戦闘があり、それが何世紀も続いている。彼はふだんからミラブの小作人たちにもライフル銃を持たせていたし、ウピ渓谷の周辺を縄張りとしてときおり家畜の水牛を盗みにやって来る山賊たちと渡り合ったときの武勇伝を何回も聞いたことがある。一、二分したところで、ハミーはのそのそとテーブルの上へ手を伸ばし、エビの皿を取った。続いて、マスタードの小皿にも手を伸ばした。私は、いささかほっとした。この状況を得がたい体験だと考えるくらい、心のゆとりを持つほうがいいようだ。

撃ち合いは激しかったが、五、六分ほどで収まった。争いが鎮まると、双方のけが人が別々に州立病院に連れて行かれた。病院では、それぞれが離れた病室で、武装兵の厳重な監視下に置かれる。コタバト市警の警官が現れて簡単な取り調べをおこなっていたが、そのうち一人がレストランに入ってきて、マギンダナオ語でハミーに話しかけた。彼らが何を話しているのかは分からなかったが、笑い合っているところからみると、どうやら今回は若い有力者がやらかした愚かな事件ということで終わったらしい。

私たちはビールを数杯ほど飲み直し、チャーハンとチキンを胃袋に収めて暗くなる前にミラブへの帰途に就いた。ハミーはいつもながら、私がフィーグルで理解を深めつつある森の人びとについて聞きたがった。先ほどの銃撃戦の記憶がまだ鮮明に残るなかで、私はモ・ニンの妻が駆け落ちしたてんまつについて話した。その事件から一年ほど経っていたが、その話をしているうちに、私の心を占めていた疑問点を語り合うことになった。

アメリカ人、マギンダナオ族、アワンのティドゥライ族——そして世界中のほとんどの人びと——は、暴力に耽溺《たんでき》しているように思える。私の祖国アメリカにおける、毎日の新聞やラジオのニュース番組がそれを証明している。戦争だ、革命だと争い、人質を取る。酒を飲んで狂暴な行為を繰り返し、自分の妻や夫に暴力を振るって、ついには殺したりする。攻撃的で暴力的なスポーツを、好んで観戦する。そしてほとんどの人が、それらは避けられないものだと認識している。さまざまな宗教に伝わる神話では、暴力が万物創生の一部として描かれている。ユダヤ教とキリスト教の聖書では、人類の黎明期には兄弟が憎しみ合ってカインがアベルを殺している。ヨーロッパの古代神話には、殺された神の血から人間が創造された、とするものが多い。紀元前の何世紀かにヨーロッパを制圧したアーリア人の最初の神々は、狂暴な戦いの神だった、などなど、枚挙にいとまがない。

世界中で、自分たちとその社会制度を守るため、悪い暴力に対していい暴力を用いると言い訳する。そのようなテーマは、マンガ本やテレビアニメ、映画や小説、また犯罪を裁く司法制度や対外政策にさえ随所で見られる。私はハミーに尋ねた。

「悪い奴らに対していい暴力を用いることが本当に唯一の方法で、それは問題解決のためだと割り切らなければならないことなのかな？　それとも、殺し合いや流血の惨事そのものを善と呼んで正当化しているだけの、文化的な神話なのかな？」

彼は、穏やかに答えた。

「分からないな。僕は暴力以外の解決方法は見たことがないから！　さっき撃ち合いをしていた若者たちも、同じだと思うね」

ハミーの観察によれば、警察や軍隊と「暴漢」や「厄介者」の行動との間には、さほどの差はない。彼は、次のような疑問を呈した。

「フィリピンのようにだれもが銃を持っている国で、暴力の善悪などだれが決めればいいんだ？　アメリカと、大差はないんじゃないのか？」

ハミーはこの夜も、枕元に置いた自動ピストルがきちんと装填《そうてん》されていて、いつでも撃てる状態にあることを、寝るときに確認したに違いない。私たちは、熱帯雨林の外側にあるこの世界には、なんの幻想も抱いていない。しかし、でこぼこ道を跳ねながら走る二時間ほどの道中、この世界は本当にこのような状態でいいのだろうか、と思いをめぐらせていた。森のティドゥライ族はいかなる暴力も否定し、認めもしない。彼らの神話や物語は、異なる世界で展開されている。だれもが心豊かで、協力し合って暮らし、人びとを分け隔てする地位もないし、人びとを虐げる権力も、傷つける暴力も存在しない世界だ。彼らが掲げる金科玉条の真理とは、たとえ肉体的・心理的・感情的・社会構造的に「いい」暴力であっても、それに依存するのは彼らの生き方にもとるということだ。

今回のミラブでの小休止中に起こった暴力の話題は、これだけでは終わらなかった。私があと一日か二日でフィーグルに戻ろうと思っていたとき、ハミーがわが家に来て、ミラブから西へ一時間ほど歩いたところにあるアランカトの村に一緒に行きたいかと誘ってくれた。アランカトという名前は、何度か耳にしたことがあった。私が知っているのは、何年も前にそこでティドゥライ族の一団が武力反乱を試みたが、エドワーズ大尉に鎮圧されたということだけだ。私はハミーに、ぜひアランカトの住民に会ってみたいと答え、メルとアリマンには森に戻るのが少し遅れそうだというメッセージを送った。

アランカトへ徒歩で行く道のりは快適で、村人も私たちを温かく迎えてくれた。彼らはエドワーズ農園の小作人で、ハミーを小さいころからよく知っていた。彼らが語ってくれた、三十五年前の短いができごとは、私の心を大いに揺さぶった。

一九三〇年代のはじめ、アメリカがフィリピンを支配するようになった影響で、ウピ渓谷でもさまざまな変化が起こりつつあった。森の樹木が、容赦なく伐採されていった。現実に関して異なった認識を持つ人びと――キリスト教徒やイスラム教徒の入植者、アメリカ人の宣教師、まったく新しい考え方を持つ植民地の役人など――が、外部からティドゥライ族の生活領域に入り込んできた。そこかしこで目新しいものが取り入れられ、変化が起こった。世界が崩壊しつつある、と感じた人も多かったに違いない。このように文化的な混乱が続くため、森の外には、新しい生活に適応するのではなく、「ベリナレウ」の叙事詩*に登場するシャーマンのラゲイ・レンクオスのひそみに習い、現在の暮らしを捨てて「空の向こう側」へ逃れたいと考える者もいた。

＊　五、九章にも登場した、このあたりに伝わる宇宙に関する大長編叙情詩。

アランカトで暴動に発展する行動の発端は、ルソン島の北方で起こった脱獄事件にあった。マウというティドゥライ族のフィリピン兵が、自制心を失って仲間の兵士をひとり殺してしまい、長いこと営倉《えいそう》に入れられた。数か月後、彼は二人の懲罰者とともに脱走し、マウは郷里のウピ近郊に戻り、ペレス山という人里離れた場所で野営し始めた。過酷な体験のため精神異常をきたしていたうえ、もはや失うものは何もないと考えていたに違いない。彼は自分がシャーマンであり、大昔のラゲイ・レンクオスと同じく東方の空の彼方《かなた》にある大精霊の国へティドゥライの人びとを導いて行こうとしているのだと宣言した。自分は報復の精霊の化身として特別に選ばれた人間だと主張し、聖なる色である深紅のバンダナをいつも身に付け、クリース剣にも鮮やかな赤い布を結んだ。

マウはすべてのティドゥライ族に対し、「人間の領域」における生活に見切りをつけ、家族全員を連れて、止められそうになってもいつでも戦えるように武装して、ペレス山の頂上にある野営地まで参集するよう呼びかけた。さらに、自分にはマギンダナオ族に伝わる魔力が備わっているので、彼の周りにいる者は、赤いものを身につけて彼を守っている限り――弾丸や弓、クリース剣などで攻撃されても肌が傷つけられることはなく、跳ね返してしまうので――安全だと語った。マウが実際に鋭いクリース剣で自らの腕を突いても傷つかなかったのを目撃した人もいた（彼らは、いま思えば巧妙にごまかされていたのだろうと、当時を振り返った）。どれぐらいの人びとがマウの呼びかけに応じて山へ上ったのか、人びとの言い分は分かれているが、相当な家族が参加したとみなが口をそろえて言うところをみると、あるいは当時ウピ渓谷で暮らしていた人びとの五分の一あまりにも達したのかもしれない。その多くは、ウピの道路沿いで生活していた農民で、長いこと暴力と隣り合わせの暮らしをしていた人びとだ。また、森を追われ、知らない間に変貌を遂げた世界から逃れようと、最後の手段として周囲の農民たちに決死の戦いを挑もうとしていた人びとも加わったに違いない。

当時の州知事で、フィリピン警察の地方分遣隊長でもあったエドワーズ大尉は、事態を憂慮した。彼が受けた報告によれば、アランカトの人びとは、大精霊の国へ向けて「まもなく」全員で旅立つというマウのことばを信じて作物を植えなかったため、ペレス山頂では激しい飢餓と病気に悩まされているとのことだった。エドワーズはアランカトの集団に加わらないよう人びとを説得する一方、マウには集団を解散し、抵抗せずに山から下りるようメッセージを送り続けた。そして、それに従わない場合はフィリピン警察隊を動員し、力ずくで降伏を迫ると警告した。

マウはさらに興奮して、むしろ挑戦的になってきた。当時の彼の側近が私に話してくれたところによると、政府は彼に対してなんの罪にも問わないことを条件に説得していたというが、マウはこれを鵜呑みにするほどエドワーズ大尉を見くびってはいなかったらしい。それどころか、アランカトの男たちを野営地から送り出し、食べものや必需品を強奪させた。彼は再三、東方の空の彼方へ旅立つのを遅らせた。まもなくマウは、大精霊のお告げだと言って従者の女性数人と結婚し、さらに図々しくなって男たちを野営地以外の土地へ差し向け、ときには既婚の女性さえ自分のもとへ連れて来させた。さらにペレス山への同行を拒んだ男を叩き殺すなど、数件の殺人も犯した。

事態が悪化し、もはや平和的な解決は望めないと考えたエドワーズ大尉は、大勢の警官隊を引き連れてペレス山のアランカト野営地に迫った。見張りからマウに、警官隊が接近しているという知らせが届き、エドワーズ大尉たちが野営地のはずれに到達したとき、大勢のアランカトの男たちは武装して待ち受けていた。先頭には、彼らの指導者がなじみの深紅のズボンに上は裸という姿で仁王立ちになっていた。彼は、大尉もたやすく理解できるティドゥライ語で叫んだ。

「撃ってみろ！　俺を撃ってみろ！　お前たちにオレは殺せまい。弾なんか、怖くもなんともないんだ。さあ、撃つがいい！」

エドワーズは、拡声器を使って呼びかけた。

「武器を捨てろ。罰せられるのは人殺しに関わった者だけで、ほかの者は自由に家へ戻れるんだぞ。降参するんだ」

彼は、みなを落ち着かせようとして叫んだ。

「戦う理由などないじゃないか。われわれは仲間だ。警察だ」

マウは赤い布を結んだクリース剣を振りかざすのみで、声を一段と荒げて叫び返した。

「撃ってみろ！　お前らの弾など役立たずだ！」

赤いバンダナを身に付けたアランカトの男たちも、自分たちのクリース剣を猛々《たけだけ》しく振りかざした。マウはたびたび振り返り、自分の魔力で守られているのだから決して傷を負うことはないと、みなに言い聞かせた。

エドワーズ大尉は、繰り返しアランカトの人びとに訴え続けた。この地域を制した軍人として、植民地の知事として、学校の設立者として、裁判所の創立者として、異教の神、または全能の神のことばを代弁する者として、そして、ティドゥライ族の女性と結婚した仲間として、彼が築いてきたあらゆる権威を動員して説得に励んだ。

「武器を捨てろ。銃にかなうわけがないじゃないか。引き金を引かせないでくれ。君たちを傷つけたくないんだ。おとなしくして、人を殺した者だけ裁きを受けろ」

マウは異常に興奮して、何度も金切り声を上げた。

「撃て！　撃ってみろ！」

エドワーズ大尉の隣には、彼の隊でも飛び抜けて腕ききの狙撃兵が控えており、大尉は彼に向かって小声で言った。

「奴を撃て」

射撃の名手が放った弾はマウの胸のど真ん中に命中し、マウは即死して地面に崩れ落ちた。男たちは高く掲げていたクリース剣を降ろして立ち尽くし、傷つかないと信じていた指導者の体を、信じられない面持ちで見つめた。これによって、アランカトの暴動は幕を閉じた。警官隊は、殺人に関わったとされる男たちすべてを捕らえ、拘束した。そのほかの人びととその家族には、隊の料理人が温かい食事を振る舞い始めた。その夜、アランカトの野営地では、集まった人びとに対してアーヴィング・エドワーズが今後の面倒を見ることを約束した。

数週間後、エドワーズ大尉はミラブに集まったアランカトの各家族の代表に、将来、自分の家族が経済的に困らないようにと所有権を確保しておいた広大な土地の半分を譲渡した。彼はできるだけ早く、各家族が十分な広さの農地を所有できるよう手はずを整えると伝えた。ただし、みながアランカトの幻想を捨て、日常生活に立ち返り、ふたたび平和に暮らすことをその条件に挙げた。エドワーズ大尉がもともと所有していた土地のうち、すでに自分の手元に残した分のほとんどすべてをウピ農業学校に寄贈していたから、これがかなり思い切った贈りものだったことが伺える。アーヴィング・エドワーズが家族に残したのはミラブのささやかな土地だけで、それは三十年後、ハミーが私の家族のために小さな小屋を建ててくれた場所だ。

大尉は、彼を知るすべての人びとに愛され、畏怖された。——もっとも、故郷を遠く離れ、現地人の妻を迎えて家庭を持つという彼の行動をまったく理解できなかった、郷里ボストンの親族は違うだろうが。ティドゥライの人びとは賢明な判断を下した、と私は考えている。彼らは、エドワーズがすばらしい胆嚢の持ち主であり、彼らにとって最善を尽くしてくれる人だということに気づいていた。

私は、アーヴィング・エドワーズにお目にかかったことはない。彼は、日本軍の捕虜収容所から解放されて十年後、私がここで教会の仕事に就く数年前の、一九五〇年代の半ばに生涯を終えた。亡くなったときには、ほとんど文無しだった。一国民として生涯を閉じたこの国で、彼はティドゥライ族を社会に組み入れようと骨を折った。私は、ティドゥライ族を「文明化する」という彼の夢を全面的に評価しようとは思わない。しかし、だれかがウピ渓谷でアメリカの領土拡張活動の片棒を担がなければならなかったとしたら（二十世紀のフィリピンとアメリカの歴史を考えれば、そうなるのは避けられなかったと思われる）、それがエドワーズ大尉でよかったと私は思う。彼が並外れて、思いやりと誠実さにあふれた考え方の持ち主だったことは疑いない。アーヴィング・エドワーズは、多くのアメリカ人やそれ以前のスペイン人のように、世俗的な財産を得るためにフィリピンにやって来たわけではない。彼が心から信じていた、よりよい世界を与えるためにやって来たのだった。

それから二日ほどして、私はオードリーと息子たちに別れを告げ、フィーグルへの帰途に就いた。帰ったら、年配者たちにアランカトの暴動について覚えているかどうか尋ね、いろいろ聞いてみようと思っていた。しかし、私がいくら考え抜いた質問をしたとしても、彼らの答えは察しがついた――「モ・リニ、いかなる暴力もよくないことなんだ。それは、われわれの生き方じゃない」。

十三章　シャーマンと神聖な食事

フィーグルで暮らすようになってからずっと、私は精霊とその世界についてだけは調査の対象にしてこなかった。私が森に入った目的に関して懸念する人——私がかつて「シュレーゲル神父」としてウピの教会にいたことに気づいた人——がいたため、人びとを改宗させようとしているのではないかと恐れられるのが嫌だったからだ。そのため、研究対象はティドゥライ族の法体系や経済制度、言語に絞っていた。

精霊に関するいくつかの単語は覚えた——きわめて多くのことばが、さまざまな形でそれらと関連していることにも気づいた——が、本当の意味は漠然としか知らなかった。時が経ち、ティドゥライ族の世界の奥深くにはまり込んでいくにつれて、シャーマンの役割を取り上げないでいることがますますいらだたしく思えてきた。そこには、私がほとんど知らない重要な思考と行動の領域が存在していた。

シャーマンの役割には、まず病気の治療があった。

フィーグルに来てまもなく、この近辺の共同体に二人いるシャーマンのうちのひとり、語り部でもあるモ・ビンタンが、長い間ひどい頭痛に悩まされているモ・トンの家に呼ばれた。モ・トンの家はすぐ近くだったので、妻イデン・トンからシャーマンの行為を見に来ないかと誘われた。

モ・トンの家の周辺では、五人がドラを打ち鳴らして演奏していた。水で冷やした葉をおでこに載せてゴザに横になっているモ・トンに、モ・ビンタンが近寄った。モ・トンは、痛みがいつごろから続いているのか、また首筋を指し示しながら、どのように痛むのかをありのままに伝えた。

それを聞いて、モ・ビンタンは明快に告げた。

「ああ！　痛いはずだ！　首に石が入っているよ！」

彼はモ・トンの首を、ゆっくりと強く揉み始めた。特定の場所を集中的に揉んでいると、ハシバミほどの大きさの湿って輝く小石が出てきた。二人とも、石を取り除いても症状が一時的に収まるだけだということをよく承知していた。シャーマンは次に、精霊の怒りを鎮めなければならない。

私はこの一連の行為を、一切の偏見を捨てて見入った。モ・トンの具合はよくなり、私はこのできごとの一部始終をノートに書き記し、一年半ほど記憶の片隅にしまい込んでおいた。その間、人びとの体から石以外のものが取り出される様子を何度も見て、シャーマンの治療技術について、より適切な質問ができるようになった。ある日、モ・トンの首から取り出された石について、私が礼儀正しく尋ねると、モ・ビンタンはこう答えた。

「治療で石を取り出すことは、よくある。これは見せかけの手だ。石は口の中で噛んでいるビンロウジュに隠してあって、それをモ・トンの首から取り出したように見せただけだ。モ・トンはだまされて、具合がよくなったのさ。ただもちろん、彼が怒らせた精霊とは話し合ったがね」

言うまでもなく、モ・ビンタンは人の注意をそらしたり、早業でごまかす手品の達人だった。しかし、依頼人をだましたり自分の評判を高めようとして隠し芸を披露したわけではない。小石など異物の「摘出」を、心理効果を狙ったある種のニセ薬のように、治療の過程における補助的ながら有効な技術だと考えている。モ・トンにとって重要な治療行為は、モ・ビンタンなどのシャーマンにしか見えない精霊の世界においておこなわれる。

シャーマンには男も女もいて、森のティドゥライ族の居住地に必ずひとりは住んでいる。モ・セウとモ・ビンタンは精霊と対話でき、フィーグルでも傑出した存在だ。二人は眠っている間にも、私たちが夢と呼ぶ世界で精霊に会って話すことができるという点で、ほかの人びととは雲泥の差がある。ティドゥライ族には「夢を見る」という概念、すなわち睡眠中は異なる意識下にあるという感覚がない。ただ、眠っているときには自分たちの魂が体を離れ、さまよっているのだと思っている。このような感覚はだれにでもあるのだが、たいていは目が覚めたあと、さまよっていた夜の記憶がほんのわずかに残っているだけだ。ほとんどの人は、起きている間はもちろん、眠っている間にも精霊と会ったり、話したりはできない。

それができる能力を授かった人が、シャーマンになる。

エラブに近い集落で暮らしていたモ・ビンタンは、自分がシャーマンだと自覚し始めたいきさつを私に語ってくれたことがある。彼がまだ小さかったころ、夜、魂が抜け出ているときに、それまでに会ったこともないし、またほかの人も顔を合わせたことがないような種類の人びとと自分が会っていたことに気づいた。彼は言った。

「最初はなんだか恐ろしかったが、すぐに、精霊の子どもと遊んだり、大人の精霊たちの知恵に耳を傾けたり、話したりすることが、自分にとっては当たり前のことに思えてきたんだ」

大人になると、彼はこの夜の巡行に、より熟達したシャーマンを同伴することもあった。彼は、さらにこう続けた。

「私は、夜間は彼らを観察し、昼間に彼らと論じ合うことでいろいろと身に付けてきた」

精霊を表す一般的な単語は「メギナレウ」で、これは「目に見えない人びと」を意味する。しかし実際は、モ・ビンタンをはじめとするシャーマンには精霊が見える。つまり、決してぼんやりとした幽霊などではない。精霊は、人間とほぼ同じように血や肉でできている。ただその大きさや肌の色はさまざまで、独特の服装をしており、私には決して彼らを識別することはできない。

私が知っているすべての森のティドゥライ族にとって、精霊の存在は疑問の余地さえない。シャーマンの目にはいつでも精霊の姿が見えることを知っているから、精霊は「目に見える現実」だとも言える。シャーマンは精霊との対話や交流を欠かさず、シャーマンではない一般の人びとは、シャーマンから伝えられる内容をそのまま受け入れる。精霊は「超自然的なもの」ではなく、樹木や岩石と同じく「この世のもの」だ。宇宙全体は、自然が織り成す巨大な共同体（のちに私はどれほど巨大であるかを知ることになる）であり、すべての生物の、生前および死後の暮らしの基礎や背景を形作っていて、人間はその一部分に過ぎない。

シャーマンには、二つの主要な務めがある。最も日常的におこなわれるのは、だれかがうっかり精霊の怒りを買ってしまったときに、その怒りを鎮め、精霊の世界との調和を取り戻すという行為だ。精霊も、少なくともその大半が原則は人間と同じで、思いやりをもって丁重に接していれば、精霊も同じように接してくれる。しかし、精霊が目に見えないだけに、不注意で彼らを怒らせてしまうこともよくあり、それに対して精霊は人間を病気にするという仕返しに出る。これが、ティドゥライ族が認識している病気のおもな原因だ。

だれかが病気になると、シャーマンは睡眠中に、怒っている精霊を捜し出す。シャーマンは、人を裁く集会における法律の専門家と同じ方法で、病人を健康体に戻すための罰金や償いに関して交渉を重ねる。この制度は相互的なものであり、精霊に過ちがあった場合は、病人に対してなんらかの償いがなされる。さまざまな精霊たちのなかには、もめごとを裁く法律の専門家もいるし、人間と話し合う精霊界のシャーマンもいる。シャーマンは精霊と対話できる能力を授かっているので、ティドゥライ族に対する治療の最前線に立っている。

つまりほとんどのシャーマンは、「ムワ」すなわち「医者」——薬やそのほかの技術を用いて病気やけがを治療する専門家——を兼ねている。医者は、さまざまな薬用植物や樹皮、そのほか森で手に入る治療薬について豊富な知識を持ち、マッサージや整骨、温熱療法などの理学療法にも長けている。彼らは自らの手や薬、また心理効果のためのニセ薬まで動員して患者を治癒《ちゆ》し、大いに安心感を与える。医者のなかには、精霊が見えないためにシャーマンではない者もいるが、このような医者の治療はときに効果を見せない場合も起こる。しかし——次の章で説明するような理由によって——シャーマンは「つねに成功する」。

シャーマンのもう一つの務めは、毎年四回、「カンドゥリ」という神聖な食事の儀式を地域社会で執りおこなうことだ。この儀式は、スウィッデンにおける農作業の重要な節目におこなわれる。精霊の協力がなくては大地から作物は収穫できない、とだれもが確信しているから、儀式では感謝を込めたごちそうが振る舞われる。

フィーグルで暮らし始めて三か月ほどたったころ、私ははじめての「カンドゥリ」を経験した。

「モ・リニ、こっちに来て写真を撮って！」

モ・エメットが、儀式を祝ってフィーグルのほかの集落からやって来た家族の写真を撮るためにポラロイド・カメラを持って来て欲しいと私に声をかけたのは、その日の午後になってこれが三度目だった。カメラを持って大きな家に行くと、彼らが考える写真用のポーズ、いわばこわばった姿勢に無表情な顔――「法の裁きを下す集会での顔」――をした家族が、カメラに収められるのを待ち受けていた。彼らは、微笑んだりしたら威厳が損なわれるとでも思っているらしい。私の写真には、いつも無表情で特徴のない、いかめしくさえ見える表情をしたフィーグルの人びとが写っている。しかし、カメラから写真が出てきて私がその複写を渡すと、彼らの表情は一転して笑顔になる。

夜になると、フィーグルでは翌日に控えた神聖な食事の儀式に対する期待が膨らむ。フィーグルに来てまだ間もないころ、最初の「カンドゥリ」に立ち会ったときには、眼前の行事の意味はほとんど分からなかったのだが、思わず夢中になった。実際の儀式は朝にならないと始まらないが、あちこちで歌声が聞こえ、みなの気持ちは高揚していた。

些細な点も見逃したくなかったので、夜明けとともにカメラと筆記用具を携えて家を飛び出した。モ・ビンタンなどフィーグルのシャーマンたちはすでに勢ぞろいして、午前九時ごろに始まる儀式が何もかも順調に進行するように、集まった人びとに指示を与えていた。近郊の集落からやって来る人びとはほぼ前日中に到着していて、大きな集会所か、自宅がある者はそこで前夜を過ごしていた。

ドラが鳴り続け、多くの人びとが私のカメラに収まった。やがて二人の若者が大きな籠を一つ運んできて、庭の中央に据えた。籠が置かれると、儀式用の畑から収穫され、特別な香辛料を混ぜたコメを入れた小さな籠を持って、各家族（私たち研究者三人は、イデン・エメットとモ・エメットの家族と見なされた）の代表が列を作った。フィーグルのもうひとりの著名なシャーマンであるモ・セウが籠のそばに立ち、各家族のコメが入れられるたびにしっかり混ぜ合わせる。その間、約二十分ほど、モ・ビンタンが精霊たちの参加を歓迎する短い演説をおこなった。主旨は次のようなもので、彼は東を向いて呼びかけた。

「世界はわれわれすべてのものであり、おたがいに助け合って生きているのです。さあ、一緒に祝いましょう」

そのあと、全宇宙を含む、北、西、南の方角に向けても同様の呼びかけをした。モ・ビンタンによる精霊への呼びかけが終わり、最後の家族のコメが混ぜ合わされると、二組のシャーマンとその妻が、各家族の小さな籠にふたたびその混合米を入れ、バナナの葉で包み込む。

コメを混ぜ合わせるこの第一段階が完了すると、ふたたびドラが鳴り響き、みなが賑やかに集まって川に向かい始める。コメを入れた籠は、夕方までそこで水に浸される。この作業は——または儀式におけるどの過程も——際立って恭《うやうや》しくおこなわれるわけではない。人びとは陽気に振る舞い、西洋の典型的な宗教行事に比べると、この日はよりパーティーに近い雰囲気だ。人びとがまじめくさったそぶりを見せるのは、私に写真を撮られていることに気づいたときだけだ。

昼を過ぎると、数人の男が調理の準備を始めた。薪を並べて火をつけ、その上に両側を支えた長い棒を渡した。一時間ほど蹴まり「シファ」に興ずる男たちもいたし、竹製のツィターで曲を奏でる女性たちもいた。モ・トンは彼の専門のひとつである手製のフルートを吹いて、私たちに忘れがたい思い出を与えてくれた。各家庭で、調理した鶏肉料理と固ゆで卵を準備する。これらは、儀式の次の段階で食べる。若者たちのなかには、ドラの音に合わせて夕方まで庭で踊っている者もいた。ダンスではときおり、女役を務める男や男役を務める女の姿も見られた。

午後五時ごろになると、薪は熱い残り火の状態となり、ドラが独特の旋律で打ち鳴らされ、川岸へ行ってコメを取って来る時間だとみなに知らせた。

川に到着すると、コメに何ごとも起こらないように見守っていてくれた精霊に対し、モ・セウが感謝の言葉を述べた。集落に引き返すとすぐ、各家族は水に清められたコメを籠から取り出し、長さ七十五センチほどの二本の竹筒に詰める。次に、コメがこぼれ落ちないよう竹筒の両端をふさぐ。ドラが一段と高く激しく連打されると、それぞれの家族がコメの入った筒を回して交換し始め、結果的に最初に持っていたものとは違う筒が手元に残る。竹筒を回す間、人びとからは笑いと歓喜の声が上がる。最後に、筒を残り火の跡まで持って行き、その場に置いて数時間かけて炊く。

夜九時ごろになるとご飯が炊け、竹筒も手に持てる程度に冷めてくる。モ・ビンタンがみなの中心に立って、自分の筒からご飯を少し取り出し、ゆで卵と鶏肉のひとかけらずつとともに、十五センチ四方ほどに切ったバナナの葉の上に載せる。そしてドラの音が鳴り響くなか、精霊への供えもの——彼らの分のごちそう——として、先端が広げられた竹の棒にそれを置いた。

モ・ビンタンが、まず東の方角に向かって言った。

「精霊に、感謝の念をささげます。あなたのご助力がなければ、豊かな暮らしはなりたちません。収穫への助力も惜しまず、あなたが世話をした植物や動物を食べものとしてわれわれに分け与えてくださる。われわれはおたがいに協力し合いながら、ここで暮らしています。この場に加わってくださることに、敬意を表します」

次に、北を向いて続けた。

「大精霊は、森の世話をするためにわれわれを創造し、森は必要なものすべてを与えてくれます。ともに祝いましょう」

続いて西に向かって、こう言った。

「この食べものは、われわれが協力し合って育てたものです。この世界の仲間として、あなたがたを歓迎します」

最後に、南を向いた。

「あなたがたは、われわれの兄弟姉妹です。大いなる敬意を表して、われわれが収穫した食べものを、ニワトリや卵とともに召し上がってください」

精霊がこのささやかな供えものを食べることはないと、みな分かっているようだ。重要なのは、これらが犠牲として捧げられるのではなく、もてなしを意味する分け前として供えられ、正式な感謝の気持ちとして奉納されるという点だ。

炊き上がったご飯が入った竹筒をふたたび家族の間で回し、約二十センチほどのひとり分の長さに切り分けると、家の中に供える。夜がふけるまで、人びとは歌い、踊り、楽器を演奏し続け、その間、儀式の食事には含まれていないくだものなどを口にする。ここ数日のうちに市場へ出かけた人が、ケーキやクッキーを提供することもある。

午前二時、ドラがいっせいに、儀式のこの瞬間の特別なリズムで打ち鳴らされ、クライマックスの到来を告げる。どの家族も――家の中にいる者も、集会所に残っていた人も――このために調理され、何度も交換されたご飯と鶏肉と卵を食べる。

いろいろと観察したり、質問をしたり、メモを取ったりしながら、この長い日を過ごしたため、私は疲れ切って横になった。そして、大きな家の歌声を遠くに聞きながら、眠りに引き込まれていった。

カンドゥリが単なる食事ではないことは明らかだ。精霊の重要性を随所に織り交ぜ、全住民が参加する饗宴であり、定期的におこなわれる宗教的な行事だ。儀式に用いられるコメには象徴的な意味はあるものの、それ以上の含意はない。だがカンドゥリには、キリスト教の伝統的な儀式であるミサに相通ずる部分が数多くあるように思える。二つの儀式とも、実体的な現世だけに関わるのではなく、より広い意味で日々の生活を賛美し、その拠りどころを示す。またどちらも、個人ではなく生活共同体を重視し、その共同体が根本的な中核で現実をどのように認識しているかを問題にする。そしてどちらの儀式も、現実に基づいた宇宙空間や神話の領域に対する供えものやそれとの一体感を伴う。ともに、現実世界の中心にあるべき姿を、儀式として敬《うやま》う。

しかしカンドゥリとミサにこのような共通点があるにしても、儀式のやり方や雰囲気はきわめて対照的だ。それぞれの文化的な基盤が、まったく異なっているからだ。

カンドゥリは、法の裁きを下す話し合いや「シファ」のゲームと同じように、万物の相互依存関係を踏まえた徹底的な平等の雰囲気のなかで催される。キリスト教の典礼は、教会と同じく、神や教会の権力が厳格に階層化されている。カンドゥリのやり方を見ると、森のティドゥライ族の思想や行動、日々の生き方がまったく違う世界のものだ、という感を深くする。

このような特徴を、ティドゥライの人びとが明確に認識しているわけではない。もし私が、この儀式を近隣の住民が総出で年に四回もおこなうのはなぜかと尋ねたら、次のような答えが返ってくるだけに違いない。

「そういうものなんだよ。ともに働き、ともに遊び、ともにカンドゥリを祝う。それがわれわれの生き方なんだから」

そしてある意味では、そのように簡単で気取りのない答えこそが真実だと言える。スウィッデンにおける農作業では、近隣の人びとの協力なしにはほとんどの作業が進まず、みながおたがいの畑でいっしょに働くという話は前に述べた通りだ。儀式におけるコメの交換にも、このような相互依存の考えが鮮やかに反映されている。どの家族も、自分たちがいっしょに働いた近隣の畑のコメを少しずつ、収穫には欠かせない手助けをしてくれた精霊とともに食べていると認識している。カンドゥリは、ティドゥライ族の最も基本的な社会真理を儀式の形で表している。音楽やことばや行動が、すべての人びとは豊かな生活を送るうえでのパートナーであり、おたがいに依存し合っていることを示している。

カンドゥリに似たそのほかの儀式としては、過去の罪に対する「罰金」を支払うという意味で、ある特定の精霊に食べものを供えるというしきたりがある。ただしこの儀式はもっと小規模で、シャーマンだけでなく、シャーマンではない医者が執りおこなうこともある。話し合いの場で決められるこれらの供えものは、怒っている精霊の胆嚢を「フィヨ（いい）」状態に戻し、病気やけがを回復させる。また作物の本格的な収穫を前に、実ったコメやトウモロコシの「お初穂」を切り取るというちょっとした風習など、ほかにもさまざまな状況に応じた数多くの儀式がある。しかしカンドゥリの精神は、それらすべてに通じる。つまり、ティドゥライ族が認識するこの世界の本質的な部分を、形で表していると言える。フィーグルの人びとは、みなで力を合わせて苗を植え、育て、コメを収穫するという方法に代表されるように、生活のあらゆる面で優雅に協力し合って暮らす場合に限り「豊かな生活」が実現すると知っている。

ふと気がつくと、フィーグルの家で何時間もすわったまま、ここの人びとが認識する世界や、私が「普通」だと思っていたことについて――しばしば重い気分になりながら――考えていた。沿岸の町レバクへの行き帰りなど、森の小道を長時間かけて黙々と歩いていると、私の心は自分の文化とティドゥライ族の文化の間を行きつ戻りつしている。

心の奥底では、ティドゥライ族の考え方が正しいと感じていた。競争や階層、強制力、暴力などを否定する考え方――フィーグルで暮らして理解し始めたティドゥライ族の知恵の核心部分――は、自分の生活でなんとしてでも実践していきたい私の主義となりつつある。残りの生涯を森で過ごそうとか、違う人間に生まれ変わろうとかは思っていない。しかし、私が生まれ育った環境のなかでどう生きるべきかという信念は、紛れもなく変化しつつあった。

私は、ティドゥライ族の現実に対する見方を、彼らの「精神性」を呼ぶことが多かった。私たちがふだん使っている「精神性」ということばには、いくつかの異なった意味がある。私にとっての精神性とは、完全なものやしかるべき意義に到達するまでに自分が選択する道程すべてを意味する。そして、私たちを完璧で申し分のない存在たらしめるための思索も、精神性だと思いたい。人はだれでも、気づいているかどうかは別にして、つねに精神の探求を続けている。生きることの意味を探し求めるのが人間だ、と言える。人類学者や言語学者は、隔離されがちな伝統的な閉鎖社会には、「精神的な」とか「神聖な」ということばが存在しないことが多い、と指摘する――そもそも生活のすべてが精神的であり、万物が神聖だからだ。

伝統的なティドゥライ族にとっても、明らかに生活のすべてが精神的だ。彼らが考える豊かで意義のある生活とは、最大限に優雅な相互作用を通じて、徹底的な平等主義に基づく協力関係のなかで送る暮らしである。このような観念は、彼らの社会生活全般やあらゆる考え方の基本になっており、各人にも深く根づいているため、それ自体を表すことばを必要としなかった。「協力」ということばが持つ含蓄を厳密に尋ね回ったところで、彼らから返ってくる似た単語は「労働」や「生活」などだろう。「宗教的」とか「精神的」ということばについて尋ねても、当惑した表情で見つめ返されるだけに違いない。そうでなければ、マギンダナオ族の人びとから聞き覚えたイスラムのことばや、宣教師に教わったキリスト教のことばが返ってくることだろう。ティドゥライ族は、そのような意味のことばをそもそも持っていないからだ。彼らは「精霊」ということばは持っている――なにしろ、この世界は精霊だらけなのだから。また、さまざまな精霊の名前もある。精霊が住んでいる場所やその行動、外見、信用できるのかどうかなどについての知識も豊富だ。しかし、そのすべてがティドゥライ族の日常生活の本質的な部分ときわめて密接なため、全体を言い表す単独のことばは必要としなかった。

実際、私から見て「宗教的」と呼べるような考え方や行動が彼らに見られないのは、ティドゥライ族の生活のすべてが「精神的」だからである。「宗教」ということばは、精神に関するある特定の歴史的な見解を保護し、奨励するために作り出された伝統や慣行にこそ当てはまるのではないか、と私は考えている。そのような意味で、仏教やイスラム教、キリスト教は「宗教」だと言える。

私が認識する宗教の特性から考えると、ティドゥライ族の伝統的な生活はすべて宗教と言えるのかもしれない。だが、それも奇妙な話だと言える。なぜかと言えば、一般に世界の宗教は、それぞれ独自の用語や思考体系、特命を受けた指導者、儀式、特徴的な建物などとともに、別々の社会制度として出現したものだからだ。それらの宗教では――われわれ西洋人のものの見方も同じなのだが――「神聖な」領域と、それ以外の「神聖を汚す」ないし「世俗的な」生活とを区別している。小作農民として暮らすことを強いられるようになったティドゥライ族は、まもなく、何が「世俗的」で何が「神聖」なのかに関して外界とは大きな見解の相違があるということに気づいた。フィーグルのティドゥライ族にとっては、相互関係を無視して峻別《しゅんべつ》できるものなど、何もない。万物に、精神的な意義が満ちあふれている。森や、そこで暮らすあらゆる生きもの、スウィッデンの作物、川を泳ぐ魚や、川そのもの、山々、ティドゥライの人びと、そして彼らの肉体や感情のすべてに。

十四章　ミラブでの小休止　その五

わが祖国アメリカの医療施設は、必ずしもティドゥライ族と同じ気持ちの通い合った状態で運営されているとは言えない。そして、フィリピンの地方の病院――少なくとも、当時コタバト市にあった州立病院、およびカトリック教会のシスターたちが運営するドミニコ修道会病院の二つ――は、さらに劣っていた。

これは、六月の第二週に、アリマンを急患としてコタバトに連れて行ったときに体験した話だが、あくまで私個人の意見である。そのころ私たちは、十日ほどのうちに「帰省休暇」を取ってミラブに帰ろうと計画していた。しかし、アリマンがかつて材木運搬トラックの走行中に事故で負った古傷が悪化して化膿してきたようなので、予定を早めて出発することにした。アリマンは苦痛に耐えていたが、レバクまでの長い道のりを自分の足で歩いた。私たちはレバクで漁船を雇い、コタバトまで直行した。明け方四時に町の船着き場に到達し、ジープの運転手を叩き起こしてまっすぐドミニコ修道会病院へ向かった。そのころになると、アリマンの疲労は激しく、痛みも相当ひどくなっていた。

病院に緊急治療室はなかったが、受付の女性は朝になったら医師がアリマンを診察してくれると請け負い、私たちを看護婦のいる病棟へ連れて行った。私たちは二人ともひどく汚れていて、仕事着も旅の途中でよれよれになっており、肉体的にも外見的にも疲労困憊《こんぱい》の態に違いなかった。看護婦はアリマンをがらんとした病室の狭いベッドに案内すると、カバーもしていない薄いマットレスを広げ、彼の回復を祈った。蒸し暑い夜だったが、少なくともシーツの一枚ぐらいは置いて行ってもよさそうなものだった。

彼女は次に私に向かって、ベッド脇の床に自分のゴザを敷いて寝るようにと言った。それが、ふつうの習慣だ。当時、フィリピンの田舎の病院では食事も提供されなかったから、家族が患者のベッド脇の床で休み、食べものは近くのカフェで買ってくるか、病院の裏にある共同調理場で作るしかなかった。それでもやはり、気をもみながら続けてきた長旅の最後の二、三時間を、固い床の上で寝るのかと考えただけで気が重かった。

突然、やけくそ気味のうまい考えが頭に浮かび、柄にもない行動に出た。自分の荷物をアリマンのベッド――彼はもう横になっていた――のそばに置くと、威厳を含んだ声できっぱりと言った。

「私はスチュワート・シュレーゲル神父だが、ベッドで寝かせてもらえるかな！」

驚いた看護婦が文字どおり全速力でドアに向かって走り出したので、私はその背中に追い討ちをかけた。

「それから枕も！」

数分もしないうちに、眠そうな修道女が、やはり眠そうだが不安げな助手を二人伴って現れた。助手たちは、シーツと枕、薄い毛布を二枚、運んできた。

「申し訳ありません、神父さま。何も知りませんでしたので」

助手があわててベッドを整えている間、病室には何度もこの言いわけが響いた。修道女と助手たちは、お辞儀をして病室を出て行った。私は聖公会《エピスコパル》の司祭であり、カトリック教会の神父ではないという事実が朝まで発覚しないよう願った。私はアリマンと忍び笑いをし、安らかな気持ちでぐっすり眠った。

翌朝アリマンの親類と連絡を取り、病院で彼に付き添ってくれることを確認したあと、私はミラブ行きのバスに乗った。アリマンは感染症を患っていたことが判明したが、抗生物質のおかげで一週間ほどで回復し、私より何日か早くフィーグルへの帰途に就いた。

家に着いてからオードリーから聞いたのだが、三週間前にウィルもドミニコ修道会病院で診察を受けたのだそうだ。彼女の話では、土曜日にオードリーがアルメニアとウピの市場にいた間、ウィルは教会に残って遊んでいた。そこで彼は、裂いた竹の破片を口にくわえたまま大きなコメの麻袋に足を取られて転び、竹の棒がのど奥の粘膜に刺さった。教会の診療所で、看護婦アンネ・ドゥーモがウィルの傷を消毒したが、破傷風の追加抗原（訳注＝抗原の補助刺激剤で、前に投与した抗原に対する抗体の産出効果を維持または更新する免疫性の薬剤）を投与すべきだと考えた。オードリーは診療所に駆けつけると、アンネがふだんから使用している破傷風抗毒素（訳注＝毒素を中和して無毒の物質に変える抗体）のワクチンをウィルに投与することに異議を唱えた。

このワクチンは馬の血清からできていて、アンネ・ドゥーモもよく覚えているに違いないが、私は数年前に教会で激しいアレルギー反応を起こした。ひどい発疹と、軽度の過敏性ショック（訳注＝輸血や薬剤内服後などに起こる異種タンパクに対する反応過敏状態）症状を起こし、アンネとオードリーと修道女の看護婦が、あわてて私を救急病院へ運び込んだ。抗毒素が原因で、あやうく死ぬところだった。息子たちに私のアレルギー体質が遺伝していてもおかしくないと知り、オードリーと私は、破傷風のトキソイド（訳注＝免疫原作用を損なわずに無毒化した予防剤）の水薬瓶をいくつか冷蔵庫に保管している。これは、馬の血清を使用していない新種の破傷風ワクチンだ。問題は、アンネがこのワクチンになじみがなく、自分の知らない薬品の投与を恐れたことだった。彼女はオードリーとウィルをハミーのトラックに乗せ、コタバトに向かわせた。

ドミニコ修道会病院でも、診察に当たった医師はトキソイド・ワクチンを知らず、投与を拒んだ。そのとき病院にいた数人のほかの医師も、同様だった。ついに、オードリーがもどかしさと心配で爆発寸前になったとき、アメリカで研修を受けて戻ったばかりの若い女医ならどうかと提案した者がいた。オードリーが町にある彼女の診療所を尋ね当てて訪れてみると、彼女はあらゆる種類のトキソイドに精通しており、破傷風のワクチンのひとつとしてベトナムで米軍も使用していることを知っていた。彼女がウィルにワクチンを注射し、ストレスと緊張で疲れ切った母子は、ミラブまで重い足を引きずって帰った。オードリーの話にひとまず安心したものの、少なくともこのフィリピンの奥地における、緊急時の医療制度の遅れ具合に戸惑ってもいた。

ハミーと夫人に、ドミニコ修道会病院へアリマンを連れて行ったときの私の厚かましい話と、ウィルがけがをしたときのオードリーの悲惨な経験談を聞かせると、ハミーは私たちを見つめて言った。

「ああ、そこは数年前、君たちがシカゴにいる間に僕が盲腸の手術をした病院だ」

結婚した彼の姉のコーラが彼を病院に連れて行き、待合室で待っていると、看護婦がやって来て、手術室に入ってハミーにタバコを吸わせてあげて欲しいと言った。虫垂切除の手術はまだ途中らしかったが、なんと麻酔が足りなくなったため、手術が終わるまでタバコを吸っていれば患者の痛みも和らぐのではないかと考えてのことだった。

ミラブにいる一週間のうちに、オードリーと息子たち――本人が望めばハミーも――に対して、こんどは私とともにフィーグルに行ってみないかと提案した。私はすでに一年あまりフィーグルで過ごし、村の人びととも打ち解け合っていた。このような状況であれば、亜麻色の髪をした息子二人と妻が村に来ても、混乱を引き起こすことはあるまい。まして、ほんの三、四日の滞在なら無難だろう。それに、私の家族がフィーグルの人びとや何度も聞かされた場所に興味を持っているのと同じくらい、彼らの多くもイデン・リニ（リニの母親、つまり著者の妻オードリー）やリニ、ウィルに会いたがっていると、私は家族にいつも話していた。いろいろと相談したうえ、アリマンを前もって出発させ、家族の荷物や、疲れて歩けなくなった場合には息子たちを運んでもらうため、フィーグルの男数人と一緒に森のはずれまで迎えに来てもらうことにした。オードリーはすばらしい計画だと言い、レンとウィルはこの決定に「ヤッホー！」と歓声を上げた。

シュレーゲル一家のフィーグル訪問に当たって、ヒッチハイクをする必要はなかった。ハミーが、朝早くトラックでコタバトまでみなを送ってくれたからだ。エドワーズの農場の従業員二人が前日から行って私たちのために船の座席を確保しておいてくれたため、寝る場所にも苦労しなかった。子どもたちはボートの旅に退屈していて、甲板で釣りをして過ごした時間以外は、ほとんど寝ていた。プリシラとカルロスの夫婦は私たちを大いに歓迎してくれたし、アリマンは打ち合わせた通り、翌朝、最初に川を渡る場所まで四人のフィーグルの男を連れて迎えに来てくれていた。彼らが荷物を——うれしいことに、今回は私の分も——運んでくれた。いつもよりいくぶん時間がかかったし、レンとウィルは川を渡るときだけでなく、その道のりのほとんどを彼らに運んでもらわなければならなかったにもかかわらず、日が暮れなずむ前にフィーグルに到着できた。

その夜はみなが私たちの顔を見に来て、大きな家では歌と踊りが披露された。息子たちは三日間、フィーグルの子どもたちと一緒に遊んだり、川で泳いだりして過ごした。オードリーは、イデン・リニと白人の子どもたちの様子を見にひっきりなしにやって来る、近隣のあらゆる開拓地の大人と会った。あっという間に時は過ぎ、私の家族は村に来て四日目にはフィーグルに別れを告げ、家路に就くことになった。前回のミラブ行きに参加できなかったメルが今回は家族に同行し、私はここで仕事を再開する予定だった。しかし結局、家族だけを帰らせることはできなかった。彼らといる時間が楽し過ぎたし、私の二つの世界がひとつになり、ほんのひとときでも両者を区切る明確な線が消えかかったことに喜びを覚えていた。そこで、私もまたミラブに戻った。

ミラブに着くと、一晩だけ休んでフィーグルに戻る準備をした。するとレンが、私と一緒にフィーグルへ行きたいと言い出した。私は少し考えてから連れて行くことにし、オードリーも賛成してくれた。彼女にも、フィーグルがすばらしい場所であり、人びとも優しく親切だということが分かっていた。彼女は、レンがまた行きたくなる気持ちもよく分かると語っていた。

そこで、私はレンとともに森へと戻った。

計画では、一、二週間したらアリマンがレンを連れて帰ることになっていたが、レンのフィーグル滞在は予定より短くなってしまった。レンがひどく体調を崩し、増水して荒れ狂うダケル・テラン川沿いに彼を運ばなければならなかった、あのときのことだ（本書の「まえがき」参照）。

十五章　見えない人びと

私はフィーグルに二年ほど滞在する計画だったが、そのうち一年半が過ぎた。私は森のティドゥライ族の精神生活については、かなり多くのことを深いところまで学んだ。しかし私の研究において偏りがあることに、われながら疑問を感じるようになった。ティドゥライ族の精神生活に関しては、精霊について詳しく知らない限りその本質が分からない。だがその面の研究は、おろそかにしていた。

だがある小さな皮肉がきっかけで、変化の兆しが現れてきた。

本格的な雨期に入ったある日、私は自宅にすわってフィールドノートを整理していた。フィーグルのシャーマンの一人モ・セウがやって来て、私たちはしばらく雑談した。やがて、彼がこう言った。

「モ・リニ、あんたはフェリンダゲン（宇宙、ないしは森羅万象）には興味を持っていなさらんようだの。精霊については、一度も話題にされたことがないし……」

私は、いまひとつ気乗りしない口調で答えた。

「そうだな、おじさん。きっと、ほかのことで忙しいせいだろう」

「精霊につて、講釈して進ぜようか？」

図1 モ・セウが描く宇宙の概念（側面図）

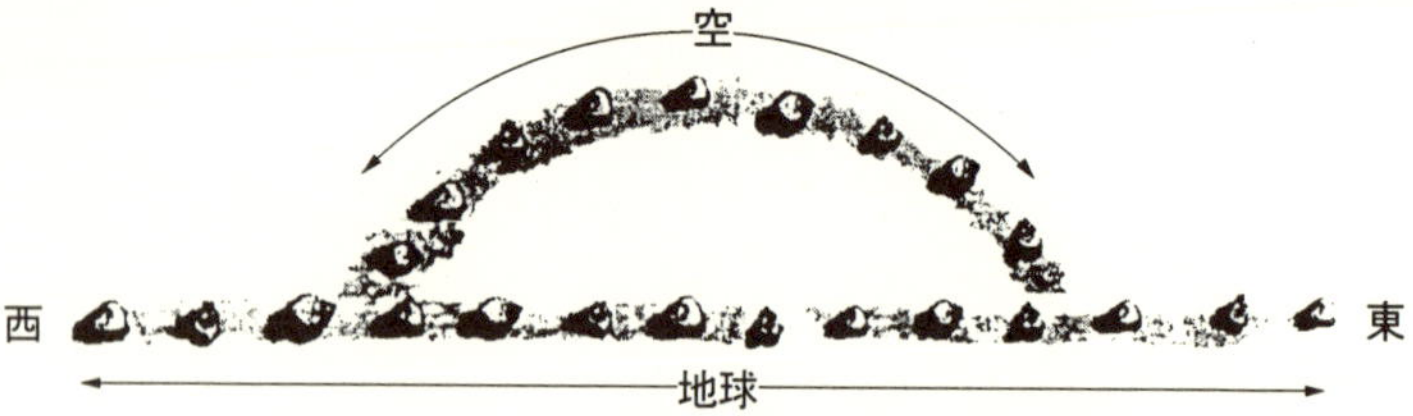

図2 モ・セウが描く宇宙の概念（平面図）

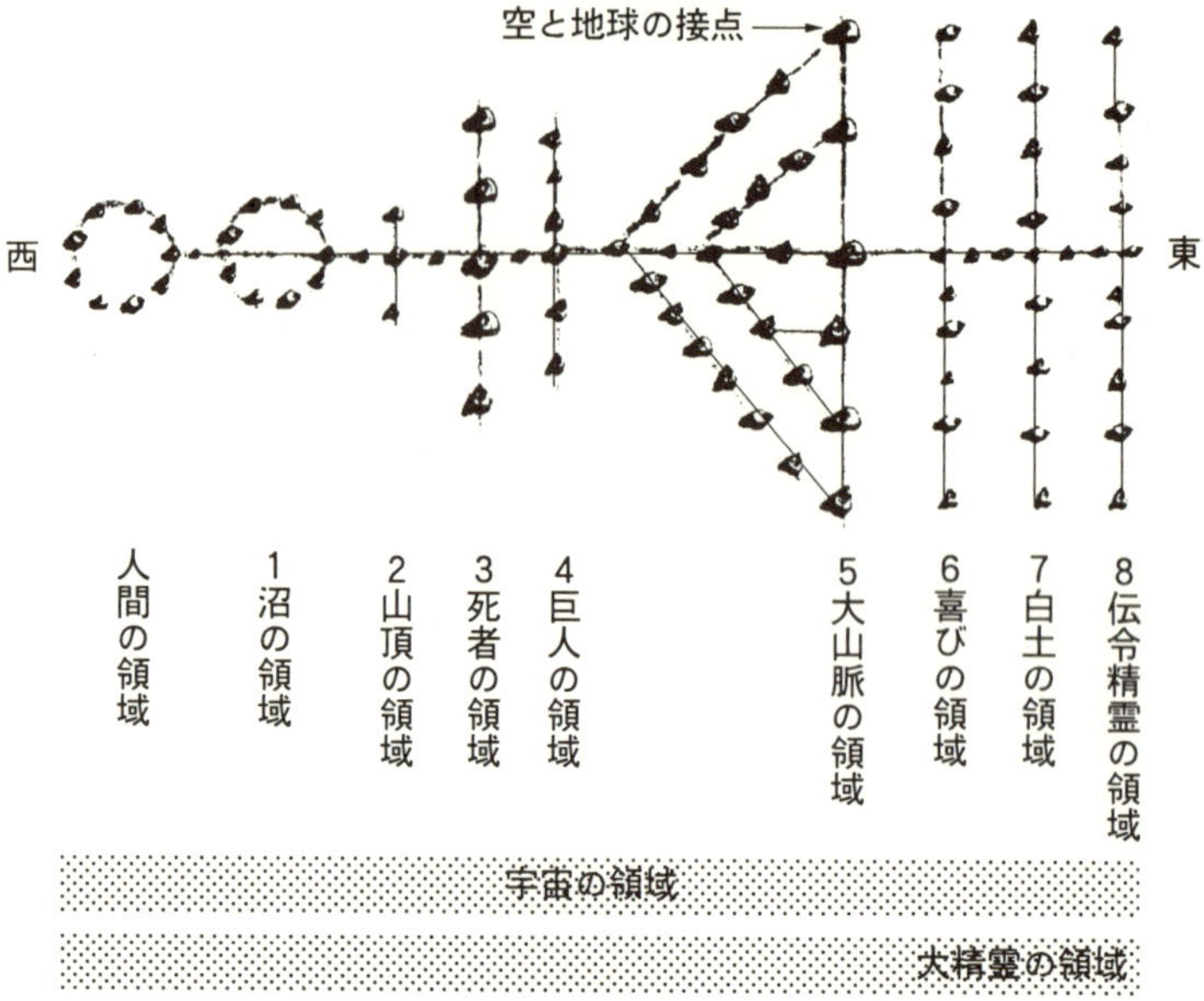

私はほんの一瞬、躊躇《ちゅうちょ》した。だがすぐに、満面に笑みがこぼれた。

私はティドゥライ語で、口走った。

「やった。教えてくれるかね？　いつ始める？」

「いますぐ、ってのはどうかね？」

私はメルとアリマンを伴って、モ・セウの家に行った。それから二週間ほど、毎日かなりの時間を彼の家で過ごした。モ・セウが最初に説明したのは、世界は平らで、はるか彼方《かなた》で天と地は交わるという基本概念だった。空はボウル皿のような半円形だ、と彼は描写した。次に寝るためのゴザを広げると、トウモロコシの粒をていねいに並べながら宇宙の図解を始めた（このページの

図1と図2参照）。私にとって運がよかったのは、モ・セウはなかなか思索的で論理的に話ができる人だったことだ。

シャーマンを含め、ティドゥライ族のなかで、これだけ明快に図示できる者はめったにいないだろう。

あまり間を置かないうちに、私たちの勉強会を聞きつけた人たちが集まってきて、まるで宇宙の仕組みについてのゼミが始まったかのような趣になった。彼らもときに質問したり、精霊の名前について議論したり、要点を突いた批判を述べたりした。また、自分の体験を話して聞かせる者もいた。何日か続けているうちに気づいたのだが、この世界を熟知しているはずのティドゥライの人たちでさえ、モ・セウの話からいろいろ新しいことや深い洞察を学んでいる気配だった。私が学んでいるのは、「モ・セウ流の解釈による世界」だといえる。なぜかと言えば、細部のすべてに至るまで万人が同じ解釈をしているとは言えないからだった。だがいくらか食い違いがあったところで、目くじらを立てるような者はだれもいなかった。

モ・セウの薄暗い家で神学めいた話を聞くのは、これが二度目の体験だった。私は竹を編んだ壁に背中をもたせかけ、このシャーマンが手いっぱいに持ったトウモロコシの粒を次から次へと並べていくのを感心しながら眺めていた。「人間の領域」から東に向かって進むにつれて「大精霊の領域」に入って来る。大精霊はそこから宇宙のなかで西、北、南にも移動するのだが、基本的には東の領域を本拠にしている。

シャーマンが大精霊と交信するときも、まず東にいるはずの大精霊に向かって話しかける。

モ・セウの二つ目の図には、九つのバンゲル、つまり宇宙の領域が示されている。

一つの領域から別の領域に移るということは、森のティドゥライ族の感覚で言えば、一つの世界ないしあるレベルから別の世界に移るのではなく、ある精霊からほかの精霊へ移ることにほかならない。宇宙のどの領域でも、ティドゥライ族が「バラカット」と呼ぶある特異な性質をだれもが共通して持っている。バラカットというのは森の外に住む隣人でイスラム教徒のマギンダナオ族が使うアラビア語からはるか昔に借用したもので、原義は「恵み」とか「精霊の所有物」を意味する。このバラカットは、神聖な品や神がかった生きものと分かちがたく結びついている。バラカットというティドゥライ族の概念をほかの言語に移し替えるのは、かなりむずかしい。これに近い単語や表現を捜してみると、「カリスマ」とか「精神界のすぐれモノ」ということになるだろうか。創造主である大精霊から人間に至るまでのさまざまな精霊は一定のバラカットを持っているが、大精霊はもちろん最も多くのバラカットを保持している。フィーグルのティドゥライ族が概念として持っているバラカットは階級や権力を伴うものではないが、マギンダナオ族の原義にはそのようなニュアンスがあるし、森を出て農民になったティドゥライ族もそのような受け取り方をしている。

モ・セウが描いた図の左端に、「人間の領域（インゲド・ケイラワン）」がある。ティドゥライ族など、一般の人類が住んでいる場所だ。フィーグルやその周辺の森林に住んでいても、あるいは沿岸のレバクで暮らしていても、「人間の領域」であることには変わりない。

　この領域で人間と同居している精霊は自然のさまざまな分野を統括しており、セゴヨン（介助役）と呼ばれる。そのなかには、たとえば「火の精霊」「竹の精霊」「ラタン（籐や蔓《つる》）の精霊」「コメの精霊」などがいる。すべての精霊は、それぞれが担当する森の動植物を保護してくれる。「人間の領域」に住む精霊として興味があるのは、「緑色で小さな女性の妖精《リトル・グリーン・ウィメン》」だ。ティドゥライ族に尋ねてみると、たいていは精霊の外見を説明してくれる。たとえば、肌色や衣服、髪の毛が真っ直ぐかカールしているかまで描写してくれる。「緑色で小さな女性の妖精」は小柄で（アフリカのピグミー族くらい）、体は緑色、衣服もグリーン一色で、髪は縮れている。この精霊はイチジクの木の周辺にたむろしており、赤ん坊にはとりわけやさしい。フィーグルの言い伝えでは、赤ん坊が泣き始めたらすぐに授乳しなければいけない——なぜかといえば、赤ん坊をあやそうとして、「緑色で小さな女性の妖精」がすぐに連れ去ってしまうという話を何回も聞いた。妖精はその代わりに、緑色の赤ん坊を置いていくのだという。

　ティドゥライ族が「インゲド・ラサク」と呼ぶ「沼の領域」は、「人間の領域」から東に向かって最初に出くわす（つまり、精霊の住み家としては最も西に位置する）。だが宇宙の領域はすべて東にあるのだから、相対的にはやはり東方にある。

「沼の領域」のどの部分を横切っても、あなたからどちらの方角にあっても、「東の方角に向かって最初に遭遇する宇宙の領域」であることには変わりない。「沼の領域」に住んでいるすべての精霊（言うまでもなく、人間は沼には棲んでいない）は、「人間の領域」に住む精霊よりも、もっと精霊らしい特質を備えている。

「沼」には、何種類かの精霊が住んでいる。たとえば、「沼の精霊」は、人間と同じくらいの普通サイズで、肌や髪の毛は黒い。衣類も、つねに黒いものを着ている。この精霊は沼を管理しているばかりでなく、イノシシも管理する。ここには、水の精霊の老夫婦も住んでいる。すべての泉には、そのどちらかが暮らしている。沼の周辺にある花を新鮮できれいな状態に保っておくのも、この精霊の任務になっている。

モ・セウがマットレスの上にトウモロコシ粒を置いて描いた図で、次の東隣に位置するのは「エスドン」と呼ばれる「山頂の領域」だ。これは、どの山頂でも構わない。前述した「沼の領域」と同じく、どちらの方角から山頂に登っても「山頂の領域」に入ることになる。さまざまな精霊の種族がある。ここでも、かなりの特質を保持した「山岳精霊《マウンテン・ドゥエラー》」という精霊もいる。背丈は低く、肌は「テカテカ」「ピカピカ」していて、さまざまな色の優雅な衣装を身にまとっている。

宇宙の領域を東にたどるなかで、「山頂の領域」は興味深い役割を果たしている。この場所は、ひっくり返した天空のお腕が平らな地上にぶつかるあたりに位置している。またこのあたりの空から、「大精霊の領域」にも入っていく。したがって人間のシャーマンが大精霊から何かの助言を得ようとして話しかけたいと思う場合には、このあたりの道を模索する。男女のいずれであっても、シャーマンが自宅で眠っている間に彼らの魂は東に飛び、しかるべき精霊が住む領域で話し合いをする。「沼の領域」で泉の守り神と相談するかもしれないし、「山頂の領域」で山岳精霊とまみえることもあるに違いない。精霊のほうで、信頼すべきシャーマンだと判断すれば、宇宙の次の領域に進むのを許してくれるだろうし、最終的には空の彼方の「大精霊の領域」に到達できるのだと思われる。

だがときには、大精霊のほうからシャーマンに話したいこともあるらしい。その場合、大精霊は最東端の八番目に位置する「伝令精霊の領域」に居住している精霊にメッセンジャーを頼む。この精霊はバラカットの特性を多分に持っているので、天空から地上への道をたどり、シャーマンを呼び寄せる。だが伝令精霊が西のほうで行けるのは、「山頂の領域」までだ。そこで山岳住民に伝言を託し、「人間の領域」で暮らすシャーマンに伝える。私が知っている何人かのシャーマンの話では、したがって山岳精霊とは仲よくしておくことが大切なのだそうだ。

「どうして、伝令などという仲介者を立てなければならないんだろう？　大精霊が、直接シャーマンのところへ行って告げればいいのに」

と、私はモ・セウに尋ねた。それに対する答えは、こうだった。

「さあ、理由は分からんな。それが、ならわしなんだ」

だが私の質問をしばらく考えていたモ・セウは、次のように付け加えた。

「伝令精霊はたっぷりとバラカットの特質を持っているんで、この精霊たちが人間のところに行くと、人間を眩惑《げんわく》させられるからかもしらんな」

彼は、「人間を病気にさせる」という表現を使った。私はなんとなく、光線を当ててマヒさせるような感じを受けた。そこで私は、さらにたたみかけて聞いた。

「大精霊はもっとすごいバラカットを発散するはずだから、シャーマンはどうなってしまうんだろうね？」

モ・セウはこんどもちょっと考え込み、不意を突かれてもあわてることなく、こう答えた。

「別に、どうってことはないさ」

私は、クスリと笑って話を続けた。このようにちょっとした「欄外の注記」にしたいような話が、フィーグルの人たちと会話をしているとよく出てくる。ティドゥライ族の伝説は、哲学者——たとえば古代ギリシャのアリストテレス（紀元前三八四〜紀元前三二二）やスコラ哲学を完成させたイタリアの神学者トマス・アキナス（一二二五?〜一二七四）のように——細部まではっきりした論理に裏づけられた描写はしない。ここで聞いた話は非論理的なのでそのあたりを何回も質《ただ》してみたのだが、その通りだという以外の説明はない。これらが正しいと証明できるのかと聞くと、「さあ、分からんね。どうしてこうなるんだか」というような答えしか得られない。だがしばらくするうちに、この点を追求してもはじまらないことが分かってきて、深追いしないことにした。それに似た論理の飛躍は、私のドイツ人の祖母が言っていたことを思い起こさせた。祖母は、「飛ぶ前には気をつけるんだよ」と「躊躇《ちゅうちょ》したほうが負けさ」という矛盾する諺を、平気で言っていたものだった。

「山頂の領域」から水平方向にさらに東に向かうと、三番目は「テンバス」と呼ばれる「死者の領域」になる。この天空の森林にはかなり多くの住民がおり、家もたくさんある。ここには、バイ・ボンゴと四人の姉妹が住んでいる。モ・セウの話では、彼女たちもかつては人間で、神話の英雄ラゲイ・レンクオスの縁戚だった。死者の領域は、この五人姉妹がうまく運営・管理している。暴力を振るわずに死んだ人間はすべてここに送られてきて、平穏に暮らせる。名誉を競って暴力ざたのあげくに死んだ者は別の場所に行くのだが、私が予想した通り、やはり安らかに暮らせるという。

ティドゥライの人たちは、人間について二つの重要なことをわきまえている。一つは、人間でも精霊でも、だれもが三つの部分からできている、という点だ。まず「ロウォー」と呼ばれる「肉」ないし「体」で、だれかが腕をつねったり背中をこすったりすれば、すぐに知覚できる。木の幹や枝も、同じくロウォーと呼ばれる。もう一つは、「レモゴル」つまり「精神」だ（「メギナレウ」を私は「精霊」と訳していて、それとは厳格に区別される）。この「精神」は、人間に生気を与える。肉体に活力を与える、根元的に重要な要素だ。三番目は「フェレナワ」つまり「呼吸」だ。これは糸のようなもので、目で見ることもできる。人間が死ぬと、呼吸の糸は切れる。精神は肉体を離れ、七日間は親族に別れを告げるため地上にとどまるが、そのあとはしかるべき宇宙の場所に向かう。呼吸も精神も失った遺体は埋められ、やがて朽ちる――つまり、「遺体を食う処理人《コープス・イーター》」のなすがままにされる。

もう一つ、人間に関するティドゥライ族の概念として重要なのは、人間は必ず双子の形で生まれる、という認識だ。私たちが双子と言う場合には、実際に二人一組の赤ん坊が生まれることを意味する（割に稀なケースだ）。ところが彼らは、文字通りの双子が生まれたと考える。本当の赤ん坊は、へその緒で結ばれたもう一人とペアになっている。二人の赤ん坊、つまりへその緒で結ばれた二人は、それぞれ別の肉体と精神を持っている。だが本当の赤ん坊だけが呼吸の糸を持っている。したがって、へその緒で結ばれたもう一方は呼吸ができないため、生まれても生きていけない。そこで本当の赤ん坊に、いつ、どのような方法で死にたいのかを尋ねる。本当の赤ん坊のほうは、たとえばこう答える。

「老齢になるまで生きていたいね。最後の孫が生まれて、次のコメの収穫を確認したあとまでだ」

へその緒で結ばれたほうはそれを聞いて死に、その魂は「死者の領域」で漂う。その場所で、家を建てて時が来るまで待つ。死の瞬間が訪れると、へその緒で結びつけられている双子は相手方のところに戻って葬儀が終わるのを待ち、相手方の魂が旅立つのを待ってそれに会釈《えしゃく》し、新たに安らぐ場所へと先導して誘《いざな》う。連れ立って山頂の領域から天空の架け橋を渡って死者の領域に至るが、両者ともふたたび戻ることはない。両者とも、以後は死者の領域で幸せに過ごす。ここでは、だれも仕事などしなくていい。のんびりと、良質のビンロウジュを噛んで時間を潰しているだけで構わない。男は蹴まり「シファ」にかまけていてもいいし、女は相互訪問したり竹製のツィターをかき鳴らし続けていても結構だ。悪い胆嚢を呼び醒まそうなど、だれも考えない。

ティドゥライの人たちは、死者がふたたび訪れたり、何か不埒《ふらち》なことをしでかすことなど恐れていない。この点は、フィリピンのほかの多くの地域で見られる伝統文化とは異なっている。また、死ぬことも恐れていない。死者がどの領域に行きたいと望んでいたかについても、だれも気にしない。私はティドゥライ族の男女から、同じような話を何回も聞かされた。どうやら、これは疑いない事実らしい。死を恐れる理由など、見当たらないようだ。もちろん、愛する者が亡くなれば家族や社会は悲しむ。とくに子どもを亡くした場合はひどく嘆く。だが、死者の行く末を心配する者はいない。死は、当人がそうなることを選んだからこそ起きたのだから。そして自分が選んだ場所に、喜んで安らかな気持ちで赴く。

私は西欧合理主義のなかで育ったから、このような死生観にはもちろん疑念を持つ。そこで、モ・セウに尋ねた。

「若者が、崖から落ちて死んだとしよう。彼は、若いうちにこのような死に方をすることを自ら選んだのだろうか。出産のときに死んだ女性は、本当にそうなることを選んだのだろうか?」

「その通りだよ、モ・リニ。つねに、そうなんだ」

「だが、人間が死ぬ時期と方法を選べるなら、本当にそのような選択をするものだろうか」

「いい質問だ。なぜ、そのような選択をするのか分からんね」

一瞬の沈黙があって、彼はまた繰り返した。

「どうして、そのような選択をするのか、よく分からんなあ」

だが、考え深げに続けた。

「だが、自分で決断していることは間違いない。――あまり愉快でない方法で、思わぬ時期に死ぬことがあるのも、その証拠だ。人間には、理解できないこともあるもんだからね」

シャーマンの魂は「死者の領域」からさらに東へと旅を続け、次にはインゲド・アラガシ、つまり「巨人の領域」に達する。宇宙で四番目のこの領域には、白い肌を持つ巨人の妖精が住んでいる。彼らはとくに何かを保護しているわけではないが、人間の領域に住む「小さな緑色の女性」の夫たちだ。

「小さな緑色の精霊が、どうして白い巨人の精霊と結婚したのだろう？」

「分からん。だが、そうなってるんだ」

「なぜ、宇宙の違う領域に、離ればなれで暮らしているんだ？」

「バラカットという特質の多寡が違うからだ」

「どうして違うんだ？」

「分からん。だが、そうなっているんだ」

「よし、じゃ、先に進もう」

だが、私はもっと追究すべきだった。

ある時点で私が発した質問がモ・セウにとってはナンセンスに聞こえたらしく、彼はびっくり仰天した。その質問とは――「どうして、このようにたくさんの場所をよく知っているのかな？」というものだった。

「行ったことがあるからさ」

と、彼はいとも簡単に答えた。

そうだろうとも。私としては、うなずくしかなかった。

巨人の精霊は、きわめて善良な面々だ。だが、巨人のなかには悪い者もいる。「大昔」のある時期に、愚かな人間どもが何人かの巨人を怒らせてしまったことがあった。巨人たちが怒り狂って手に負えなくなったため、法律の専門家が出動してなだめなければならなかった。

一部の巨人たちは「巨人の領域」を離れて、もっと西に行き残忍で身勝手な生活を送った。彼らは「残忍な巨人」と呼ばれ、イヌを使って人間狩りをし、人間の魂をむさぼり食った。森のなかで死体を見つけたとしたら、「遺体食い荒らし人」（腐敗をもたらす精霊）が部分的に手を下しているかもしれないし、「残忍な巨人」の餌食になったためだと考えても差し支えない。

だが東のほうに住む善良な巨人たちは、ひがな一日ほぼ蹴まり「シファ」にうち興じている。しかしその間も、ここを通過してはいけない旅行者が来ないよう見張っている。巨人たちは、一軒の大きな家に住んでいる（この領域にどれほどの数の巨人が住んでいるのか知らないが、おそらくかなりの数がいるものと思われる）。彼らは蹴まりをしている間、「呼吸の糸」を涼しい家のなかに置いておく。したがって彼らは競技を続けていてもそれほど暑くならず、熱帯の太陽の元で蹴まりを中断せずにすむ。

私は尋ね忘れていたのだが、巨人たちもときには休暇を取って、人間の領域に住むという奥さんがたを訪ねるのではあるまいか。なぜかといえば、小さな緑色の精霊は緑色の幼子《おさなご》を持っていて、泣きわめく人間の赤ん坊と交換するのだから。

フィーグルのティドゥライ族の地に来てみれば分かるが、逆さにした大きなブルーのボウルが平らな地面を丸く覆っている感じを持つ。お分かりのように、地表は天よりも遠くまで、あらゆる方角に伸びている。その空の下にあるのは、「ドゥヌーヤ」と呼ばれる大地だ。

ボウルのような空をおびただしい数の星が移動し、太陽と月もそれぞれの軌道をたどる。太陽は毎朝ドゥヌーヤの東端から昇り、西に向かってボウルを渡っていくのだが、日の出の方角に、六つの山脈が連なる「カワヤン」つまり「大山脈の領域」がある。

宇宙で五番目の領域だ。ここには五人の精霊兄弟（男四人と女一人）と、ひとりの巨人が住んでいる。言うまでもないかもしれないが、ここの住人たちは前述した「巨人の領域」の面々よりもすぐれたバラカットの特性を備えている。精霊の兄弟は、それぞれ自分の山脈に暮らしている。栄光の巨人マラン・バトゥナンは、道が天空に向かって分かれる山頂に住んでいる。ほかの峰には、分岐した山道を通ってたどり着くことができる。

「大山脈の領域」の南端の峰には、二人いる守護精霊の一人が住んでいる。この精霊の名前を訳すのは不可能に近いが、意味合いは「血なまぐさい戦いのあげくに死んだ者の面倒を看る守護神」で、ここでは便宜上「復讐の守護精霊」としておこう。彼は全身に、血の色である真っ赤な衣装をまとっている。身につけたクリース剣にも、深紅のバンダナを巻いている。彼が住む山頂に至る道には、まばゆいほど真っ赤な花が咲き誇っている。隣の峰との境に流れる川の水も、派手な赤だ。ここには、復讐の過程で死んだ男たちが住んでいる。すぐ北側にある山も外見はそっくりだが、こちらは復讐の過程で死んだ女たちの面倒を看る女守護精霊の本拠だ。

ティドゥライ族の倫理観からすれば、いくら怒りに任せた結果だとしても、死に至るほどの暴力を振るったことがそもそも間違いだ。したがって、もっと抑制が効いて穏やかな人たちとともに過ごすことはできない。このような人たちの胆嚢は、そそのかされてもそれに乗らず、法律の専門家たちに弁明する必要もない。しかしこの二つの山は決して罰を与える場所ではなく、すべての人間は尊厳を持って扱われなければならない、というティドゥライ族の一般原則にそむくことはない。「復讐の守護精霊」に守られる男女も、その精神に基づいて、普通の「死者の領域」の面々と分けへだてなく扱われる。もし頭に血が登った輩《やから》が悪い胆嚢を引き寄せたりしたら、有能な法律の専門家でもある「復讐の守護精霊」が、事態を丸く収めてくれる。

ここの住民が嘆く唯一の難点は、「死者の領域」にいる親類縁者たちと交流できないことだ。彼らはカッとなって暴力を振るったばかりに、社会を混乱させたばかりでなく、永遠にその報いを受けなければならない。

隣の山には、「自殺者の守護精霊」が住んでいる。その場所は、女性の「復讐の守護精霊」と「大山脈の領域」の間にある。ティドゥライ族が自殺することはめったにないが、やる場合にはほぼ例外なく毒を盛る。私がメル、アリマンとともにここで過ごした二年間には、一度も自殺の話は聞かなかった。だが聞くところによると、恋人が突如としてほかの人と結婚してしまったのをはかなんで自らの命を絶つ者が、ごく稀にあるという。「自殺者の守護精霊」は、全身を緑色の衣装でくるんでいる。彼が住む峰に至る道は、近くの「復讐の守護精霊」への道から分岐している。道の両側には、毒草がびっしりと生えている。谷間の川には、深緑色の水が流れている。

「大山脈の領域」の北側に位置する二つの山には、「溺死者の守護精霊」と「落雷死の守護精霊」という似通った二人が住んでいる。この二種類の死者は、動物を尊厳しなかったなどの理由によってそのような罰を受けた者だから、ティドゥライ族の間ではかなり軽蔑される。前にも述べたように、彼らは徹底した平等主義者だから、どのような種の生物も同等だと考えている。ほかの動物と比べて、人間が優れているとは考えていない。ティドゥライ族の物語には、話し手によっていくらか形は変わるものの、次のように典型的な話がある。猟犬たちを引き連れて狩りに出かける、狩猟の専門家がいた。彼はイヌに話しかけ、一緒に踊る(前脚を持って歩く)。だがこれは、イヌの尊厳を尊重しているとは言えない。なぜかといえば、イヌは人間のことばを話すわけではないし、踊りたいわけでもないからだ。このように動物の胆嚢にそむく行動をする者は、たちまち雷に打たれる。このようにバカげた行動をする人間の魂は、「大山脈の領域」に送られる。

動物をあざけってこのように過酷な終末に陥るのを避けるには、一つだけ方法がある。だれかがその動物を捕らえ、料理するかのように見せかけて大きな中華鍋に入れる。中華鍋は、熱してはいけない。このゼスチャーは、あくまで見せかけだけにすぎない。死んだ動物なら料理してもだれも文句は言わない、という反語的な意味合いがあるのかもしれない。

ミラブでレンとウィルがいたずらしたとき、ハミーのおばあさんが怒って中華鍋を持ち出したエピソードを私は思い出した。モ・セウが人をバカにしたときどのようになるのかを説明してくれたおかげで、おばあさんが立腹してそのような行動を取った理由が、やっと納得できた。あのときの中華鍋は、息子たちを殺すのに使われかねなかった！　そこで、私は尋ねた。

「バカにされたときに中華鍋を持ち出すと、どんな効果があるのだろう？」

「効果はおおありさ」

「でも、どのような形で？」

彼の表情に、うすら笑いが浮かんだ。私の表現に、ティドゥライ族を小バカにしたニュアンスを感じ取ったために違いない。そこで、私は言い直した。

「まあ、いいとしよう」

だがすぐに、付け加えた。

「でも、罰としては厳し過ぎるんじゃないかな」

シャーマンはゲームを楽しんでいるかのようで、次のように説明した。

「モ・リニさん、東に住んでいる精霊は、だれひとり傷つけることはない。そのような力も持っていない。お分かりでないかな？」

彼の口調には、あきらめたような絶望感が感じられた。

「精霊たちは、マギンダナオ族の指導者とは違いますんでな。これは、自然の摂理に基づいておるんじゃけん。動物の胆嚢に敬意を払わんもんは、殺されるのが当たり前というもんじゃ。雨期で水かさが増しているダケル・テラン川に愚かにも飛び込めば、間違いなく溺れるのと同じじゃ」

彼の表情には、また薄ら笑いが浮かんだ。

「それほど、理解しにくいかね、モ・リニさん？」

アホらしいような質問をしこたま発するのが、文化人類学者の宿命だ。

「大山脈の領域」について、もうひとことだけ付け加えておきたい。モ・セウによると、巨人マラン・バトゥナンが住む山が、山道も管轄しているとのことだ。彼は図体が大きいから、家もでかい。寝たときにゆっくりと足を伸ばせるほど大きい。彼には一緒に蹴まりシファができる相手がいない。したがって彼がやることといえば、ひたすら休むことと、にせシャーマンの魂が間違って大精霊の領域に迷い込まないよう監視する仕事だけだ。もしだれかが近づいて来たら、巨人はそれを捕まえて、たちまち呑み込んでしまう。

インゲド・トゥルスと呼ばれる「大精霊の領域」は、これまで述べてきた各領域とは趣を異にして、地域が限定されているわけではなく、東の天空の彼方に大きく広がっている。そのなかにいくつかの領域が包含されていて、大精霊はあちこち尋ね歩く。大精霊は万物の創造主であり、豊かな再生を究極的に司るとともに、宇宙の優雅さを取り仕切っている。そして、精霊の特質《バラカット》を最大限に持ち合わせている。したがって大精霊は、人間がいかに生きるべきかの最高の手本だと見なされている。

大精霊はほかの精霊たちと違って、性を持っていない。年齢もないから、若いとか年輩だとかの区別もない。したがって、人間社会の一般用語は通用しない。

大精霊は森羅万象を創造したのだが、万能《オールマイティ》ではない。ティドゥライ族の伝統的な宇宙観で大精霊は最も尊敬される存在だが、ほかの精霊や人間と比べてランクが上なわけではない。ティドゥライ族が考える宇宙では、すべてが平等だからだ。マギンダナオ族はそのように考えないが、ティドゥライ族に言わせれば、「彼らはいかに生きるかを知らない」からだ。大精霊は「神なる父」ではない（その意味では「神なる母」でもない）。大精霊はどこにでも存在するし全知ではあるが、全能とはいえない。ただし大精霊は手助けをしてくれ、友人とアドバイザーの役を果たしてくれる。——つまり、ティドゥライ族の生活では完璧な理想像なのである。

モ・セウが大精霊の住む「空の彼方」の状況を説明してくれたことは、決して忘れられない。私はティドゥライ族のことばを熟知していないため、十分に描写できなかったかもしれないが、彼は熱心に次のように語ってくれた。

「大精霊の領域では、つねに太陽が輝いているのじゃ。だが、決して暑すぎることはない。決して雨は降らん。森もない」

これには、ちょっと意外な感じがした。ティドゥライ族は、熱帯雨林を心から愛しているからだ。

「そのあたりにあるのは、短くて柔らかい黄色い草だけじゃ」

ティドゥライ族が言う「草」とは、フィーグルのあたりに多い、麦わらのような色をした熱帯大草原《サヴァンナ》の雑草を指す。固くて、丈夫で、葉の端は鋭い。背丈は二メートル近くにも達し、畑作業を悩ませる強敵である。屋根を葺くには好適だが、それ以外の使い道はほとんどない。踏み歩いても、歩き心地はよくない。したがってモ・セウが大精霊の領域に生えていると描写した草は、もっと快適で、現実とはかけ離れた雑草だ。

「柔らかいシダのような草で、つねに露を少したくわえていて、涼しいそよ風になびいている」

聞いているティドゥライの人たちは、それはいい、という感じでうなずいている。

彼らも、モ・セウが描写する風景に聞き惚れている。

「家々に住み着いている精霊を喜ばせるために、被害などはもたらさない美しい稲妻が、絶えず光っておる。だが、のどかさを乱す雷鳴は轟《とどろ》かない。家々の屋根から屋根にまたがって、つねに虹が輝いておる。どちらを向いても、きれいな花が咲きほこる」

東の空の彼方にある大精霊の領域をモ・セウが美しく描写するのに私も魅了され、勝手に推察してひとりごちた。

「彼は、実際に見て来たかのように活写しているな」

東の地平線を超えると、空の彼方で「大精霊の領域」に入る。そのあたりには、精霊の二つの領域がある。「レフィノン」と呼ばれる「喜びの領域」と、「フーテ・ファンタド」と呼ばれる「白土の領域」だ。「喜びの領域」は東に向かって六番目で、ここには多くのティドゥライの人びとが暮らしている。彼らは伝説上のシャーマンであるラゲイ・セボタンに率いられてここに到達した。七番目は「白土の領域」で、さらに古い伝説上の偉いシャーマンで英雄でもあるラゲイ・レンクオスが連れてきたティドゥライ族が住む。ラゲイ・レンクオスは、大精霊に頼み込んで人間を再生させた（第五章を参照）。

人びとが「大精霊の領域」まで長旅をした経緯は、ティドゥライ族の「創世記」とも言える長編叙事詩「ベリナレウ」に描かれている。この口承文学には、宇宙のすべてが描写されている。前にも述べたように、モ・セウは睡眠中に何回も天界を訪れているので、宇宙についても詳しい。彼は何回も足跡を記しているというが、それについて今回、私は疑問を呈しなかった。西欧の夢分析家（ある意味ではシャーマンとも言える）なら、長年にわたって「ベリナレウ」の刺激的で華やかな物語を聞かされてきたためにイメージが膨らみ、モ・セウは夢という形でそれを語っていると解釈するのではなかろうか。

東にはもう一つ、「インゲド・テラキ」と呼ばれる「伝令精霊の領域」がある。この精霊は、「地上」で大精霊と人間のシャーマンの間で、意思の疎通がうまくいくよう取り計らう。

熱心な聞き手たちを前にして、モ・セウが東方の宇宙についてひと通り語り終えるのには、ほぼ一週間かかったと思う。次に天空の道をたどって西へ、北へ、南への旅にいざなうために、さらに一週間ほどかかった。ここでも、不可思議だがなかなか魅力的な精霊の話をたっぷりと聞かされた。それぞれに、特異な持ち味がある。すべてが違った領域に住んでいて、バラカットの特性の多寡にも差がある。広範な分野のなかで、各々《おのおの》が独自の活動をしている。

かいつまんで紹介すると、西の宇宙に住むのは総じて「残忍な精霊」たちで、そのなかにはいろいろなタイプがある。おおむね侵略的で、こす辛い。こちらが手出ししないでいると、とんでもない被害を被《こうむ》る。精霊にも人間と同じように個性の違いがある、とティドゥライの人たちは信じている。こちらがちょっかいを出して怒らせない限り、たいていは悪さなどしない。だが、性悪《しょうわる》な精霊もいる。「残忍な精霊」のなかには性質《たち》の悪い巨人がいて、森のなかで猟犬を使って人間狩りをし、捕まえては魂を食べてしまう。

「残忍な巨人」はときにほかの邪悪な精霊と手を組み、東から来た精霊だと偽り、姿を見せたり声を聞かせたりするなどの、悪い悪戯《いたずら》をする。そのために、「ニセのシャーマン」が出てくることになる。このようにあわれな人たちの魂が、危険な西の天空にはいくつも漂っていて、東に向かって進もうと企《たくら》んでいる。もし東に迷い込んできたら、「巨人の領域」に住むマラン・バトゥナンがやっつける。フィーグルの何人かの人たちが、子どものころに「シャーマンへの贈りもの」を受け取りそうになったことがある、と話してくれた。だが彼らはそれを拒《こば》み、決してシャーマンになどなろうとしなかった、と言う。これらの贈りものは、西の暗黒の宇宙から来たものかもしれないと恐れたからだった。

南は、「空飛ぶ魂」の領域だ。人間の男女が住み、昼間は一見すると正常に見えるが、夜になると肉体から魂が抜け出て、空中をさまよう。彼らは先輩の「空飛ぶ魂」から飛び方を教わり、その実習の初期に、ニワトリのかけら二片のようなものをもらう。本当のニワトリはその一方だけで、もう一つは人間の肝臓の一部だ。先輩の教師が、病気で寝ている人間から盗んできたものだ。もし初心者がホンモノのニワトリを選んで食べれば、彼ないし彼女は「良き空飛ぶ魂」になれる。だが肝臓のほうを選ぶと「悪しき空飛ぶ魂」になり、以後もしきりと病気の人間の肝臓を盗って、リーダーに貢ぐ。リーダーは、それらをニワトリかイノシシに見えるように改変してしまう。

だが興味深いことに、リーダーは改変する前に、貢いでくれた者に、これは犠牲者から取り出した臓器ではないのか、と確かめる。そのとき「良き空飛ぶ魂」が、「おっしゃる通り、これは私のいとこの体から取り出したものです」と答えた場合、リーダーは肝臓を改変せず、「良き空飛ぶ魂」はそれをもとの所有者に戻す。肝臓が体内から摘出されている間、当人は病気の状態が続き、いくらか病状が改善することもあるが、悪化する場合もある。肝臓が体内に戻されると、回復基調は確かなものになる。フィーグルのある友人は、こう語っていた。

「もちろん、だれもが空飛ぶ魂のことは知っていて、恐れている。だから病気になったとき、この空飛ぶ魂に肝臓を盗まれないよう、だれもがお守りを身につけているんだ」

空飛ぶ魂は決して悪い者ではない、という話も聞いたことはある（もっとも、特定のだれかは「悪しき空飛ぶ魂」だなどと断じたら、かなりの侮辱になる）。ただし空飛ぶ魂と懇意にしているとか、助けてもらったことがあると明言した人には、お目にかかったことがない。

同じようなことは、魔法使いについても言える。ティドゥライ族は、特別の呪いをかければ特定の人を病気にすることができる、と信じている。だがだれもが、それを防ぐお守りを用意している。ところが、呪いのかけ方を知っているという人には、一度もお目にかかったことがない。その実態や、どのようにしたらその技術を手に入れることができるのかも、だれひとり知らない。私にウソをついているとも考えられるが、どうやらそうでもないらしい。

私の推察によると、ティドゥライ族の話には魔法使いや肝臓を食べる空飛ぶ魂などがあるものの、実社会ではそのように暗く、血なまぐさいことはないようだ。もし私の憶測が間違っていたにしても、またそのようなことがあろうとなかろうと、問題点としては、復讐で人殺しをすることは評価されないし、そそのかすこともない、という現実だ。ティドゥライ族は、きわめて現実的である。社会の倫理基準《モラル・スタンダード》がどのようなものであっても、すべてそれに従って生きていくことは不可能であることを、彼らはよく承知している。また個人の利益が絡むときや怒りで理性を失ったときには、暴力に訴えるのが避けられないことも理解している。だがティドゥライ族の心のなかでは（あるいは彼らの胆嚢は）、これが決してよくない点は認識している。

宇宙の方角で、最後に来るのが北方向だ。その方面には、はしか、マラリア、コレラ、熱帯病など、恐ろしい病気を司る精霊が住んでいる。精霊の名前は、それぞれが起こす病名と同じだ。これらの精霊は、自分では病気を蔓延させようという意図はないのだが、自分たちのすみかを離れて人間の領域に迷い込むと（ごく稀に起こるだけなのだが）、接触した人間すべてに厄災を与えてしまう。これは悪意があってやったことではないため、精霊を怒らせたのが原因の病気とは性質が違う。これら病の精霊が出現すると、恐怖と災害をもたらす。これによる病は、シャーマンが治せない種類のものだからだ。

前の章でちょっと触れただけだった、治療《ヒーリング》の問題に戻ろう。ティドゥライ族は、シャーマンなら必ず病気が治せると信じている（文化人類学のある仲間に言わせれば、「成功しない場合を除いて」という例外規定があるのだが）。人びとがシャーマンは必ず患者を治癒《ちゆ》できると確信している理由は、私が判断するところ、シャーマンはすべての偶発事件を解決する能力を持っていると思われているからだろう。ある人間が病気だという場合、三つのことが起こり得る。患者の病状が好転するのは、シャーマンが怒った精霊のシャーマンを話し合いによってなだめるのに成功したためである。患者の病状が一向に好転せずに長引いているのは、「悪しき空飛ぶ魂」が肝臓を奪ったためである。この場合は、シャーマンが乗り出しても解決しない。第三の可能性は、患者が死んでしまう場合で、このときは患者がへその緒で繋がっていない双子との約束があるためだ。したがって、シャーマンはつねに成功する――ただし、成功しない場合を除いて。

メルやアリマン、それに私がシャーマンの家にいないときには、聞いた話をめぐって議論を繰り返していた。私たち三人は、大いに感心していた。

モ・セウの話を聞き、ほかの人たちに宇宙について語った経験を通じて、私は彼らの大宇宙に対するイメージを把握した。それは現世を反映したもので、協力の精神、なんら報酬を期待しない奉仕の姿勢、穏やかな優雅さ、面倒見のよさ、正直さ、などが前面に出ている。あとは、それに適合した性格が加味される。死に際しても、彼らは孤独ではない。だれもが双子で生まれるのだから、もう一人が待機し、歓待し、しかるべき場所まで案内し、環境づくりに努力し、永遠に離れることがない。彼らは、宇宙の外に飛び出してまで倫理観について論争する必要はない。宇宙の外では、寛大さや相互協力に関して冷淡だと考えられている。それに反して宇宙内では一つの世界が形成されていて、そのリズムに同調できる者は連帯感を持って暮らしていけるからだ。

私がこの章をアメリカ・カリフォルニア州サンタクルーズの書斎で書き記していたとき、

空にはヘールボップ彗星が見えた。何日か前、私は深夜にベッドから抜け出して眺めた。私が見た、はじめての彗星だった。頭の部分は暗く、輪郭もおぼろげで、ほかの惑星と大きさはほぼ同じだが、それほど明るくもなく、目立ちもしない。尾の部分は透き通った斑点があるように見え、何度かの角度でカーブしている。私はおそらく三十分あまりも立ち尽くして、天空のショーに見とれていた。やがて首が痛くなって目も疲れてきた。だが私は、この光景にすっかり魅せられた。すばらしい見ものだった。

私のこれまでの生涯のうちに、いくつかの彗星が現れた。だがこれまで、見るチャンスに恵まれなかった。肉眼で見えるほど明るくなかったか、私が住んでいた都会では、周囲が明るすぎて見えにくかったためだろう。真っ暗闇のなかで満天の星を眺めるなどという体験は、アメリカの都会ではめったに体験できないし、その点ではフィリピンでもフィーグルでは見えたが、都会に行けばやはり同じことだ。フィーグルでは家の前の開けた場所に寝そべり、天体に詳しいモ・バウグ老人が、ティドゥライ語で星座の名前を教えてくれたものだった。そのカリフォルニアでの朝、車で家に向かいながら私はむかしのことを思い出し、モ・バウグもヘールボップ彗星を眺めているだろうか、と思いやった。彼もひょっとしたら沿岸のマーケットに行って、ラジオでこの彗星のことを聞いたかもしれない。かつて、人工衛星についてそのような形で知識を得たように。そして、私が脇にいたら、こう言って教えてくれたことだろう。

「モ・リニ。あれは彗星じゃよ」

あるいは、宇宙のなかで特異な地位を与えたかもしれない。だが、予測はつかない。しかし、冷たくて生命のない宇宙空間を、氷の塊が飛行しているとはとても想像できないに違いない。西欧の科学界では大きな話題になっていて、価値ある天体ショーになっていることなど、考えも及ばないに違いない。彼にとってなじみのある宇宙は、彼や仲間が住んでいる場所であり、自分たちと緊密な関係にあり、さまざまな倫理的な意味づけがあるところだ。個人的に親しいつながりがあり、モ・バウグの日常生活とも深く関わった、意義のある空間だ。シャーマンたちの魂は夜間にトリップして、実際に宇宙空間の全体像を目で確かめている。ほかの住民たちも、シャーマンが見たものを通じて宇宙を熟知している。だれもが宇宙の知恵を吸収し、実生活のなかで生かすとともに、思考の糧《かて》にしている。

私がモ・セウの「ゼミ」に参加したのは、七月のことだった。私がフィーグルに滞在する二年が、あと数か月で終わるという時期だった。彼から聞いた話は、私の数々の「学習」のなかでも特筆すべき成果だった。さまざまな情報を書き込んだカードは何百枚にも達したし、ティドゥライ族の宇宙観もかなり理解できた。その後は精霊の話を聞いても混乱しなくなったし、ティドゥライ族の行動原理の根幹が掴めた。モ・セウがティドゥライ族の思想を織りなす最後の糸を与えてくれたので、私も全体図が読めるようになった。

私はティドゥライ族の仲間たちから、二つの違ったレベルでいろいろ学んだと考えている。私は、彼らの社会・文化面をできるだけ分析しようと試みた民族誌学者だと自分では思っている。そして彼らの世界観や良き社会と生活の側面を、かなりうまく描けたと自負している。またもう一つの観点からいえば、私は同じ人類の一員として彼らの知恵に耳を傾け、今後はまた森を出て暮らす者として、よりよい生き方の指針になり得そうな彼らの生きざまを学んだ。

モ・セウは私に講義してくれた二週間のうちに、私に貴重な贈りものをしてくれた。それに先立つ一年半の間にも、ティドゥライ族のほかの仲間たちが、いろいろ教えてくれた。彼らが世間を見る眼力は優雅だし、魅力的だ。精神生活の面では、私たちが親しんでいる宇宙観や道徳観とは大きく異なった視点を持っている。私とは、成長過程の環境もまるで違う。だが私は、彼らの聡明さに次第に畏敬の念を感じるようになってきた。だが一方で、困惑する点もあるし、不安な気持ちも拭いきれない。彼らの想像力《ヴィジョン》は、決して彼らだけしか夢想できないものではない。私は心の底で、森のティドゥライ族の生き方の原則には恐るべき真実が隠されていると感じている。彼らの「生き方」は、フィーグル以外の、あるいは熱帯雨林の外でも適応できる類《たぐい》のものではないだろうか。彼らの生き方の原則は、私の自意識をぐらつかせた。彼らの真実や美しさは、私がなじんできた価値観を根元から変えさせた。私はある決定的な地点に達して変節し、決して後戻りできなくなったと認識している。——私がこれから残りの人生を、しっかりと有意義に過ごそうと考えている限りは。

十六章　ミラブでの小休止　その六

腰を落ち着けてフィーグルで研究を始めてから時間が経つにつれ、私は次第に周囲の環境に慣れ親しんできた。——場所にも人びとにも、言語や考え方にも同化して、違和感が消えてきた。二年近くになると、フィーグルは「故郷」のような感じさえするようになった。ついに、郷里が二つあるような感覚を持つ段階に至ったようだ。

二年目の九月、つまりモ・セウが私にティドゥライ族の宇宙観を教えてくれてから数週間が経った時点で、私はまた短時間、家族と会うため数日間ミラブに戻った。短い滞在だが、いつものようにくつろげて、リフレッシュできた。今回は、とくに何ごとも起こる気配はなかった。私はなつかしい風景を眺めながら、カルチャーショックから立ち直れたと感じていた。二種類の異なった生活が強いる緊張は、すでに消え去ったように思える。フィーグルのインパクトがもたらす衝撃は、私にも家族にもそれほど響かなくなった。しかしあとから考えると、これは「ぬか喜び《フールズ・パラダイス》」だと気づくべきだったのかもしれない。

森に戻ると、また研究生活が待っていた。人びとと話をし、ノートを取り、ティドゥライ族の生活や思考の論理性について考えをめぐらせた。友人である彼らの名誉をできるだけ傷つけず、尊重しようと心がけた。私はつねに五感を十分に働かせ、胸襟を開き、包容力を持つよう努力していた。私が採ったコミュニケーションの方法は、ことばでしゃべることはもちろんだが、できる限りボディ・ランゲージを多用し、身ぶり手ぶりを交えて対応した。情報を受ける際にも、相手の微妙な反応やことば、ゼスチャーのニュアンスをどう受け取るかに気を配った。かなり緊張を強いられるし、気疲れする作業だが、このような日常の仕事に、次第に慣れてきた。

ところが、そのような状況のなかで、驚くべき体験をした。

ある日、私は突然、魂が抜けてしまったような異常な感覚を覚えた。体のあちこちで、小さな爆発が起こっている感じだった。死ぬときには、このような感じがするものだろうか、という思いが一瞬、頭をよぎった。悪寒《おかん》とめまいが襲ってきて、膝が震えた。太陽がいつもよりまぶしく感じ、森が異常に静まり返ったように思えた。恐ろしいことに、私は一瞬どこにも存在していないように感じられ、英語以外の言語はしゃべれず、アメリカのエチケット以外は分からないように思えた。頭で思ったことばかりではなく、気分もあせった。私は、不安に押し潰されそうになった。とにかく、異常な感覚だった。

私は、いま進めていることを直ちに中断すべきだと判断した。法律の専門家と、落着したばかりの事例について話し合っていた最中だった。私は彼に詫びて、家に戻った。その途中で、イデン・エメットたちに夕食はいらないと伝えた。床に横になったが、混乱していてボーッとしている。私は、ミラブから持って来ていた小説を手に取った。ピーター・デ・ヴライス（一九一〇〜九三）のブラックユーモア『ルーベン・ルーベン』だ。彼はアメリカ社会をユーモアたっぷりに鋭く批判していて、私が好きな作家だ。次のように始まる。

「ある程度の小金があり、そこそこの教育や社会的な地位にも恵まれ、それにもちろん自由時間もあれば、すべての男性はどんな形であれ恋愛にうつつを抜かす。以上に加え、現代社会でいくばくか人生の望みを実現した女性で、旧来からの自己分析ができて積極的な者だと、結婚してもみじめな結果に終わる」

　このくだりを読みながらも、私の頭はぐるぐる回り、意識は途切れかかっていた。

　私はパニックに陥り、思いは支離滅裂にあちこちに飛んだ。フィーグルのわが小さな家からミラブの家族のところに飛翔し、私の人生におけるできごとが走馬燈のように駆けめぐった。朝鮮戦争の戦場、布教活動中に司ったミサ、結婚してからのさまざまな場面――これらは、取るに足りないものだったのだろうか。愛のある生活が、これでめちゃめちゃになってしまったのだろうか。私の、全人生が……。

　私はそもそも、どこに存在していたのだ？　私は、いったいだれなのか？　私は思わず、なんとティドゥライ語で口に出してつぶやいた。私の母国語は、いったい何語だったのだろう。私の文化は？　「コルーゴ*」は空飛ぶ哺乳類だったただろうか、あるいは羽のふさふさした鳥だったただろうか。

＊ corugoは、フィリピン中部ビサヤ語が語源だとされ、「キツネザル」を指す。

人びととうまくやっていく最善の方法は、なんだろう。快楽は、どのようにして得るべきなのか。良識ある行動は、どうすれば可能か。インテリになるには？ 体中から、汗が流れ出た。私は幼子を抱くときのように、両腕で胸を抱え込んだ。その晩をどのようにして過ごしたのか、私にはほとんど記憶がない。だが翌朝に目覚めたときには、ぐったりして震えがとまらなかった。私は、ただちにミラブに戻ることにした。家族の元に戻って自分の文化や言語、同じアメリカ人のところで、しっかり足を地に付ける必要がある、と本能的に感じていた。

ミラブでオードリー、レン、ウィルの元に戻ると、私は何時間も妻と話し込んだ。息子たちが近くにやってくると、そのたびに抱きかかえたくなった。私は、いろいろな意味で、おびえた少年のようだった。家族の三人とも、私が精神的に落ち込んでいる様子に気づいていた。私たちは八日間、緊密な日々を過ごした。コタバトまで車で出かけて映画を見ようとはだれも言い出さなかったし、ハミーと遊ぼうとも言わなかった。私は、家族と密着していたかった。

これは、効果があった。私は落ち着きを取り戻し、何が起こったのかは分からないが、正常に戻った。私自身も頭脳も、元通りに復帰したようだ。

いま当時の記録を読み直してみると、この異常体験のごく一部しか思い出せない。そのころ何を考えていたか、どう感じていたかを描写するより、何を見たかを描くほうがはるかに簡単だ。ましてそのとき、私の思考や感覚は正常ではなく、混乱しておかしくなっていたのだから。私はこのエピソードを、いまはなつかしく回想して「狂った場面」と呼んでいる。私は二、三時間にわたって、現実感覚から遊離していた。私は長いこと慣れ親しんできた人びとや暮らしに埋もれて自分の世界を抱擁する必要性を感じ、急いでミラブに戻った。それが、癒し効果《ヒーリング》を生んだ。

それ以外の治療法は、なかったに違いない。その点は、自信を持って言える。私が遭遇した状況は、なじみのない外界に浸ったことだけが原因だったわけではなく、私が根元的な存在のなかで疎外感を感じたためだったのだと思われる。

私の意識のどこかに、信頼できる日常生活の真実がついに私を捕らえた、という感じがあった。つまり、何を信じるべきか、どのようにしてものごとに取り組むべきか、だれを信じたらいいのか、などの諸点は、私が生まれ育ってきた社会の規範と違うものではないことが確信できた。私は、大学院でもこのような点に関して本を読んだり考えたりした。だがフィーグルで体ごとパニックに陥ったあの日の午後、私は骨身に沁みてそれを実感した。はっきり認識できる深淵の端で、私は自分を発見した。

私はその時点で吹っ切れて、なじみのあるところに舞い戻った。

そのように決定的な瞬間に沸き上がる重要な疑問は、「何が起こったのか？」ではなく、「自分は何者なのか？」という根元的なものだ。私が心の奥で理解したのは、自分がフィーグルに来る前のナイーブなアメリカ人に戻ることは決してない、という点だった。さまざまな疑問が、次々に吹き出てきた。基本的だが、恐ろしい感じのものでもあった。私がそれまで生きてきた世界、つまりアメリカ、中産階級、アングロサクソン系の白人、などとは、いったいなんだったのか。そのうちどれかの要素で、唯一・絶対のものなどあるのだろうか。では、フィーグル、森のティドゥライ族、ごく短期間だけ滞在した学者、そのいずれかに、唯一・絶対のものなどあったのか。そもそも私たち人類のなかで、唯一・絶対のものなどあり得るのだろうか。社会的・文化的にさまざまな「世界」があるだけで、それぞれの住民が決める不安定な基準に基づく価値観や意味合い、秩序などは不変ではないから、唯一・絶対とはいいがたい。

社会を取り仕切る者が「現実」であり、それが一応は「真実」だという約束ごとになっている。そのような状況を認めるとして（その社会内部では認めざるを得ない）、では私の「現実」とはいかなるものなのだろうか。もっと違う現実があるのではないかと長いこと熱心に捜し回ってきたが、確信を持って生きることができるようになったと言えるだろうか。

ごく短期間だが、私はなじみのあるアメリカ社会でもなければティドゥライ社会でもない、どっち付かずの時期を過ごしたことがある。なじみのない未知の世界で、しっかりした手がかり・足がかりもなかった。以前から知っている星は夜空に光っていたし、朝になれば太陽は昇る。周囲の人たちは、平穏にゆったりと暮らしているように見えるし、実際にのんびり生活している。しかし私はのんびりではなく、緊張した毎日を強いられた。私にとっては、何も考えずに暮らす日はなくなった。感情的にも知的にもめまいのするような日々の連続だったから、「自分は何者か」などと思索している余裕はなかった。

その当時は恐怖が先に立ち、このように難儀な仕事は遂行できないのではないか、という不安にさいなまれていたのだと思う。自分がどれほど努力しても、ティドゥライ族になれるわけがない。自分自身の世界のなかで不幸な人生を送っているだけではないのか、という自意識があった。方向性を見失った時期が短いながらもあり、フィーグルの人たちのもの静かで平等精神が行き渡り、暴力を否定する人たちから学んだことが、しっかりした形で私のなかに定着しつつあった。私はこれ以上、自分以外の別物になりたくはなかった。これ以上、ここに住み続けたくはなかった。何が正常で、何が必要なのかを、さらに教えてもらうことに抵抗があった。

私は、大分水嶺をすでに超えてしまった。フランスの作家テオフィル・ゴーティエ（一八一一〜七二）は、次のように書いている。

「人は、必ずしも生まれた国の人間になるとは限らない。条件が適合した場合には、本当の自分の国をどこなりと捜すことができる」

私はフィーグルの人たちを理解しようと努力した結果、新たな精神的な支えを模索することになり、ふたたび母国アメリカで暮らすようになってからも、人生の意義はなんであるのかを追究することになった。

一時的に変調をきたしたのを機に、私のフィーグル滞在には終止符が打たれたものと、私は考えている。だがそれから、私の長く終わりのない心の旅路が始まった。全人格的で人間的な生をまっとうするための、心のよりどころを求めて。しかもそれは、健康的で理にかなったものでなければならない。

十七章　フィーグルの惨劇

十一月の終わりになると私たちの小規模な研究班は荷物をまとめ、すっかり親しくなった多くの人びとに別れを告げ、徒歩でフィーグルを後にした。それからまもなく、私たち家族はアメリカに帰国した。私はフィーグルのティドゥライ族の生活のなかで、倫理観や法律制度を中心に博士論文をまとめてシカゴ大学に提出するため、執筆に取りかかった。一九六八年の秋から、私はカリフォルニア大学サンタクルーズ校で教鞭を執り始めた。

私は、フィーグルを去るに忍びなかった。森に住むあの住民たちの社会はこのうえなく優雅で、私は賛嘆して止まなかった。アメリカでは、決してお目にかかれるようなものではない。私は、まだ何回もフィーグルに戻るチャンスがあると考えていた。

ときどき彼らと交流して、彼らのゆとりある暮らしに触れたいものだと思った。

ところが、そのようなことができない状況が現出した。

フィリピン南部では、これまでも何世紀にもわたって「三日月と十字架」(イスラム教とキリスト教)の血なまぐさい抗争が繰り返されてきたが、一九七〇年代のはじめにはまた新たな歴史の一章が書き足された。イスラム勢力が、フィリピン中央政府に反旗をひるがえして、反乱を起こした始めたのだった。第二次世界大戦以後、大イスラム圏構想が次第に勢いを得てきた。数多くのモスク（イスラム寺院）やイスラム系の学校が新たに建てられ、イスラム教の導師たちが、エジプトをはじめイスラム圏から大挙してやってきた。何千人ものフィリピンのイスラム教徒が聖地メッカに巡礼に出かけたり、海外のイスラム系大学に留学するようになった。このようにイスラム教徒は連帯を強め、キリスト教が主流である政府や法制を嫌悪している。彼らはコーランの原則に基づいたイスラム国家の建設を目指しており、その熱意は強まる一方だ。二十世紀を通して、マニラの中央政府は開拓に邁進したキリスト教徒を優遇して土地を与えたりしたという事実があるから、彼らの怒りも分からないではない。さらに、アメリカが設立した学校をフィリピン政府が継承して体制を整備したのは、イスラム教徒に言わせればキリスト教文化を広めるための巧妙なシステムだということになる。このような背景があるため、対立が激化する素地ができ上がっている。

一九六〇年代の末、南部ミンダナオ島には約二百万人ほどのイスラム教徒がいた。

キリスト教徒の移住者も、ほぼ同数だった。いつ衝突が起こってもおかしくないほど、緊張したにらみ合いが続いていた。イスラム教徒の州知事が大衆に迎合し、集会でイスラム国家の独立をあおったりすると無法状態に陥り、「南部の国境線」周辺は民族的・宗教的・政治的に不穏な情勢になる。敵対する市民同士がテロ行為に訴え、軍が強引に双方の鎮圧に乗り出す。一九七〇年には、組織的なものではないが、ムスリムであるマギンダナオ族の農民と、キリスト教を信奉する一部のティドゥライ族や低地の森林伐採者たちとの間では、ウピへの街道沿いで偶発的な小競り合いが頻発するようになった。やがてムスリムの指導者たちと、移民してきたキリスト教徒の市長たちが、いわば地域戦争の司令官格として浮かび上がった。しかし彼らの下に結集している軍勢は、武装した山賊もどきのならず者や、平和と秩序を長年にわたって乱してきた十代のチンピラたちと区別がつかなかった。一九七二年の時点になると、コタバトなどムスリムが優勢な州や都市では、キリスト教徒圏とイスラム教徒圏に分離され、住み分けが進んでいた。反乱勢力は、訓練の行き届いていない軍隊を持つ「モロ民族解放戦線」を結成した。当時のマルコス大統領は、フィリピン南部の紛争の実態を掌握しないまま、戒厳令を敷いた。彼は、「無法者を殲滅《せんめつ》するため」、フィリピン正規軍一個師団を派遣すると発表した。それ以後の戦闘は、政府軍対イスラム軍という図式になった。

それから二、三年のうちに、戦闘のため双方にかなりの死者が出た。多くの者が家を破壊され、村全体や町の一部が瓦礫に帰したところも出た。フィリピン政府はイスラム勢力に「野蛮」「海賊」「反乱者」などのレッテルを貼り、ひどいときには「共産主義者」呼ばわりした。だがイスラムの戦士たちは、自分たちを異教徒の抑圧から守る愛国者であり、聖戦士だと自認していた。このような内戦をアメリカのマスコミはほぼ無視したが、熱い戦争になったり冷たい戦争の形を取りながら、ときどき流血を見ながら今日に至っている。泥沼化した紛争は実りないものだと聞かされていたし、政府がしばしば非難しているように、反乱軍の多くは山賊か無法者という様相を呈していて、殺傷、営利誘拐、略奪の言いわけにしていた。

このような状況のなかで、フィーグルの私の友人たちを悲劇が襲った。一九七二年二月十七日、午後十一時十分、カリフォルニア州サンタクルーズで。ベッドサイドの灯りを消して眠ろうとしていたとき、電話が鳴った。親友のハミー・エドワーズが、フィリピン南部のコタバト市からかけてきたものだった。彼の声には、まぎれもなく悲痛な感じがあった。彼の話を聞いたときは、生涯で最悪の瞬間のひとつだと言えた。

マギンダナオ族のゲリラたちが、フィリピン軍の討伐を逃れて低地から森に潜り込んできた。彼らはフィーグルに進んで来て、食料と女を提供するよう命じた。対策を協議するため、近隣のフィーグルの仲間たちが集まった（おそらく、結婚させるとかそれらしい儀式をする手筈を整えようとしたのではないかと思われる）。食べものは振る舞ったが、女を貢ぐことは断固として拒否した。すると、モスレムの兵士たちは発砲を始めた。ティドゥライ族は、弓矢や吹き矢、何丁かの手製の銃で応戦したが、侵入者たちの自動小銃に敵うはずもなかった。ハミーによると、反乱兵たちは逆上してむやみに発砲を続け、私が知っているすべての男女・子どもを殺戮するまで撃ち止まなかったという。

おそらく古くからの私の友人は、すっかり動転していたのだろう。フィーグルの人たちが全滅したという最悪の事態だと彼は判断したのだが、実際には何人かの生存者もいた。だが私としてはそのとき、確かめる手だてがなかった。私はこのニュースを聞いて、すっかり打ちひしがれた。その夜、私は寝つかれなかった。そこで深夜になってベッドを出ると昔のノート類や写真を引っぱり出し、泣きながら書斎で広げた。翌朝、大学の大教室で授業があり、私はこの惨劇の話を披露した。だれもがショックを受け、クラスは厳粛な静寂に包まれた。

この恐ろしい電話を受けてから一年後、私はインドネシアのフォード財団で仕事をすることになった。それ以来、私は文化人類学の研究対象をフィリピンからインドネシアに切り替えた。

私は最近でも、森のティドゥライの人びとや生活について講演するチャンスが多い。古いポラロイド・カメラで撮ったモノクロ写真のスライドを見せたり、音楽テープを聞かせることもある。しかし、彼らのみごとな精神面の洞察力にはとくに共感を覚える。私の心のなかやフィールドノート、講演の内容や著作には、そのような物語の一部としてフィーグルの男女たちがいまも生きている。彼らの生きざまに接することができたのは、私にとって名誉なことだったし、特権でもあったと思っている。この本を通じてそれらを広く伝えて祈ることが、私の任務だという気がする。

ハミーが電話してきてから、すでに二十五年の年月が流れた。私はその後も彼や家族たちと連絡を取り合っていたが、一九九〇年にハミーはがんで他界してしまった。

私はその後、ウピ渓谷にも熱帯雨林にも戻っていない。典型的な文化人類学者は、最初に研究をした場所にひんぱんに戻って、十年後、二十年後、三十年後の変化を報告するものだ。再訪、三訪するのが最大の楽しみなのだが、私の場合は残念ながらそれができない。

十八章　学んで生かしたヴィジョン

帰国して何年も経ってから、私はティドゥライ族の精神性が私の心のなかに深い根づいていることに気づかされた。フランスの作家で思想家でもあるアルベール・カミュ（一九一三〜六〇）は、「人生は、われわれの存在の前に広がるイメージを見つけるための長い旅路だ」と評した。振り返って見ると、私は少年時代から非暴力とか平等主義に基づいた協力という面に強く引かれていた。だがフィーグルでの体験を経てからは、これらが人生の主眼になった。熱帯雨林で過ごした年月は、私にとって野外研究をして博士号を取るための手段ではなかった。フィーグルは、私を深めてくれた。すべての社会で、大人がやるべきことを示唆してくれた。私の自我や私の世界に目覚めさせてくれたし、人生の意義がどこにあるのかも気づかせてくれた。この島国フィリピンを占領していたスペイン人やアメリカ人の多くは、名誉や富を追い求めていた。私がこの国にやってきたのは、自分の財布を膨らませるためではなかった。だが逆に私は、得がたい価値のある別の宝ものを持ち帰った。フィーグルの人びとの命運は悲劇に終わったが、彼らがもたらしてくれたものは消えずに残っている。

ティドゥライ族は、いかに生きるべきかを教えてくれた。フィーグルの人びとにとって他人の胆嚢を尊重することがどれほど重要であるかは、私の心にいまでもささやき続けてくる。相手を受け入れて本当の愛を与えるとはどのようなことなのかも、私に自覚させてくれた。自分の思い通りにはいかない世界に対しては、やや身を引いて客観的に眺めると自分の人生が精神的に豊かになれることも教わった。それがひいては私にとって名誉になるし、私に関わりを持った人たちにもプラスをもたらす。他人も自分も愛さずに行動する者は、言いわけばかりを捜し求める。自らの欠点に甘く、厳しい判断を下せなくなる。フィーグルの人たちは、他人に奉仕して自らに厳しく振る舞うことを実際の言動で示し、私に教えてくれた。他人には手を差し延べ、迷惑はかけない。このようなことを実践しようとするとかなり困難を伴うもので、絶えず努力が求められる。だがこれがうまくいけば間違いなく幸福感が味わえ、生き甲斐を感じる。そのときには、よき夫、よき父、よき友人になれたような気分になる。そこでアメリカにおける選挙に思いを馳せるのだが、地方選挙でも知事選でも連邦議員選でも、政治評論家たちがよく言うように、「弱点の少ないほうを選ぶ」ことを強制されているとたびたび感じる。私は律儀に投票所に足を運び、世の中が少しでもよくなるようにと願いながら一票を投じる。いまでは、環境問題を考え、「母なる地球」の権利や必要性を頭に入れながら投票する人を決める。モ・バウグの話を聞いてからは、平和と正義を標榜《ひょうぼう》するグループに、カネも時間も努力も投入するようになった。なぜかと言えば、暴力や権力構造ばかりが目立ち、イデン・アミーグやバラウドが聞いたら、「とんでもない」という連中がのさばっているからだ。

博士論文を書き終えた段階で、私は聖公会《エピスコパル》の聖職者に戻る気はなくなっていた。それに代わる仕事として以後二十年、ティドゥライ族の思い出を胸に描きながら、カリフォルニア州中部沿岸でモントレー湾を見下ろし、美しいセコイアの森に囲まれたカリフォルニア大学サンタクルーズ校で教鞭を執った。

この大学が開校された当時の雰囲気は、私にとって大いに魅力があった。学部学生の教育に斬新な試みをしよう、という意気込みに燃えていた。創立は一九六五年で、小規模な学校のよさをアピールしようと努力していた。教師と生徒が一体となった家庭的な雰囲気を標榜するとともに、研究機関に重点を置いていた。私たちが「サンタクルーズの夢」と呼んでいたこの大学は、イギリスのケンブリッジ大学やオックスフォード大学のように半ば独立した学問の場だ。学生たちは、学内のどの講座でも、おたがいに関連がなくても、自由に選択して取ることができる。それでいて、小規模な大学の学生としての連帯感は満喫できる。学生同士も、あるいは教師とも親しくなれるし、それほど混雑しない教室で、代講ではなく、ベテラン教授陣の講義をゆっくり聞くことができる。つまりカリフォルニア大学サンタクルーズ校は、カリフォルニア大学バークレー校のようなマンモス大学の悪い面は継承せず、長所だけを取った形になっている。バークレー校では、学部学生は有名教授から直接に教えてもらうことはめったにできず、数多い学生のなかに埋もれてしまいがちになる。

私は学部学生を優先する方針に賛成だったし、面倒見のいい教授陣が、専門分野が違ってもおたがい親しくさせようという風潮があって、これも気に入った。私も創立メンバーに加わっていたメリル・カレッジ*の開校日、教授陣は駐車場に集まって、新入生を歓迎した。寮に入る学生たちの荷物運びを手伝いながら、私はモ・セウやバラウドがこれを見たら、「いいぞ、その調子！」と賛同したのではないかと想像した。

＊　カリフォルニア大学サンタクルーズ校には、八つのカレッジがある。

私の研究室の両隣は、片方がメキシコが専門の社会学者、もう一方が中国を専攻した政治科学者《ポリティカル・サイエンティスト》だった。廊下をへだてた向かい側は、アフリカ系アメリカ人の彫刻家と、パキスタン生まれの宗教研究者の部屋だった。アカデミックな雰囲気だが独自な組み合わせで、ティドゥライ族の社会に見られるような、階級差もなければ競争もなく、わが意を得たりというバランスの妙があった。フィーグルでの体験がある私としては、これこそ「教える者と学ぶ者」の関係はこうあるべきだ、という理想図に思えた。

私はキリスト教に愛着を持ちながらも疑念も募らせていたし、聖公会《エピスコパル》の聖職者仲間より大学の教師仲間のほうに関心が移っていたため、教会からは次第に遠ざかっていった。正式に訣別したわけではないし、聖職者の資格を放棄したのでもないが、行事に参加しなくなり、はるかなフィリピン司教区に関する年次報告もやらなくなった。フィリピン現地の司教が気づいていたかどうかは知らない。

教会がらみの仕事から、いっさい手を引いたわけではない。ただ司祭のユニフォームであるローマン・カラーは、二度と付けないつもりだった。今後は世俗的な生き方をして、教会的な発言は控えるよう心がけた。それほど、大きな決断が必要なことでもなかった。もともと、それほど教会用語だけにのめり込んでいたわけではなかったからだ。学生たちに教え、彼らのカウンセリングをやることは、私の人生における価値観や目標にかなり合致している。教えるということは、単に情報や論理を受け身の学生に伝授するだけでない、と私は信じている。学ぶのは学生の側ばかりではなく、自分自身の勉強にもなる。文化人類学だけでなく、人生全般にわたって理解を深めていく共同作業だ。したがって私は当初から、概念やデータを教えるだけでは飽き足らなかった。つまり血族関係にはどれほどの重みがあるのかとか、十九世紀の人類学はどのようなものだったのか、など学問上のテーマもさることながら、私たちと違った文化を持った人びとが、どのような面で人生の意義や美しさを私たちに教えてくれるのかを、学生たちとともに探索していきたいものだ、と考えていた。その過程で、学生たちが私にすばらしい生き方を教えてくれることも期待していた。

私は、ベトナム戦争における無意味な死や破壊に抗議して学生たちが張ったピケに参加したし、大学の研究室で「司祭らしいカウンセリング」を開き、学生たちが抱えているさまざまな問題に何時間も耳を傾けた。私はさらに、あまり面白くはない委員会の仕事も引き受けた。たとえば、学問の欺瞞についてとか、寮のつまらない紛争などに関する話し合いだ。学園生活をよくするうえで私が多少なりとも貢献できそうなテーマであれば、参加した。また私の研究成果を、チャンスを掴んではフィリピンでも公表した。フィリピンにも文化人類学のすぐれた学会があって、私はこの筋からすべての必要なデータを提供してもらっていた。多くの学者仲間は、あまり学問経歴にはプラスにならない研究だと見ていたが、私にとっては倫理面・精神面で役に立った。私がフィリピンの熱帯雨林で学んだ人生訓は、私個人の生活ばかりでなく、サンタクルーズ校の学生や同僚の教授たちにもプラスをもたらしたと思っている。

だが一九七〇年代の後半から八〇年代のはじめにかけて、サンタクルーズ校も変わってきた。教授陣のなかには保守的な考え方の者がいるし、とくに自然科学の分野ではそれが顕著で、サンタクルーズ校の理念には反対で、このキャンパスがカリフォルニア大学らしさに欠けることを嘆いていた。優秀な教授のなかにも、このような考えを持つ先生はいる。また大方の教授は学生と話し合うことは必要だと考えているものの、本来の研究——調査したり、公表・出版すること——の妨げになると思っているようだった。年月が経つとともに、不合理だと思われる面は姿を消していく。

「ミッキーマウス　革　新《イノヴェーション》」とでもいうべき「易きに流れる現象」で、アカデミックな成果を上げるほうに時間を取るようになる。大学キャンパスは、次第にアカデミックな面を争う戦場に転化する。学生と教授陣は視点が違うため、おたがいに非難し合うようになる。教授は在職権の確保や昇進が最大の関心事になって、泥仕合を演じる。教授・学生間には、気まずい雰囲気が生じる。

カリフォルニア州全体には革新的なものを歓迎する風潮が強まっているが、サンタクルーズ校に対する一般の関心は薄まってしまった。それに伴って、応募者も減少した。理想に燃えて入学してくる学生も減ったようだし、就職しか眼中にない者が増えたような気がする。したがって、法律やビジネスの大学院に人気が集中している。実入りがよさそうな分野を、みなが志向する。アメリカ的な人生や世界の動向には、関心が薄い。教授陣のほうにも熱意が薄れ、不満や幻滅が広がっているのが強く感じられる。

一九七七年に、新しい総長が就任した。彼が考えた唯一の改善策は、「麻薬を打つ」ことだった。つまり、サンタクルーズ校の抜本的な再構築に着手した。各カレッジの構造には旧態依然としたところがあったが、その教授法をほぼ全面的に改めるとともに、大部分の教授を人気のある学部に重点的に配置換えした。理系以外の大学院はこれまであまり力点が置かれなかったが、ほかのジャンルも重視し始めた。学際的な企業との提携は、大幅に排除された。ただし、企業が出資するハイテク関連の施設を学内に設置する交渉はかなり進められた。かつての夢に固執する教授たちもいくらか残っていたが、明らかに主流ではなくなっていた。

私は、夢を砕かれた。サンタクルーズ校で進行している変革は、単に技術的な面だけではなかった。精神的なものが大きかった。教授法を改善するとか、新しい機材を導入するとか、事務の効率化を図る、という類のものではない。問題の核心は、大学とは何か、という問題であり、その精神的な支柱は何か、という根元に関わるものだった。私の見るところ、サンタクルーズ校は当初に掲げた理念である学生と教師の連合体構想への模索を放棄したものと思えた。要するに、モントレー湾を見下ろす杉林の丘に建つ小型のバークレー校に過ぎない存在になっていた。この変節を旧体制への回帰だとして歓迎する学生や教授もいたが、私はそうは受け取らなかった。最も失うものが大きかったのは、学部学生だと思われた。だが教授陣も地位や権限に制約を受け、だれもが自分のことだけしか考えない、かつての風潮に戻ってしまった。

一九七〇年代の半ば、私がフィーグルの悲劇を聞いたあと、私はフォード財団の仕事でインドネシアに赴いた。スマトラ島の敬虔なイスラム地区に、社会科学の研修トレーニングセンターを立ち上げるのが任務だった。一九七六年に再訪したときも、一日五回の礼拝がマイクで呼びかけられていて、私は自分でもびっくりしたのだが、己の宗教的な伝統であるキリスト教になつかしさを感じた。私が興味を持っているいくつもの学科を教える立場にあったのだが、もはやアカデミックな研究を追究したいとは考えなくなっていた。そこで一九七九年にもう一度、教会の仕事に戻ってみたいと思った。この世界では、少なくとも理論的には、人びとをおたがいに思いやる気運が残っている。私は何年間も袖を通していなかった司祭の装束を着用し、カリフォルニア州サンノゼ郊外ロス・ガトスにある聖路加教会で、週末に無報酬のボランティア活動を始めた。この地区の主任司祭は私の旧友で、善良な人物だった。彼は私が自分の自由なペースで復帰するのを見守ってくれ、こちらの精神的な準備具合を配慮してくれたうえで、次第に責任のある仕事を任せてくれるようになった。

私が聖職者の格好でキャンパスに姿を現すと、きわめて世俗的な同僚たちの多くは、私は気が狂ったと思ったに違いない。インテリの学者で人気のある教授が、ナンセンスな宗教家からひところはやっと脱して世俗界に戻ったのに、なぜまた前の生活に復帰しようとしているのか、計りかねていたようだ。同僚たちが聖職者に対して持っている共通したイメージは、テレビで話題をまいた金銭亡者の伝道者たちの姿だ。教授仲間は、私が社会科学を断念し、聖書の教えを自己流に都合よく解釈し、偽善者ぶっていると想像したのではあるまいか。

実際には、まるで違う。私は、仕事と社会生活の一部を、もっと便利なように変えただけのことだ。ティドゥライ族のような精神性のなかに埋没していたため、私はしばらく教会から離れていた。十五年ほどして、サンタクルーズ校の変質にがっかりして教会に戻り、おたがいに相手を思いやる世界に復帰した。――つまり、「愛」に重要な価値観を置く世界だ。だが私はかつての私ではなく、聖職者としても以前の自分とは大いに異なっている。ティドゥライ族との交流の経験が私を変えたわけで、教会に戻ってみるとそれをより強く実感した。以前の私は、教区の人びとが人種平等や和平への取り組み方が生ぬるいと非難したものだったが、いまでは人生の意義を求めてともに旅するだけで十分に満足できる。遠隔の地でキリスト教を布教するよりも、アニミズムを信奉する人びとと生活できたのは特権だと認識し、大いに感謝している。いまではキリスト教の優しい表現は神話や儀式を彩る巨大で象徴的なシステムだ、と割り切れるようになった。キリスト教は社会生活に活力を与え、同情や愛への道程に精神的な支援を与えてくれる。教会が果たす役割は、そこに参集する人びとが正しく行動すれば、どのようにすればいい人生が送れるか、よりよき社会のためにどのような貢献ができるかのヴィジョンを考え出せる「神の王国」の概念を持ち得る点にあるのではないか、と最近では思っている。このような理想像は、ティドゥライ族の世界観と合致しないまでも、きわめて近いと言えそうだ。

　このころから、かつてのようなキリスト教に対する疑念はほぼ払拭できた。文化人類学を学んで分かった最も重要なポイントは、神話は必ずしも創造主に忠実でなくてもいいという点だ。それ以上に、ティドゥライ族の目で聖公会《エピスコパル》の聖職者の生活を眺めると、かの地の人びとのほうが私より人生の理想や価値に忠実な生き方をしていると実感した。彼らの理想や価値とは、いったいなんであるのかを、突き止める必要がある。最善を尽くして見つける努力をするためには、精神的な伴侶が不可欠だ。

そこで私は、キリスト教の世界に戻った。しかも今回はかなり強い意識を持ち、自分にとっての意義を感じたうえでのことだった。ひところ教会を離れていたことは、別に後悔していない。——むしろ、それは必要なことだったと思っている。戻ったことに関しても、自責の念はない。私がこの年齢になって舞い戻った舞台は、なかなか挑戦のし甲斐があったし、私にとっては得るところも大きかった。サンタクルーズ校でのアカデミックな雰囲気も悪くなかったが、それ以上に充実感があった。

一九八四年に主任司祭が退職したのを機に、私は大学のほうを時間講師にしてもらい、聖路加教会の司祭になった。

一九八七年には、大学からはいっさい身を引いた。

フィーグルに別れを告げてから時間が経つにつれて、私はこの体験をもっと客観的に大所高所から眺めることができるようになった。私の考え方の根底にあったのは、ライアン・アイスラーの著書『聖杯と剣』**だ。この著書では、「パートナーシップ」と「支配者」が、社会の構成要因としてのカギを握っている。これによって、ティドゥライ族が私に教えてくれたことの枠組みがはっきりと理解できた。

** 一九八七年に出版されて評判になった本で、副題には「われわれの歴史、われわれの将来」とあり、平等や非暴力、自然との調和に基づいた人生を説いている。

まさに、ティドゥライ族のフィロソフィーと共通した主張だといえる。

森のティドゥライ族の社会構造は、「パートナーシップの社会」だと言える。夫婦は、人生における「パートナー」だと見なされる。したがって、家族も社会構造にも平等主義が貫かれ、社会に階層はなく、平和が横溢《おういつ》している。しとやかで典型的な女性の特質は評価されるものの、共同社会の安寧は、仕事などの活動がうまくできるかどうかによって判断される。性格や肉体は、最大限に尊重される。技術を持っているかどうかは、どれほど有意義な人生を過ごせるかの決め手になる。

私の心のなかで対極にあるのは、生まれ育ったアメリカ文化の伝統だ。私たちの「支配者社会」では、社会秩序のあらゆる面で階級社会構造が行き渡っている。そこでは、男性で男っぽいやり手が支配者の資質を備えているとされる。人びとは、主として物欲や不安感に追い立てられて仕事に邁進する。戦争とか犯罪に対する極刑などの制度化された暴力が、幅広くまかり通っている。破壊技術が進み、統治するための締め付けが強化され、自然は制圧すべきものと認識されている。

人間社会が進化し、初期の小さなグループから地球上のあらゆる場所に拡散して人口が増えていくにつれ、多くの者が間違いなくパートナーシップの道を選ぶ。だが早い時期から、階級社会や暴力是認の方向を選択する者も出るに違いない。ところが、パートナーシップが優勢な社会は永続しない。マギンダナオ族のような社会では私有財産を認めているため、富める者と貧しい者の格差が生じる。やがて支配形態が定着し始め、権力を握るために階級のランクづけや暴力がはびこる。パートナーシップを重んじる社会は近隣の勢力によって蹂躙《じゅうりん》され、支配されることになる。アワン族がその例だし、ティドゥライ族の場合は農業を強いられることになった。黙示録ふうな希望を抱きはしたものの、近くのアランカッツ族と同じく、崩壊に追い込まれる。あるいは、フィーグルの友人たちのように惨殺されてしまう。現在では、辺地に住むごく少数の部族たち――たとえばマレーシアのセマイ族やアフリカ・イトゥリの森に暮らすバンブティ族、アフリカ南部に住むクン・ブシュマンなどが、むかしながらのパートナーシップ型社会の姿を残しているにすぎない。世界のほとんどの地域が、支配者型になっている。

この支配者型全盛の世界では、もはやパートナーシップ型が生き延びる余地は残念ながら残されていないのだろうか。

私は、決してそうだとは思わない。

平等や協力、平和を基本理念にし、パートナーシップを標榜した社会秩序は、少なくともこれまでも特定の個人や団体のなかで継承してこられた。暴力が大手を振ってまかり通る階級社会のなかでも、少数のものは将来のよりよき社会をそのようなヴィジョンに託すに違いない。

森のティドゥライ族社会の古くからの生き方が本当に滅亡してしまったのか、幻滅して放棄されてしまったのか、階級支配と暴力という社会に蹂躙されてしまったのか、私はいくばくかの望みを捨て切れないでいる。あるいは、森林伐採者や宣教師、殺人者などに見つかることもなく、森のなかでひっそりと集団生活を送っていることなどはあり得ないだろうか。私としては、なおも希望を繋ぎたい。そのほかにも考えられるのは、ウピ周辺の丘陵や農地のどこかに残っていた伝統が復活し、いったんは去って行った人びとを呼び戻せる可能性だ。

実際、現在きわだって支配が強化されている社会でも、パートナーシップの声を数多く聞くことができるし、多数の組織や運動、個人も、この理念から人生の意義、生き甲斐、希望を得ている。アイスラーは前掲書のなかで、ここ数千年の歴史を振り返ると、パートナーシップへの回帰が明確に跡づけられると述べているし、それも納得がいく。アメリカ憲法も、その例証だという。世界的に奴隷は廃止された。労働組合の努力もあって、労働者に対する言語道断の圧迫、とくに未成年労働者への虐待は姿を消しつつある。二十世紀になってからだけでも、ヨーロッパ諸国が築いた帝国は崩壊したし、かつての植民地はほぼ独立した。過酷な政治支配者は、非暴力の抵抗を試みた大衆のためにフィリピンや東欧でも敗退した。――独立闘争の先頭に立ったのは、非暴力という合法的な手段に訴えた勇敢な人びとだった。性差別や家長制度に反対する女性たちの運動は、多くの女性たちの地位を向上させる面で貢献した。世界各地で解放運動が盛り上がり、残存していたさまざまな抑圧をはね除けるうえで力を発揮した。したがって、支配体制に伴って発生した人種差別、階級差別、同性愛恐怖などは必要悪ではなく、なんらかの必要性があって神が課した現実だが、それがかなり人間性を損なったものだという認識が一般的になった。

そのような時代背景のなかで、ティドゥライ族の精神生活の知恵が私たちになんらかのヒントを与えてくれるのかどうか、改めて問いかけてみる価値があるのではないか。私がこれまで述べてきたことは、消えゆく楽園《パラダイス》のロマンティックな面をスケッチしただけではない。ティドゥライ族の精神生活は、私たちすべてに何かを与えてくれる——私個人にとってそうであったように。たとえば、最上の人生とはどのようなものなのか、つまり「理想郷《ユートピア》」とはどのようなものか、というヴィジョンだ。彼らの理念には私たちが受け入れるべきものがあると思うし、その深みを検討する価値があると思える。私たちが取り入れる価値がある部分もあるだろうし、私たちの社会に適合するようにいくらか形を変えて導入することも可能だろう。

「理想郷《ユートピア》」と聞くと、非現実的で、現実逃避者の夢、という受け取り方をする人が多い。だが私は、そのような意味で使っているわけではない。このことばを最初に使ったのは古代ギリシャの哲学者プラトン(紀元前四二七〜三四七)で、彼は著書『国家論』のなかでアテネの社会秩序を批判し、それに代わるべき理想的な国家の代案を提唱した。プラトンは、自分が住む国が理想的で完璧な国家になるとは期待していなかったが、望ましい国において人びとが豊かな生活を満喫できる状況を詳細に洞察した。したがって、理想郷《ユートピア》は願望であるというより非現実的な夢だと認識されている。

遥かな未来に実現できる理想社会の、青写真でもない。むしろ、現在の社会環境にはなじみのない価値への指針として役立つ。創造力が豊かな者には、理想郷《ユートピア》のヴィジョンが人間関係や社会行動にすばらしい効果をもたらすはずだ。

これまで私が描いてきたティドゥライ族の「パートナーシップの精神」が、このようなヴィジョンを与えてくれると思う。私は、それが自分の任務だと考えて努力してきたし、これからも続けていくつもりだ。世界中の征服者たちがみな自ら身を引き影響力を消滅させるなどということは、私もまったく考えない。逆に、権力にしがみつき、思うままに暴力を振るう者は後を絶たないだろう。だが私は、パートナーシップを重視する風潮が勢いを増すときが必ず来るものと信じている。そうなれば、支配者のけわしい弾圧にもかげりが見える可能性が出てくるし、国民は生活を優美に楽しめるようになる。世の中は強力な支配や暴力が中心で非人間的な社会を次第に脱し、平和・協力・調和が核になる社会へと移っていくことが期待される。

ただし、単にそう望んでいるだけでは事態は変わらない。夢だけでもダメだ。おシャカさまは、かつてこう言った。

「もし地球の表面が皮で覆われていたら、われわれはサンダルを履いて歩かなければならない」。私たちが捜し求めている世界が楽観的なファンタジーのままで持続しないとすれば、私たちは生活の枠組みを変更して豊かにさせる方策を考えなければならない。よりよき世界つまり理想郷《ユートピア》は、哲学的な著作を書く者の胸のうちにだけにあるわけではない。たとえばティドゥライの人びとの胆嚢や心にも芽生えるし、破壊的な世の中に暮らしていると考えて一喜一憂している私の親友たちも持ち合わせている。いわば、だれもが本来的に心のうちに持っているものだ。

十六世紀ルネサンス期の偉大なイタリアの詩人ロドヴィコ・アリオスト（一四七四〜一五三三）は、『オルランド・フリオーソ』（一五一六）のなかで、従来から描かれてきた地上の楽園について述べている。そこには、セント・ジョンやヘブライの予言者たちが登場するし、魅惑的なアライナ・ガーデンという楽園も出てくる。だがこれは、本来あるべき姿とは違っている。なぜかといえば、アライナ・ガーデンはそこに入って来た人の願望や幻影を反映して変わるからだ。著者アリオストによれば、このガーデンが持つパワーは「ガーデンが人間に与えるものではなく、やりたいところへ導くだけ」だからだ。ティドゥライ族の「よりよき世界」のヴィジョンには、私たち自体や周囲の社会環境を変質させる、深淵な知恵が内包されている。しかも、現今の支配体制のなかでもいますぐでき、暮らしの改善に役立つ。ティドゥライ族のヴィジョンには独自の神話的な要素があり、そのイメージは特異なベールに包まれている。だが、これは空想の産物ではなく、日常生活のシナリオになっている。彼らもときにそのヴィジョンを見失うことがあるが、そのような事態はむしろ稀だ。彼らは日常生活で受けるさまざまな挑戦に対処して解決し、その価値観を重んじながら暮らし続けていく。私は、この価値観に大いに動かされた。

私はティドゥライ族のことが頭を離れず、このような本も長いこと書きたいと思っていた。原稿は、一九九五年の半ばに書き始めた。ティドゥライ族の生き方のすばらしさや、彼らが私に大きな影響を与えたかを、多くの人に伝えたかった。読者の方がたにも、彼らのヴィジョンが彼らの生活にどれくらいの意味があるのかを知っていただきたかった。だが私は最初から、ある種の危惧を持っていた。ティドゥライ族が持つすばらしさを語っても、本当だとは信じてもらえないではないか、という懸念だ。

だが最終的に思い至ったのは、ティドゥライ族の真実の姿を知ってもらうには、人びとを細かく描写するしかない、ということだった。したがって、彼らの精神生活——世界の仕組みをどのように理解するか、そのような世界でどのように暮らしていくか——を描きながら、彼らの純粋さを明らかにしていくことにした。

彼らにしても、「孤高を保っている」わけではない。伝統的な森のティドゥライ族社会は割に孤立して結束を保ってはいるが、周囲と無縁で変化しないものとは考えられない。世界のどこに住んでいても、思考や行動が不変ではあり得ない。基本理念に新たな要素が加わることは稀かもしれない。私が見逃したり誤認している変化も、存在するに違いない。だが、「縫い目が分からない」ほどうまく融合することはなかろうと思っている。たとえば、ティドゥライ族に若い花嫁と花婿を非人間的に弄《もてあそ》ぶ風潮がどうして生まれたのか、私には理解できない。彼らのほかの社会習慣とは、うまく調和しない。

また、彼らなら当然こう行動するはずだ、と思えるのに、そうでない場合も出てくる。たとえば、暴力は悪いことだという通念があり、そのような社会体制になっているにもかかわらず、暴力で決着を付けようとすることもたまに出てくる。さらに、既婚者を奪って駆け落ちすることも少なからず起こる。強引にこのような手段に訴えることは彼らの基本的な倫理観に反するものだし、彼らはよく承知しているはずなのだが。

ティドゥライ族は、つねに彼らの優雅で愛すべきヴィジョンに忠実な生き方をしているとは限らない。だが、念仏的で空虚な信奉だけでもない。このような考え方は、各人の心の奥底に根ざしている。生得的な教えだから、彼らの言動の端々にその意識が顔を覗かせる。彼らはもちろん、完璧な調和を目指して動く品行方正なロボットではない。だが私は彼らとともに森で過ごしている間に、森の住人である彼らが独特な優雅さや親切心の雰囲気を醸し出していることに気づいた。それ以来、彼らの生きざまが私を根底から揺さぶった。

私はこの本で、きわめて価値のある彼らの暮らしのエッセンスを、できる限り赤裸々《せきらら》に紹介してきたつもりだ。厳格な理論に基づく懐疑派が正しく、私のような民族学者の描写がおとぎ話のような夢物語だとするなら、私は次のように言い換えてもいい。ティドゥライの人びとは私をすばらしいおとぎの世界に運んでくれたし、彼らの生活は私が見た夢のなかで最も美しいものだった。

もっとも、彼らのやり方がすべて正しいとは言わない。ただし、私はきわめて貴重な現実を体験したため、この本でそれを多くの人たちと分かち合いたいと考えた。私は、フィーグルのティドゥライ族と彼らのヴィジョンが永遠に残ることを願って、この書をまとめた。

エピローグ

私はこの本の冒頭「序章」を、息子レナード（レン）の話で始めた。彼は、ティドゥライの人たちから、命を救ってもらうという贈りものをもらった。最後の部分は、ふたたびレンの話で閉じることにしよう。もう一つの贈りものの話を添えて。

一九八〇年代の末、レンはカリフォルニア州シリコンヴァレーにある研究機関ＳＲＩ＊インターナショナルでコンピューター・サイエンティストになった。彼は立派な青年に成長し、体格も大きくてたくましく、駄洒落が好きで熱意と善意に満ちた男だった。

＊ もともとはスタンフォード・リサーチ・インスティチュートで、その頭文字がＳＲＩ。本部は、カリフォルニア州メンロパーク市にある。世界中に二千人の研究者を擁する非営利研究所で、政府や企業の委託を受けて先端技術の研究開発や調査・コンサルタントをおこなっている。

彼はなかなか優れた研究もやったらしく、親友も多く、ソフトボールやゴルフをやるのが好きだった。私たちが住むロスガトスに近いので、よくやって来た。一九八八年四月のある日、レンは私たち夫婦に首のあたりにしこりがあると話したが、医師の診断では悪性の腫瘍ではないと思われ、メラニン細胞の増加でリンパ腺が腫れているだけだろうということだった。恐ろしげな話だったが、オードリーも私もそしておそらくレン自身も、重大な状況だとは受け取っていなかったし、どのような事態になるのかも予測できなかった。のちに資料を読んで知ったのだが、メラニン細胞が増殖してリンパ系に及んだ場合、二年以上も生き延びられる確率はわずか二割で、五年以上になると確率はゼロになるのだという。

その週のうちにレンは手術を受け、首と左肩の筋肉をかなり切除し、メラニン細胞に浸食されたリンパ節が五十以上も見つかった。それから半年ほど、私たちは気をもみながら経過を見ていたが、再発する気配は見られなかった。だが十二月はじめ、レンは腹部に腫れを見つけた。CTスキャンで輪切り撮影してみると、骨や肺、とくに肝臓にメラニン細胞の悪性増殖による黒い腫瘍が確認された。医師はレンに打ち明け、余命はあと二、三週間ほどだろう、と告げた。この種の癌には化学療法はほとんど効果がない、という話だった。その晩、オードリーと私、息子は、おたがいに抱擁し合った。私たちは何時間も泣き続けながら、おたがいの愛を確認し合った。悪夢の一夜だったが、おたがいの絆を確かめ合え、私の人生で最も忘れがたい一日になった。

その二日後、ハワイ・カウアイ島の大きなレゾートのウェスティン・ホテルで働いている弟ウィルと家族に会うため、ハワイに飛んだ。二人の兄弟は、子ども時代と同じく、大人になってからも仲がよかった。おたがいに、別れを告げておきたかった。レンは体の痛みが激しく、訪問していた数日間ほとんど寝たきりだったが、二人も抱き合って泣いた。

レンは担当外科医に頼み、化学療法を試して見たいと申し出た。そこで、腫瘍学の先生に委ねられた。これがめざましい効果を上げ、半年のうちに骨や肺から癌組織が消え、肝臓の腫瘍も、五セント貨ほどに縮小した。このような状態が三年半ほど続き、レンにとっては幸せな時期だった。彼の勤務先からは、身体障害者の扱いだが、もし職場復帰する気があるなら働かないか、という打診があった。彼はほとんど毎日ゴルフをやっていたし、ときにはソフトボールもやった。持ち前のジョークも復活し、左肩の筋肉を切除したから昔のように力まかせに打つことはできなくなったが、こんどは打率を上げるよう努力すると話していた。化学療法は体力を衰えさせたが、この時期、彼は私たちの家にいた。

私は多くの時間をレンやオードリーとともに過ごせるようになった。レンが発病してからのストレスも、いくぶんやわらいだ。私は一九九二年に聖路加教会の仕事からも引退し、私たちはサンタクルーズに移り住んだ。私は文化人類学に関する原稿を書いたり、ときに教えたり、完全な隠居にはならなかったが、レンの面倒を看る時間は十分にあった。腫瘍学の細かい検査を受ければ、恐ろしい診断が出て来ないとも限らない。したがって、ひんぱんにおこなわれるテストやスキャンの結果を聞くときには、オードリーと私は必ずレンに付き添った。だが症状は安定しているようだし、肝臓の腫瘍も冬眠状態に思えたので、オードリーと私はキャンピングカーで国内の長期旅行に出ることにした。だが一か月が経ったところで、私たちは呼び戻された。レンの癌細胞がふたたび急速に成長し始め、転移しているという。彼は、「インタールーケンⅡ」という新薬で試験治療を受けていた。だが、症状の改善は見られない。十二月に私たち夫婦とレンの三人は、その当時パームスプリングスに住んでいたウィルと彼の家族たちと過ごすため、カリフォルニア州の有名なリゾートに出掛けた。レンはかなり体力が弱っていて、予定を早めに切り上げて戻ってこなくてはならなかった。

私たち全員にとって、つらいクリスマスになった。

翌年二月になるとレンは一人では行動できなくなり、ヘルパーのデイヴィッドが付き添った。私たちは、レンをサンタクルーズの自宅に連れて来た。ベッド脇のポンプで、モルヒネの投与を続けた。これは、彼の苦痛を和らげるうえでは大いに効果があった。そのおかげで最後の数週間、不快感はかなり取り除けた。ウィルが一週間ほどの予定で見舞いに来て、兄弟で時を過ごすことができた。レンが急速に衰えて行くのを見て、ウィルも落ち込んだ。彼は私たちの居間に置いたレンのベッド脇で数週間を過ごし、私たちもその光景を見るのが辛かった。レンが食べたいというものがあればできるだけ用意したが、実際にはほとんど食べられなかった。レンは、強制収容所の生き残りのように骨と皮に痩せ細った。私たちは、芳香油を入れた袋で彼の床づれ個所をこすったし、清潔で気分がよくなるようできる限りの努力をした。レンはモルヒネのためにもうろうとし、日を追って死に近づいていることを自覚しながら、努めて陽気さを装うよう努めていた。私たちもそのような努力をしたが、なかなかむずかしいことだった。

多くの友人が、手を差し延べてくれた。聖路加教会の仲間や、大学で教えていたころの知人が多かった。電話をくれたり、花を贈ってくれたり、食べものを持って来てくれたりした。カリフォルニア大学サンタクルーズ校の同僚でインド・ベナレス出身の文化人類学者は、私たちがシカゴ大学で学んでいたころからの親友だったが、ある日の夕方わが家にやって来て、ヒンディー流に黙ってレンの傍にすわり続けた。レンが最も親しくしていたジルとローは、夕方になると毎日、道路が混雑するなかメンロパークから一時間半もかけてやって来てくれた。彼らはレンとおしゃべりをし、手を握り、レンが寝つくまで引き揚げなかった。ジルはレンのかつてのガールフレンドで、ずっと気にかけてくれていた。ローは、レンの研究チームの上司だった。この二人は私たち三人に、同情や忠誠の見本を見せてくれた。彼らは毎晩、わが家に笑いと希望をもたらしてくれた。レンが回復するという希望ではないが、レンが寂しく孤独のうちに命をまっとうすることは避けられた。また私たち夫婦が、この苦境を支え合って乗り越える希望を与えてくれた。

だが、なんとも辛い時期だった。オードリーにとっては、ひどい苦痛だった。愛する第一子が、目の前で死に瀕していたのだから。妻が裏庭に面したドアのあたりにすわって、ひっそりとたばこを吸っている姿を何回も見た。あの当時オードリーが耐えていた気持ちを、私は完全には推し量れなかったと思っている。私はまったくの無力感を感じ、目的を失った虚無感に押しひしがれた。私はレンの隣にすわりながら、彼がまだ死んでいるわけではないのに、喪失感にさいなまれた。私の心は脱力感に軋み、混乱と苦痛で揺れた。この数週間、オードリーと私はそれまでにないほど一体感を感じてはいたが、私の孤独感は拭えなかった。いま思い返すと不合理に思えるが、当時の私はレンが死にかけていることに腹を立てていた。その怒りは私のなかにある黒くて陰鬱な場所から立ち昇っており、レンに起こりつつあることに許しがたい感じを持っていた。

一時的には、気晴らしになることもあった。彼の外見的な特徴は――ハンサムな顔、強健な体、知性、巧みなしゃべり方――は、衰えつつあった。だが、レンの内部から出る穏やかな個性は光り輝いていた。彼の頭脳の働きは鈍っていたが、心は不変だった。死ぬ数日前の夕方、レンの意識がまだはっきりしていたころ、私は彼の手を取りながら、ずっとお前を愛してきたし、誇りに思ってきた、と話した。息子は、「分かってるよ、ダッド（パパ）」と答えた。単純なことばだが愛情はこもっていて、私はことばに表せないほど感動した。

彼の最後の夜、私たちは終わりが近いことを悟っていた。レンに投与するモルヒネはかなり多量になっていて、彼の意識はほとんど消えていた。もう何日間も、何も食べられなかった。オードリーと私は交替で、居間に置いた彼のベッドの脇で仮眠した。ひんぱんに彼の様子を伺い、彼の乾いた唇や舌に濡らしたスポンジで湿り気を与えた。その晩はオードリーの番で、私は気がかりながらくたびれて十二時少し前に自分のベッドに入った。一時間ほど眠ったところでオードリーが部屋に入って来て静かに私を起こし、「レンは行ってしまったわ」と告げた。妻もうとうとしてしまって、レンの寝息に変化が起こった正確な時刻は分からない。呼吸は少しずつ弱まっていき、やがて静寂と平和が訪れた。

私たちはレンのベッドサイドに行き、私は脇に腰掛けてレンの顔に目をやり、死という神秘的な状況を見つめた。私は心の一部で彼の死を受け入れてはいたが、それを拒みたい気も少なからずあった。モ・セウがかつて言ったことばが、心に甦った。

「世の中には、分からないことがあるよねえ」

死の後に何があるのか、私たちは何も知らない。物語としては、さまざまなことが語られている。だがその瞬間に私の意識に登って来たことは、感情というより一つの考えだった。それはキリスト教の伝統に則《のっと》った復活や天国の晩餐ではなく、ティドゥライ族の物語だった。つまりレンは双子の片割れであって、その相方《あいかた》がいま迎えに来て、二人は連れ立って宇宙の森林にある親切で幸せな場所に行ったところだ。そこには彼ら二人のために家が用意されており、二人はずっと平和に楽しく暮らす。

オードリーと私は、おたがいの体に腕を回して無言のまま立ち尽くしていた。無限の数の家族がこれまでやってきたように、私たちは暗黒の時間が過ぎ去るのに任せていた。私たちは、決して孤独ではない。——オードリーも、同じことを考えていたに違いない。レンの弟ウィルも、遠く離れたところで心痛に耐えていた。たくさんの人びとから寄せられた支えによって、私たちは活力を与えられた。私はキリスト教の信仰を持っているから、このような体験を通して神の愛が感じられる。だがこのように心の支えが必要なときに、私の場合はティドゥライ族が教えてくれた現実世界に対処する深淵な平和、安全性、希望、人間関係のことも頭をよぎる。そして私は、自分の心をがっちりと捉えた彼らの深みのある認識に思いを馳せる。それは、人間が歩みを進めるに当たって本当に重要なのは何かを、私だけでなくすべての人びとに教えているように思う。

[著者略歴] スチュアート・シュレーゲル (StuartA. Schlegel) カリフォルニア大学サンタクルーズ校、文化人類学・名誉教授。聖公会《エピスコパル》・聖職者。

さらに詳細を知りたい方は、下記のホームページにアクセスしてください。

http://www.rainforestwisdom.com.

訳者あとがき

この原著をインターネットで捜し出したとき、私はいくつかの点で興味を抱いた。私はこれまで本格的な「熱帯雨林」に足を踏み入れたことはなく、本や映画から勝手にイメージを膨らませているだけだ。ニュージーランドで「熱帯雨林園」に行ったことはあるが、疑似体験でしかない。その圧倒的な迫力や恐ろしさは知らないから、「レインフォレスト」と聞くと何かロマンティックな感じを受ける。だが、もしひとりで未知の深い森に分け入り、見知らぬ動植物に囲まれ、方角を見失って闇に包まれたら、絶望と恐怖のあまり発狂してしまいそうな気がする。だが、実際には都会暮らしをしているから、ヴァーチャルリアリティにもならない非現実的でファンシーな感覚だけで熱帯雨林に引きつけられた。そのムードをさらに助長したのが、ねじれた太い蔓《つる》やエキゾチックな花の風景写真をあしらった表紙だった。

私はジャーナリストとしてのキャリアを選んだが、文化人類学者になって、フィールドワークをやるという仕事にも魅力を感じていた。両者には、似た部分もあるように思える。

読み始めた動機はそのように単純で浅薄なものだったが、読み始めると、幼い息子のレンが発熱して死線をさまよい、地元ティドゥライの人びとによって救われる冒頭のエピソードに引きつけられて、内容に没入した。読むほどに、著者の姿勢やティドゥライ族という聞いたこともない部族の生き方にも興味と共感を持つようになった。

もう一つの魅力は、これまた単純で皮相的なのだが、この話の舞台であるフィリピン・ミンダナオ島という場所である。それほど遠くない昔、このあたりでサタデー族という「石器時代のように未開な」部族が発見された、というニューズがあったのを思い出した。また、フィリピンのセブ島で貝の造形美に改めて目を見開かれた私は、ミンダナオ島からインドネシア方向に伸びる諸島のひとつホロ島に貝殻を拾いに行くのが夢だった。フィリピンは七千もの島々から成り立っていて海岸線が長いから、いたるところが貝の宝庫だ。とりわけ、ホロ島は「世界の三大・貝の堆積地」と言われている。もう一つの、アメリカ・フロリダ州サニベル島はすでに行っていた。三つ目は、アフリカの東海岸のどこかだったと思う。ホロ島に飛ぶ飛行機便まで調べたのだが、行きそびれた。

その原因は、この本に出てくる「三日月対十字架」つまりイスラム教対キリスト教の対立・抗争である。首都マニラからミンダナオ島の大都市サンボアンガまでのフライトは毎日、数多く運行されているが、「モロ民族解放戦線」の暗躍で日本人も被害に遭っている。このあたりで皆既日食があったときも、厳重な警戒を受けた限定的な地域だけでしか取材が許されない状態だった。私はベトナムや中東の最前線でも取材に当たっていたから、戦闘の恐怖で尻込みしたわけではないが、ゲリラ戦にはルールがないし、仕事でもないのに命を落とすのはバカげているので、あきらめた経緯がある。ホロ島は、サンボアンガよりも、はるかに危険なところらしい。現在でも、イスラム教の武装過激組織アブサヤフの拠点の一つだ。フィリピン政府はこれまで何回も反乱を鎮圧したと発表しているが、歴史的・宿命的な対立は解消しない。つまり、サミュエル・ハンチントン教授が描く『文明の衝突』の典型例が、縮図のように現出している境界地域だ。

このようにテーマと地域の特異性と個人的な興味のために、私が引きつけられたこの原著のタイトルは――Stuart A. Schlegel: "Wisdom from a Rainforest--The Spiritual Journey of anAnthropologist," 1998, University of Georgia Press, 269pp. で、本書はその全訳だ。内容の一部は、清水弘文堂の雑誌『eco-ing. info』の第二号でも紹介されている。

この本から何を読み取るかは人によって違うだろうが、人間性が失われつつある現代「先進文明諸国」への警鐘ないし反面教師という面が、少なからずあるように思える。「プリミティブなものはナンセンス」として切り捨てることも可能だが、根元的な人間の生き方としては学ぶべきところが多々ある、というのが著者の思いであるし、私も同感だ。著者も指摘しているように、ティドゥライ族の社会は完璧なわけではない。だが現世をうまく、平和に、楽しく渡っていくために必要な知恵を、彼らは持ち合わせているように思える。つまり、ティドゥライの人たちは、とても「人間らしい」生き方をしている。それは、科学知識の有無や物質文明の豊かさとは無縁な、ヒューマニティの根本にある次元の話だ。

フィリピンの人名・地名などの固有名詞は、いまでもスペイン語ふうのものが圧倒的に多い。巻末にもある著者のアドレスに、ひんぱんに出てくる地名の発音を確かめたところ、すぐに返事が来た。このあたりにはさすがにスペイン語の影響はなく、アルファベットの綴り通りの、ローマ字のような発音が主体らしい。

訳出に当たっては、私がクラスを持っている翻訳学校フェロー・アカデミーで熱心に学んでいた浜田有美さんに一部の下訳をお願いして、私が文章や表記を統一した。古くからの友人である清水弘文堂書房の社主・礒貝浩氏にも、プラニング段階から協力していただいて邦訳の出版が実現した。みなさんに感謝したい。

二〇〇三年初春

仙名　紀

ASAHI ECO BOOKS 2

THOREAU ON WATER: REFLECTING HEAVEN:　ASAHI ECO BOOKS 2

水によるセラピー

ヘンリー・デイヴィッド・ソロー　仙名　紀訳

ハードカバー上製本　Ａ５版１７６ページ　定価１２００円＋税

古典的な名著『森の生活』のソローの心をもっとも動かしたのは水のある風景だった――狂乱の21世紀にあって、アメリカ人はeメールにせっせと返事を書かなければならないし、カネを稼ぐ必要があるし、退職年金を増やすことにも気配りを迫られる。そのような時代にあって、自動車が発明されるより半世紀も前に、長いこと暮らしてきた陋屋ろうおくの近くにある水辺を眺めながら、マサチューセッツ州東部の町コンコードに住んでいたナチュラリストが書き記した文章に思いを馳せるということに、どれほどの意味があるのだろうか。この設問に対する答えは無数にあるだろうが……。『まえがき』（デイヴィッド・ジェームズ・ダンカン）より

ASAHI ECO BOOKS 3

THOREAU ON MOUNTAINS:ELEVATING OURSELVES　ASAHI ECO BOOKS 3

山によるセラピー

ヘンリー・デイヴィッド・ソロー　仙名　紀訳

ハードカバー上製本　Ａ５版１７６ページ　定価１２００円＋税

いま、なぜソローなのか？　名作『森の生活』の著者の癒しのアンソロジー3部作、第2弾！――感覚の鈍った手足を起き抜けに伸ばすように、私たちはこの新しい21世紀に当たって、山々や森の複雑な精神性と自分自身を敬うことを改めて学び直し、世界は私たちの足元にひれ伏しているのだなどという幻想に惑わされないように自戒したい。『はじめに』（エドワード・ホグランド）より

■乱開発の行き過ぎを規制し、生態学エコロジーの原点に立ち戻り、人間性を回復する際のシンボルとして、ソローの影は国際的に大きさを増している。『訳者あとがき』（仙名　紀）より

ASAHI ECO BOOKS 5

THOREAU ON LAND:NATURE'S CANVAS ASAHI ECO BOOKS 5

風景によるセラピー

ヘンリー・デイヴィッド・ソロー　仙名　紀訳

ハードカバー上製本　A5版272ページ　定価1800円＋税

こんな世の中だから、ソロー！　『森の生活』のソローのアンソロジー――『セラピー（心を癒す）本』3部作完結編！――ソロー（1917〜62）が、改めて脚光を浴びている。ナチュラリストとして、あるいはエコロジストとしての彼の著作や思想が、21世紀の現在、先駆者の業績として広く認知されてきたからだろう。もっと正確に言えば、彼は忘れられた存在だったわけではなく、根強い共感者はいたのだが、その人気や知名度が近年、大いにふくらみをもってきたのである。そのような時期に、ソローの自然に関するアンソロジー3冊がアサヒ・エコブックスに加えられたのは、意味のあることだと考えている。

『訳者あとがき』（仙名　紀）より

ソローのスケッチ

■電話注文03−3770−1922／045−431−3566■FAX注文045−431−3566■Eメールshimizukobundo@mbj.nifty.com（いずれも送料300円注文主負担）■電話・ファックス・Eメール以外で清水弘文堂書房の本をご注文いただく場合には、もよりの本屋さんに、ご注文いただくか、定価に消費税を加え、さらに送料300円を足した金額を郵便為替（為替口座　00260−3−59939　清水弘文堂書房）でお振り込みくだされば、確認後、一週間以内に郵送にてお送りいたします（郵便為替でご注文いたただく場合には、振り込み用紙に本の題名必記）。

WISDOM FROM A RAINFOREST by Stuart A. Schlegel

Copyright © 1998 by Stuart A. Schlegel
Japanse translation rights arranged with Curtis Brown, Ltd. through Japan UNI Agency, Inc.

熱帯雨林の知恵――フィリピン・ミンダナオ島の平和愛好部族
ASAHI ECO BOOKS 7

発　行　二〇〇三年三月十五日　第一刷
著　者　スチュワート・A・シュレーゲル
訳　者　仙名　紀
発行者　池田弘一
発行所　アサヒビール株式会社
郵便番号　一三〇―八六〇二
住　所　東京都墨田区吾妻橋一―二三―一
発売者　礒貝　日月
発売所　株式会社　清水弘文堂書房
郵便番号　一五三―〇〇四四
住　所　東京都目黒区大橋一―三―七　大橋スカイハイツ二〇七
Eメール　shimizukobundo@mbj.nifty.com
H　P　http://homepage2.nifty.com/shimizukobundo/index.html
編集室　清水弘文堂書房ITセンター
郵便番号　二二二―〇〇一一
住　所　横浜市港北区菊名三―三―一四　KIKUNA N HOUSE 3F
電話番号　〇四五―四三一―三五六六　FAX　〇四五―四三一―三五六六
郵便振替　〇〇二六〇―三―五九九三九
印刷所　プリンテックス株式会社

□乱丁・落丁本はおとりかえいたします□

ISBN4－87950－563－3 C0098